Melissa Victoria Heumann

Die magischen Steine

Roman

Impressum

Verlag:
tredition GmbH, Hamburg
Printed in Germany

Autorin, Illustration Umschlagseite:
Melissa Victoria Heumann
Lektorat, Korrektorat:
Simone Burgherr

ISBN: 978-3-8495-4478-2

Zur Autorin:

Melissa Victoria Heumann, geboren 1999 in Berlin, schrieb ihren ersten Roman „Letters" mit 13 Jahren. Geschichten hat sie schon immer gern gelesen und auch selbst kleine geschrieben. „Die magischen Steine" ist nun ihr zweiter Roman.

Prolog

„Da ist er!", zischte sie.

„Dann geh jetzt los! Ich warte im Schloss auf euch!", antwortete der Verhüllte.

Die junge Frau stürzte sich unbeholfen auf den Prinzen, der den Weg entlang ging.

Bevor er auf ihre Attacke etwas erwidern konnte, legte sie ihre rauen Hände auf seine Lippen.

Schnell sah sie nach links, rechts, vorne, hinten, oben, unten, bis sie sicher war, dass niemand sie sehen konnte, griff nach ihrer Tasche, holte ein himmelblaues Fläschchen heraus und kippte es über dem Jungen aus.

„Gute Nacht, Prinzchen, ich hoffe du schnarchst nicht!", knirschte sie in sein Ohr.

Von einer Sekunde auf die andere versank er in einen tiefen Schlaf, sodass die Frau ihn in ihren extra angefertigten Sack stecken konnte.

Sie stieß ein Lachen aus, zog ihren Zauberstab aus der Tasche und tauchte die ganze Umgebung in ein tiefes Schwarz.

Jetzt, wo sie den Prinzen hatte, würde nichts mehr schiefgehen, da war sie sich sicher.

Als die Bürger der kleinen Stadt bemerkten, was mit ihrer Welt geschah, versuchten sie zu fliehen. Doch nur wenige schafften es. Eine eindrucksvolle Mauer erhob sich aus dem Boden und versperrte denen, die zu spät waren, den Fluchtweg.

Zur selben Zeit, in einer großen Stadt, sahen zwei Frauen aus dem Fenster ihres Büros und

verfolgten, was weit entfernt geschah.
„Die Zeit ist gekommen, Nyah. Wir müssen sie zurückholen", sagte eine der Frauen.
Die andere antwortete lediglich mit einem sprachlosen Nicken.

Im nächsten Moment wachte ich auf. Verwirrt von meinem Traum. Doch genauso schnell, wie ich aufgewacht war, schlief ich wieder ein. Von dem Traum blieb ein Hauch in meinem Kopf und es kam mir vor, als wäre ich da gewesen. Wie ein Geist. Niemand hatte mich sehen können. Nur ich hatte alles beobachten können.

Lady Rosettas Antiquitätenladen

„Glaubst du an Wunder?", fragte mich die alte Dame und reichte mir eine heiße Tasse Tee mit Honig.

Vorsichtig nippte ich am Tee und sah ihr in die warmen, braunen Augen.

„Ich weiß nicht so recht", meinte ich. Alte Leute haben mir schon oft seltsame Fragen gestellt, doch so etwas war ich noch nie gefragt worden.

„Mhm ...", sie nickte nur. „Und Märchen? Glaubst du an Märchen, mein Kind?" Sie sah mich ernst an.

Wieder nippte ich an meinem Tee, bevor ich ihr eine Antwort gab. Ich ließ das heiße Getränk meinen Rachen hinunterfließen und meinen Körper erwärmen.

„Nur Kinder glauben an Märchen, Madame." Ich musste über meine eigenen Worte lächeln, denn ich hörte mich an wie eine Vierzigjährige und nicht wie ein Teenager.

Ich konnte die Enttäuschung in ihrem Gesicht deutlich lesen, für einen Moment, dann schimmerte ein schelmisches Grinsen in ihren Augen.

„Nur Kinder, meine Liebe? Wie alt bist du?"

„Vierzehneinhalb." Ich lief rot an.

„Dann solltest du auch noch ein Kind sein, nicht wahr?" Sie lächelte. Aber nicht herablassend, wie Erwachsene das oft tun, sondern liebevoll, warm.

Um ehrlich zu sein, bewunderte ich diese Frau. Ihr Körper war schon alt und, nun ja, runzlig, doch in ihren Augen leuchteten die Kindheit, das Leben und Abenteuer. Sie war eine der schönsten Frauen, die ich je gesehen hatte.

„Vielleicht haben Sie recht und ich bin noch ein Kind, aber an Märchen glaube ich dennoch nicht!" Ich blieb stur.

Die warmen, braunen Augen strahlten mich an wie ein herbstlicher Wald bei warmem Sonnenschein.

„Und wenn ich dir sagen würde, dass du mitten in einem Märchen bist?"

Dafür, dass ich dachte, die Frau würde scherzen machte sie ein ziemlich ernstes Gesicht.

„Dann würde ich denken, Sie hätten eine Schraube locker." Ich hätte mich schelten können für diese unhöflichen Worte und machte mir Sorgen, dass ich die Frau vielleicht gekränkt hätte, doch sie begann zu lächeln und nach einer Weile wurde dieses herzerwärmende Lächeln zu einem fröhlichen, lauten Lachen.

„Nun, das würde ich an deiner Stelle wohl auch denken."

Ich grinste sie an, dann trank ich langsam meinen Tee aus. Ein köstliches, süßes Aroma durchflutete meinen Hals, der mit Abstand beste Tee, den ich jemals getrunken hatte.

„Ich meine es aber ernst." Auf der Stelle verstummte ihr Lachen und der Glanz verschwand aus ihren Augen.

Ich antwortete nichts. Sie sah plötzlich so alt aus. Und sehr besorgt.

„Keine Angst, ich will dir nichts Böses! Eher das

Gegenteil ... Na ja, aber vorher brauche ich deine Hilfe!" Ihre Stimme war schnell wieder sanft.

An der Stelle sollte ich vielleicht erklären, wie ich in das warme Haus der alten Lady Rosetta kam.

Das war nämlich so: Draußen tobte ein gewaltiger Schneesturm. Ach was rede ich? Gewaltig? Übernatürlich! Und ich hatte das Pech, gerade zehn Minuten vor Beginn des Sturms Unterrichtsschluss zu haben und dazu wohnte ich sehr weit weg von der Schule. Als der Sturm immer stärker wurde, verlor ich meine Orientierung und betrat darum das nächstgelegene Haus. Es war Lady Rosettas kleiner Antiquitätenladen. Ich muss ausgesehen haben wie ein verfrorenes Schneemonster, deshalb schickte die Lady mich in einen Hinterraum ihres Ladens, wo sie mir einen Tee kochte und ich meine Winterjacke auf einer Heizung trocknen lassen konnte. Sie sagte, ich könne bleiben, bis der Sturm vorbei sei, und ließ mich meine Mutter anrufen, damit sie sich keine Sorgen machte.

Ich fragte mich wie lange der Sturm wohl noch andauern würde, es sah nämlich nicht so aus, als würde er schwächer werden. Eher das Gegenteil.

„Wobei brauchen Sie denn Hilfe?", fragte ich Lady Rosetta.

„Das ist schwer zu erklären, mein Kind, komm, ich zeige dir etwas." Sie führte mich in ihren menschenleeren Laden. Dort lagerten Berge von alten Gemälden und Büchern und überall standen Teller, Tassen und Figuren aus Porzellan. Es roch nach vergangener Zeit und Vergessenheit, nach verstaubten Seiten und abgenutztem Metall.

„Wie ist eigentlich dein Name?", fragte Lady Rosetta mich.

„Alruna."

„Das ist aber ein sehr hübscher Name!"

„Danke. Es geht." Ich war mit meinem Vornamen nicht wirklich zufrieden.

„*Es geht?* Was ist denn so schlimm an deinem Namen?"

„Hört sich an wie der Name einer Hexe. *Alruna*", antwortete ich.

„Ach Quatsch, Hexen haben ganz andere Namen!" Sie sprach, als würde sie persönlich Hexen kennen. „Alruna, das ist eher der Name einer mächtigen, guten Fee!"

Ich sah sie an, ihre Augen funkelten wieder.

„Aber jetzt will ich dir erst mal etwas zeigen."

Sie wühlte in einem Haufen von allen möglichen kleinen Sachen, alten Schallplatten, Ringen oder andere Schmuckstücken, deren vormalige Besitzer wahrscheinlich schon tot waren.

„Ach, wo ist sie denn nur?", stöhnte sie und wühlte weiter.

Ich sah mich derweil im Laden um. Ein Gemälde hatte es mir besonders angetan. Es war eine wunderschöne Stadt, bestimmt zu Weihnachten, ein riesiger Tannenbaum schmückte den Marktplatz. Die Menschen standen um den Baum versammelt und hielten sich an den Händen. Ich stellte mir vor wie sie Weihnachtslieder sangen.

Der Himmel war nachtschwarz, doch Polarlichter beleuchteten ihn, schöner als jeder Weihnachtsschmuck. Das Bild machte mich glücklich, in meinem Körper breitete sich ein starkes Gefühl aus, das ich nie zuvor gespürt hatte. Es war ein Gefühl von Liebe, Geborgenheit, Fröhlichkeit, Glück und Sorglosigkeit, vermischt mit einem Schuss Magie und Wundern.

Neben dem Gemälde jener Stadt hingen sieben weitere Gemälde. Jedes einzelne strahlte etwas aus, das ich nicht beschreiben konnte, jedes war auf seine eigene Weise etwas Besonderes und Schönes.

„Ahh, ich habe es!" Lady Rosetta zog eine Münze aus dem Haufen und drückte sie mir in die Hand.

„Was soll ich damit?", fragte ich verwirrt.

„Erst möchte ich von dir wissen, ob du mir hilfst!" Sie war nervös, ihre Arme zitterten leicht.

„Ich helfe Ihnen, aber wobei?", fragte ich, die Verwirrung war mir ins Gesicht geschrieben.

„Habe ich dein Wort? Kann ich mir sicher sein, dass du nicht wegrennst, dass du deiner Aufgabe tapfer nachgehst und Mut zeigst?", fragte sie unsicher.

„Ähm ... Dürfte ich nicht erst mal wissen, wobei ich Ihnen helfen soll?"

„Nein. Erst muss ich dein Wort haben. Schwörst du also?"

Kurz sah ich aus dem Fenster. Der Schneesturm wütete immer noch und versperrte einem die Sicht.

„Ja, Sie haben mein Wort." Irgendetwas schien

mich zu kontrollieren, mir die Worte aus dem Mund zu ziehen.

Sie drückte mir die Münze in die Hand und sagte: „Wenn du dreimal hintereinander an ihr reibst, kommst du in die Stadt des Himmels, von da aus findest du den Weg zu den restlichen sieben Traumwelten und der Albtraumwelt. Wie man die Albtraumwelt betritt, weiß niemand, das musst du selber herausfinden. In der Albtraumwelt hält eine meiner Schwestern, die Hexe Perdita, meinen Neffen gefangen. Du musst mit Hilfe der Münze zwischen unserer Welt hier und den acht anderen Welten hin und her springen und meinen Neffen retten. Wenn du ihn nicht befreist, wird Perdita früher oder später die acht Traumwelten mit in ihren Bann ziehen und jede Welt in einen unendlichen Albtraum stoßen."

„Ähmm ..." Am liebsten wäre ich weggelaufen, das war aber unmöglich. Wegen dem Schneesturm. Und wegen meinem Versprechen.

„Bitte, Alruna. Du musst mir helfen. Du hast dich verpflichtet."

Ich ließ die Münze in meine Hosentasche rutschen. Plötzlich hörte der Schneesturm wie auf Knopfdruck auf und die Sonne tauchte hinter den Wolken auf. So etwas hatte ich noch nie erlebt.

„Ich erwarte dich heute Abend in der Stadt des Himmels, Alruna."

„Aber ich muss nachts schlafen!", versuchte ich mich aus dieser unangenehmen Situation herauszureden.

„Ach Gottchen! Das habe ich ja ganz vergessen! Warte kurz, du kannst dir ja schon mal deine Sachen aus dem Hinterstübchen holen!" Sie rannte wieder davon und ich ging meine Jacke und meinen Rucksack holen.

Lady Rosetta gab mir eine schrumpelige Rosine in die Hand.

„Entschuldigung, ich mag keine Rosinen", sagte ich.

Sie schüttelte ihren Kopf: „Das sind doch keine Rosinen, das sind Früchte, die dein Bedürfnis zu schlafen abstellen werden. Für einen Monat wirst du hellwach sein."

„Ich werde ganz bestimmt keine verschrumpelte Frucht essen, weil die angeblich dafür sorgen soll, dass ich nicht mehr schlafen muss!", widersetzte ich mich.

„Du musst!"

Ich stöhnte und steckte mir die Frucht in den Mund. Sie schmeckte wie eine Rosine. Ich kam mir für einen Moment echt blöd vor, mit einer alten Frau dämliche Kinderspiele zu spielen, doch plötzlich fühlte ich mich wirklich wach. Hellwach.

„Glaubst du mir jetzt?", fragte Lady Rosetta. Ich nickte nur stumm, dann verließ ich den Laden.

„Vergiss nicht, dreimal reiben! Und verlier sie bloß nicht!", rief sie mir hinterher.

Die Stadt des Himmels

„Mama, kannst du mir bitte Fieber messen?", bat ich meine Mutter. Verdutzt sah sie mich an. „Meinetwegen ...", murmelte sie und holte das Fieberthermometer.

Ich saß im Wohnzimmer auf der Couch und trommelte mit meinen Fingern auf das Polster. Ich fühlte mich seit meiner Heimkehr seltsam, leicht beduselt und zugleich innerlich ganz kribbelig.

Mutter nahm das Thermometer und steckte es mir ins Ohr.

„Hmm ...", sie wartete kurz, dann zog sie es wieder heraus.

„Und?"

„36,9 ... Das ist vollkommen normal", antwortete sie.

„Was?! Nein, Mama, da musst du etwas falsch gemacht haben! Ich habe ganz bestimmt Fieber!", jammerte ich.

„Du hast kein Fieber, Alruna! Du willst morgen nur nicht zur Schule!", schimpfte sie.

„Mama, bitte, miss noch einmal!"

„Na gut..." Sie steckte mir erneut das Thermometer ins Ohr und wartete kurz.

„36,8. Und jetzt geh deine Hausaufgaben machen und dann ab ins Bett! Es ist schon spät."

Ich grummelte: „Keine Hausaufgaben auf."

„Dann geh ins Bett."

„Mama, ich bin kein ..." Sie ließ mich nicht ausreden.

„Bett", wiederholte sie.

„Es ist erst 19 Uhr."

„Dann geh in dein Zimmer, ich habe gehört, du bist heute früh wieder zu spät zur Schule gekommen, darum geht es jetzt früher schlafen für dich."

„Übertreib es ruhig!" Wütend stapfte ich in mein Zimmer.

Als ich auf meinem Bett saß, erinnerte ich mich wieder an die Worte von Lady Rosetta. *Dreimal reiben.* Wers glaubt, dachte ich, da mache ich mich doch bloß lächerlich, aber etwas in mir drängte mich, es auszuprobieren. Ich griff nach der Münze in meiner Hosentasche. Eins. Zwei. Drei.

Die Poster an den Wänden meines Zimmers verschwammen und das Bett rutschte mir unter meinem Po weg. Vor meinen Augen sah es aus, als würde ich wild durch die Luft gewirbelt, alle Farben des Regenbogens flogen an mir vorüber. Es fühlte sich merkwürdig und unheimlich an. In der Gegend meines Magens machte sich leichte Übelkeit breit, und bei den unzähligen Farben, die vor meinen Augen Ballett tanzten, wurde mir schwindeliger als bei jeder Karusellfahrt. Schließlich landete ich mit meinem Hintern auf einer Parkbank. Neben mir saß eine bedeckt gekleidete Frau, die Zeitung las. Ihr kam es kein bisschen merkwürdig vor, dass wie aus dem Nichts plötzlich ein Mädchen neben ihr hockte.

Sky City News stand auf dem Deckblatt der Tageszeitung.

„Entschuldigen Sie", unterbrach ich die Frau beim

Lesen. Sie sah mich an, über ihren Augen trug sie eine schwarze Sonnenbrille und ihre spitzen Lippen waren knallrot angemalt. Ich schätzte sie auf ungefähr fünfzig Jahre.

„Kennen Sie eine gewisse Lady Rosetta?", fragte ich die Frau.

„Lady Rosetta? Ach, dann bist du gewiss Alruna." Sie gab mir ihre Hand.

„Ich bin übrigens Lady Nyah, die kleine Schwester von Rosetta, aber mal unter uns ..." Sie zog ihre Sonnenbrille ein Stück unter ihre Augen und begann zu flüstern: „Im Geistigen bin ich eher die große Schwester von Rosetta." Sie zwinkerte: „Ich warte schon seit einer halben Stunde auf dich, dann bringe ich dich jetzt zu meiner Schwester. Komm mit!"

Wir gingen durch breite Straßen, vorbei an riesigen Wolkenkratzern. In der Welt, aus der ich komme, war gerade Nacht oder zumindest Abend, hier war helllichter Tag.

„Was haben wir für eine Uhrzeit?", fragte ich Lady Nyah.

„Um sieben. In deiner Welt ist gerade dieselbe Zeit, nur umgekehrt."

„Also Nacht?"

„Kann man so sagen."

Zwar war ich noch nie in New York gewesen, aber den Bildern nach zu urteilen, die ich von New York kannte, war Big Apple gar nichts gegenüber dieser Stadt. Und ich denke, es ist so gut wie unmöglich, eine Stadt auf der Welt zu finden, die New York in den Schatten stellen könnte, aber das war nicht *meine* Welt, das hier war eine andere Welt.

Hier, in der Himmelsstadt, sah es einfach nicht real aus, keine Stadt auf der Welt konnte *so* sein, aber es fühlte sich verdammt real an, hier zu sein.

Wenn man mich nach drei Wörtern fragen würde, um diese Stadt zu beschreiben, so würde ich *ewig, mächtig* und *grenzenlos* wählen.

An einem der Wolkenkratzer, wahrscheinlich dem höchsten, war eine riesige Werbetafel befestigt: *CloudLift - Ihr Aufzug in den Himmel.* Darunter stand: *Sky is the limit? - Sky is just the beginning.*

Ich sah hinauf in die Wolken. Dem Wolkenkratzer entsprang eine durchsichtige Röhre, und durch diese Röhre kam soeben ein Aufzug, der sogenannte *CloudLift.* Ich konnte die Silhouetten der Menschen im Aufzug noch knapp erkennen, von hier unten sahen sie kleiner aus als Ameisen, und sie waren wahrscheinlich so weit oben, dass man die gläserne Röhre an sehr bedeckten Tagen gar nicht sehen konnte.

Der Aufzug der Menschen fuhr durch eine schneeweiße Wolke hindurch. Fasziniert folgte ich mit meinem Blick dem Lift und wäre dabei fast gegen eine Laterne gelaufen.

„Gefällt dir der CloudLift?", fragte Nyah, als sie bemerkte, dass ich vor lauter Gucken fast gegen die Laterne gekracht wäre.

„Mhm ...", seufzte ich verträumt.

„Das ist schön, wir werden nachher vermutlich auch mit ihm fahren müssen. Auf den Wolken hat man einfach einen perfekten Ausblick über die Welten."

„Was?!" Ich sah sie entgeistert an.

„Was ist denn auf einmal? Ich dachte, es gefällt dir?"

„Ja schon, aber ... Von unten betrachtet ... Ich habe Höhenangst."

„Ach was, die Höhenangst vergeht dir, wenn du dort oben bist."

„Ich denke eher, dass sie da oben stärker wird ..."

Lady Nyah ließ das nicht gelten: „Dann halte dir eben, bis wir oben sind, deine Augen zu. Du brauchst einen Überblick von dort oben für deine bevorstehende Reise."

Ängstlich nickte ich.

„Wir sind da", sagte sie.

Vor uns war ein freier Platz, in der Mitte stand ein prachtvoller Springbrunnen. Den Rand des Platzes säumten riesige Häuser, jedes für sich eigen und schön.

Eines der Häuser war das Rathaus von Sky City oder Himmelsstadt. Ein Aufzug brachte uns ins 15. Stockwerk.

Die Gänge des Rathauses waren leer, und überall roch es nach Tee und Gebäck. Hinter einer der Türen befand sich das Büro von Lady Rosetta.

Nyah klopfte an die Tür.

„Herein!"

Das Büro hatte riesige Glasfenster und man hatte einen fantastischen Ausblick über die ganze Stadt. An einem hölzernen Schreibtisch saß Lady Rosetta und schlürfte Tee. Sie war die Bürgermeisterin der Stadt.

„Also bist du doch gekommen!", freute sie sich.

„Sie haben gesagt, sie wollen mir etwas Gutes, wenn ich Ihren Neffen rette", sagte ich.

Lady Rosetta lächelte.

„Ja, gewiss, das will ich!"

„Was wollen Sie mir Gutes tun?", fragte ich.

„Wenn du es schaffst, meinen Neffen, Clay, zu retten, so wirst du damit beschenkt werden, in den acht Traumwelten ein langes Leben ohne Sorgen zu führen. Aber das ist lange nicht alles: Ich werde dir die Hand von Clay geben."

„Waaaaaas?!", schrie ich.

Lady Rosetta begann zu lachen: „Keine Angst, ich werde meinem Neffen nicht die Hand abhacken. Damit meinte ich, dass du ihn heiraten wirst."

„Sie verstehen mich falsch! Ich will Ihren Neffen weder heiraten, noch will ich irgendein Körperteil von ihm haben!"

Das verstanden weder Lady Rosetta noch Nyah.

„Clay ist nicht einfach ein beliebiger Junge von der Straße. Er ist ein Prinz. Ihm gehört diese Welt", erklärte Lady Nyah.

„Ich will ihn trotzdem nicht heiraten!"

Sie schüttelten beide ihre Köpfe.

„Du wirst deine Meinung sicher ändern, wenn du ihn kennen gelernt hast."

„Aber in dieser Welt leben ...", ich stockte kurz, meine Worte klangen unsicher und gelogen, „will ich auch nicht ..." Die letzten Worte waren leise

19

und kaum hörbar.

Die Ladies sahen sich an: „Dann wirst du dir halt, wenn du Prinz Clay befreit hast, selber aussuchen dürfen, was du dir wünschst. Ist das okay?", fragte Lady Rosetta.

Ich überlegte kurz: „Ich glaube schon."

„Fein. Solange du in der Stadt des Himmels bist, wird Lady Nyah dich begleiten, danach bist du auf dich alleine gestellt. Du musst dreimal an der Münze reiben, um in deine Welt zurück zu kommen, und du darfst nie vergessen, dass, wenn hier Nacht ist, in deiner Welt Tag ist. Wenn du Hilfe brauchst, werde ich in meinem Antiquitätenladen immer auf dich warten."

Lady Rosetta gab mir eine Karte. „Da siehst du alle acht Welten und das Tor zur neunten."

„Ich zeige ihr alles noch mal auf den Wolken", ergänzte Nyah.

Ich schluckte kurz. *Alles nur das nicht ... Nur nicht dieser CloudLift,* dachte ich mir.

Der CloudLift und die Regenbogenfelder

„Bitte nicht!", flehte ich Lady Nyah an, als wir an der Kasse des CloudLifts standen.

„Ein Kind und eine Erwachsene, bitte", bat Nyah die Kassiererin.

„Zehn Münzen wären das", antwortete die Kassiererin mit Lächeln und freundlichem Blick.

Nyah gab ihr das Geld. „Den Rest können Sie behalten."

„Danke!" Sie wurde rot und steckte sich das Geld in ihre Hosentasche, dann reichte sie Nyah zwei Karten.

„Der nächste Aufzug kommt in fünf Minuten", fügte sie noch hastig hinzu, danach kümmerte sie sich um die nächsten Kunden.

Die Halle war recht leer, nur wenige Leute standen da und warteten. An der riesigen, gläsernen Röhre des Liftes zogen sich Putzkräfte rauf und runter. Es gab keine Räume in diesem Haus. Bis zur Decke hätten mindestens hundert Stockwerke Platz gehabt, doch es war alles frei. Es war ein seltsames Gefühl, in einem Raum mit so hoher Decke zu stehen, fast schwindelerregend.

Nervös tippte ich mit meinem Schuh auf den Boden. „Nyaaaaah, bitte, ich kann das nicht!", jammerte ich nochmals.

„Sieh es als Vorbereitung an!", sagte Nyah.

„Vorbereitung worauf?!"

„Auf deine Reise! Um Prinz Clay zu retten, wirst

du noch viel waghalsigere Dinge tun müssen, du wirst mehr Mut beweisen müssen als hier! Reiß dich bitte zusammen, Alruna, und sei nicht so eine Memme."

Ich verzog mein Gesicht zu einer Grimasse. „Ich mache da nicht mit!", jammerte ich verzweifelt, während der Aufzug rasend schnell zurück in den Wolkenkratzer rollte.

Die Leute ringsherum begannen uns anzuschauen.

„Alruna! Du machst uns hier völlig zum Affen!", zischte Lady Nyah.

„Oooooh bitte! Verschonen Sie mich! Ich will nach Hause! Suchen Sie sich jemanden anderen aus, der ihren Neffen rettet! Ich steige aus!", flennte ich.

„Zu spät", sagte Lady Nyah. Der Aufzug war unten angekommen.

„Komm bitte!" Lady Nyah schnippte mit ihren Fingern und wie durch Geisterhand musste ich ihr in den Aufzug folgen.

„Nein! Nein! Nein!", weinte ich, während meine Beine sich automatisch in den CloudLift bewegten. Mit meinen Händen klammerte ich mich an ein Geländer. Langsam fuhr der Fahrstuhl los und wurde immer schneller. Schlagartig wurde mir bewusst, dass so gut wie alles in diesem Aufzug aus Glas bestand. Sogar der Boden. Wo immer ich hinsah, erblickte ich entweder Himmel, eine unter meinen Füßen immer kleiner werdende Stadt oder dicht aneinander gedrängte Menschen. Es war ein bisschen, als ob ich schweben würde.

Neben mir schminkte Lady Nyah sich die Lippen.

Ein Typ scrollte sich durch irgendwelche Websites und eine rundliche Frau erzählte ihrem etwa zwei Jahre alten Jungen aus einem Bilderbuch. Außer mir waren fünf Leute im Lift und niemand schien beeindruckt davon, dass er sich gerade in extremer Höhe in einem gläsernen Aufzug befand. Nur ich. *Es ist nichts dabei, Alruna, entspann dich, kein Stress,* flüsterte ich mir zu, das Dumme war bloß, dass ich mir nicht glaubte. Meine Beine waren ganz zittrig, mein Körper fühlte sich an wie Wackelpudding. Ich konnte mir bildlich vorstellen, wie sich mein Gesicht von pfirsichfarben zu olivgrün verfärbte. Die ganze Fahrt dauerte nur eine Minute innerhalb des Wolkenkratzers und eine halbe in freiem Himmel, dennoch kam es mir vor wie anderthalb Stunden qualvoller Höhenangst.

Endlich hielt der CloudLift und wir traten direkt hinaus auf ein Wolkenmeer.

„Sind das echte Wolken?", fragte ich Lady Nyah.

Perplex sah sie mich an: „Was soll es denn sonst sein?!"

„Vielleicht sind es ja nur irgendwelche Fake-Wolken, dort, wo ich herkomme, kann man zumindest nicht auf Wolken laufen. Ich bin mir nicht mal so sicher, ob ich hier oben noch atmen könnte, wenn wir in meiner Welt wären ..."

„Wie du siehst, kannst du noch fantastisch atmen!"

Ein Mann, der mit uns aus dem Aufzug gekommen war, legte sich in die Wolke hinein, als wäre sie ein Bett. Mir fiel auf, dass er nicht der einzige hier war, der das tat.

Ich stellte mich ein bisschen näher zu Lady Nyah und lehnte mich leicht zu ihrem Ohr, sodass nur sie mich hören konnte.

„Was machen diese Leute da?", flüsterte ich und deutete auf den Mann.

„Oh, das ist eine beliebte Therapie hierzulande. Leute, die zu viel Stress haben, kommen hier rauf. Das Liegen in den Wolken hat eine sehr beruhigende Wirkung. Nur zehn Minuten Wolkenbad, so nennen wir es, vor der Arbeit und du bist den ganzen Tag entspannt und gut gelaunt."

Ich schaute sie einen Moment skeptisch an, dann aber warf ich mich in eine Wolke und schloss die Augen. Meine Höhenangst hatte sich hier oben irgendwie in Luft aufgelöst.

„Hey", rief Lady Nyah.

Sie hatte vollkommen recht. Diese Wolken waren so beruhigend, ein Kräutertee war gar nichts dagegen.

„Hey!" Lady Nyah wurde lauter.

„Was denn?", grummelte ich.

„Du bist nicht zu deinem Vergnügen hier. Wir haben nicht viel Zeit. Jede Sekunde zählt!"

„Könnt ihr euren Neffen nicht selber retten?", fragte ich, meine Augen waren geschlossen. Die Morgensonne erwärmte mein Gesicht.

„Wir sind alte Frauen, Alruna!", pfurrte Lady Nyah mich an. Die anderen Leute schienen sich nicht im Geringsten für uns zu interessieren.

„Kann dann nicht ein Mädchen aus dieser Welt euren Neffen retten?"

„Nein, *du* bist unsere Auserwählte."

„Und warum?" Ich gab mich gelangweilt und desinteressiert.

„Weil es nun mal so ist! Und jetzt hör auf, Fragen zu stellen, und steh wieder auf!"

Ich ließ mich immer tiefer in die Wolke sinken.

„Hörst du mich?"

Es schien mir, als würde ich alles um mich herum vergessen und die komplette Außenwelt gnadenlos ignorieren.

„Alruna!" Lady Nyahs Stimme zischte durch den Himmel.

„Anwesend ...", kicherte ich benommen.

Etwas griff nach meinem Handgelenk und riss mich nach oben. Kennt ihr dieses Gefühl, wenn man morgens von seiner Mutter oder dem Wecker aus dem Tiefschlaf geholt wird, um zur Schule zu gehen? Genauso fühlte es sich nämlich an.

„Ey, deine Sis hat mir so'n paar Rosinchen gegeben, die mich angeblich 'nen ganzen Monat lang hellwach halten sollen ... Haha denkste ...", kicherte ich benebelt und unkontrolliert.

„Du bist nicht müde!"

„Haha, da empfinde ich aber was ganz anderes, haha!", lachte ich dämlich und taumelte auf der Wolke herum. So fühlte es sich wohl an, wenn man betrunken war. Wenn ich heute daran denke, wie ich damals so über die Wolke tanzte, muss ich immer schmunzeln.

„Blubb, blubb, ich sehe Einhörner!", freute ich mich und torkelte weiter herum.

„Für so junge Leute wie dich ist es gar nicht gut, so lange ein Wolkenbad zu nehmen. Weil ihr damit noch nicht umgehen könnt. Ihr benehmt euch dann genauso, wie du es jetzt tust", wetterte Lady Nyah.

Ich tapste auf sie zu und stach ihr fast den Finger ins Auge, da ich dachte, ihre grünen Augen wären Limettenbonbons.

„Hör auf, Alruna!", brüllte sie.

„Guck mal dahinten!", schrie ich.

„Was ist denn?" Sie drehte sich um und ich sprang hinter ihrem Rücken auf sie zu und kuschelte meinen Kopf in ihre kratzige, fliederfarbene Jacke.

„Gar nichts ...", gluckste ich.

Sie schob mich behutsam von sich weg und sah mir in die Augen.

„Beruhige dich", sagte sie mit gezwungen ruhiger Stimme.

„Beruuhiiigeen! Beruuuuuuhiiigöööön!", gackerte ich in den Himmel und drehte mich immer schneller um die eigene Achse, sodass ich fast wortwörtlich aus allen Wolken gefallen wäre.

„Alruna! Pass doch auf!" Lady Nyah kam mir hinterher gerannt und zog mich noch schnell weg.

Noch einmal brach ich in schallendes Gelächter aus, anschließend plumpste ich wie ein Baby in den Wolkenboden.

Leicht schlug Lady Nyah mir gegen die Wangen und ich kam wieder zu mir.

„Bist du jetzt wieder normal!?", fragte sie mich. Ihr Gesicht war rot angelaufen und sie sah wirklich sauer aus.

Benommen nickte ich.

„Sieh dich um", sagte sie und schwenkte ihre Arme aus.

Von hier oben hatte man wirklich einen wunderbaren Ausblick über eine fantastische Welt, man konnte bis weit über die Grenzen von Sky City schauen.

„Wow ...", war alles, was ich dazu sagen konnte.

„Dahinten ...", sie deutete auf eine riesige Feldlandschaft „... das sind die Regenbogenfelder, und hinter ihnen ist das Tor, welches zur Albtraumwelt führt.

„Aber das ist doch voll einfach. Warum könnt ihr euch nicht alleine dahin bewegen?", fragte ich.

„Es ist eben nicht einfach!", herrschte sie mich an.

„Wieso nicht?"

„Hexe Perdita ist zwar böse, aber noch lange nicht dumm! Denkst du, sie lässt das Tor einfach offen stehen?"

„Ich kenne sie ja nicht. Könnte ja sein ...", sagte ich kleinlaut.

„Du musst das Tor irgendwie öffnen." Lady Nyah sah in die Ferne.

„Und wie, bitteschön? Ich habe nur einen IQ von 104, erwarten Sie also bitte keine allzu grandiosen Leistungen von mir, was logisches Denken betrifft", erklärte ich.

„Wir haben da jemanden, der dir helfen kann", bemerkte Nyah.

„Und wen?"

„Eine alte Freundin von uns müsste wissen, wie

sich das Tor öffnen lässt. Sie lebt in einem kleinen Haus in den Regenbogenfeldern. Ihr Name ist Dea."

„Aber diese Felder sind ja riesig! Wie soll ich denn da ein Haus finden? Wie lange soll ich denn da herum irren?", fragte ich resigniert.

„Ach ja ... So genau kann ich dir auch keine Wegbeschreibung geben, aber die Bewohner der Felder werden dir auf jeden Fall weiterhelfen können." Sie versuchte mich zu ermutigen.

„Aber warum ausgerechnet ich?", fragte ich betreten.

„Ausgerechnet was?"

„Warum ich das hier machen soll!"

„Weil du hierher gehörst, Alruna, und jetzt komm!" Sie lotste mich zurück zum Aufzug.

„Wieso sollte ich hierher gehören?"

„Dein Muttermal."

„Was?!"

Unter meinem Auge hatte ich ein kleines Muttermal, das aussah wie ein Stern.

„Das ist das Muttermal von einer Feenfamilie aus der Stadt der Wunder", klärte Lady Nyah mich auf.

Feenfamilie? Ich soll aus einer Feenfamilie sein? Das ist doch verrückt!, dachte ich, während wir mit dem CloudLift hinunter fuhren. Ich hatte gar keine Zeit für Höhenangst, zu sehr wirbelten meine Gedanken.

„Was meinen Sie damit, ich sei aus einer Feenfamilie", fragte ich Lady Nyah, als wir unten angelangt waren.

28

„Das wirst du erfahren, wenn die Zeit reif ist." Mehr wollte sie nicht sagen, ich konnte sie noch so drängen.

Wir standen an der Grenze zwischen der Stadt des Himmels und den Regenbogenfeldern. Lady Nyah kramte in ihrer Tasche und zog ein Päckchen raus, das sie sorgfältig auswickelte. „Nimm diese Uhr mit", sagte sie, „und nicht vergessen, die Zeit in deiner Welt bleibt nicht stehen. Wenn es zu spät wird, musst du einfach dreimal an der Münze reiben, ja? Und verliere sie bloß nicht, sonst wirst du entweder für immer hier eingesperrt sein oder in deiner Welt."

Ich hörte nur halb zu. Das hatte Lady Rosetta mir doch schon alles gesagt. Warum meinten die Erwachsenen immer, sie müssten uns alles doppelt oder dreifach sagen.

Lady Nyah hing mir die Uhr an einer goldenen Kette um meinen Hals. „Viel Glück!", wünschte sie mir lächelnd. Ihre Augen waren nicht halb so schön wie die ihrer Schwester. Sie waren zu ... glanzlos.

„Ich kenne mich hier doch überhaupt nicht aus", sagte ich, aber Lady Nyah war schon verschwunden.

Da stand ich also. Alleine in einer mir unbekannten Welt auf einem unendlich weiten Feld. Und alles, was ich hatte, waren eine goldene Uhr, die um meinen Hals hing, meine Kleider und eine Münze, die mich wieder nach Hause bringen sollte, wenn ich dreimal daran rieb. Ehrlich gesagt, hatte ich nicht mal Schuhe an den Füßen, sondern nur Häschen-Kuschelsocken.

Die Regenbogenfelder waren, wie es der Name sagte, mit Regenbogen übersät. Überall schossen farbenprächtige Regenbogen aus dem Boden in den Himmel, sie waren wunderschön anzusehen, allerdings konnten sie meine Probleme auch nicht lösen.

Es war zwölf Uhr mittags und ich irrte immer noch umher. Ich sollte nach einem Haus suchen ... Toll! Hier gab es überhaupt keine Häuser, das war die reinste Wüste, was Population anging. Zumindest von menschlichen Wesen ... Oder wenigstens von Wesen, die menschenähnlich waren. Tiere gab es hier nämlich genug.

Die Sonne stach in meinen Rücken und der Schweiß lief über meine Stirn. In meiner Welt war gerade Dezember, es war noch eine Woche bis zu den Winterferien, und das Wetter in meiner Welt war auch dem Winter entsprechend. Hier war eher der Übergang von Frühling zu Sommer.

„Wie heißt du?", fragte mich eine hohe Stimme.

Ich drehte mich um und guckte in alle Richtungen.

„Hier unten!", piepste die Stimme.

Ich senkte meinen Kopf und riss ihn auf der Stelle wieder zurück.

„Oh mein Gott!" Ich schrie so laut, dass ein paar Vögel verschreckt davon flatterten.

„Noch nie ein Eichhörnchen gesehen?" Die Stimme klang gereizt und das kleine Eichhörnchen drehte mir demonstrativ den Rücken zu.

„Nur weil ich so dick bin ... Ja, ich esse ein bisschen zu viel Nüsse, okay? Okay?! Meine Geschwister sind alle viel dünner als ich ... dafür bin ich die Intelligenteste. Mein IQ beträgt 135. Ich bin ein Genie. Außerdem bin ich niedlich, obwohl ich einen Hauch zu dick bin ... Meine Pausbäckchen machen mich noch niedlicher! Ich bin zum Knuddeln, kapiert?!", quietschte es mich empört an.

„Nein, nein, nein! Du bist nicht dick! Ich habe nur noch nie ein sprechendes Eichhörnchen gesehen, verstehst du?", versuchte ich das kleine Wesen zu besänftigen.

Theatralisch kam es auf mich zugetippelt und ließ sich gespielt dramatisch auf meinen Schoß sinken.

„Bin ich niedlich?", hauchte es.

„Ja, bist du ...", antwortete ich.

„Sehr niedlich?"

„Jaahaaaaa!"

„Das Niedlichste, was du je gesehen hast?"

„Ja, doch. Und du hast doch gesagt, du bist auch schlau: Kannst du mir bitte helfen?", fragte ich.

Es kletterte auf meine Schulter.

„Mein Name ist Lux, die Erleuchtete!" Sie puschelte mit ihrem Schwänzchen an meinem Hals herum. „Und wie heißt du denn jetzt?"

„Alruna", sagte ich und fügte hinzu: „Und du, kannst du mir nun helfen?"

„Wobei brauchen Mademoiselle denn Hilfe?", piepste Lux theatralisch und kuschelte sich weiter um meinen Hals.

31

„Kennst du eine Dea? Sie soll irgendwo in einem Haus hier wohnen."

„Dea?" Lux, das Eichhörnchen, überlegte. Ich wartete.

„Ohja, natürlich kenne ich eine Dea!"

„Großartig! Kannst du mir sagen, wo genau ich sie finden kann?"

„Nur, wenn du mir verrätst, warum du nach ihr fragst ... Und warum du keine Schuhe anhast." Sie kicherte.

„Keine Zeit! Sag mir bitte einfach, wo sie ist!"

Lux brummelte kurz beleidigt vor sich hin, schien dann aber zu spüren, dass es mir ernst war. „Also gut. Ich *führe* dich zu ihrem Häuschen, ist das genehm?"

„Hach, meinetwegen."

Lux krabbelte auf meinen Kopf. „Siehst du dahinten den Hügel?", fragte sie.

„Ja."

„Geh dahin!"

Ich folgte ihrer Anweisung und wanderte zu dem Hügel.

„Irgendwann werde ich eine berühmte Schauspielerin", schwärmte Lux.

„Als Eichhörnchen?" Ich hätte besser geschwiegen. Lux redete sich in Rage: „Ja. Warum nicht? Menschen lieben Eichhörnchen. Und ich, ich werde das berühmteste Eichhörnchen der Welt! Man wird mich überall hier kennen! Und in der Stadt des Himmels werden riesige Schilder nur mit meinem bezaubernden Antlitz an den

Wolkenkratzern hängen ... Hach, wäre das nicht schön?"

„Hast du dich nicht gerade eben noch beklagt, du seist dick?"

„Ich bin ein bisschen dick, aber ich bin süß! Kapierst du das nicht? Die Leute lieben alles, was klein, dick und flauschig ist!", meckerte sie.

„Ach so, na dann ..."

„Ich würde soooo gerne mal in die Stadt des Himmels. Warst du schon einmal da?", fragte sie verträumt.

„Ich komme quasi daher ..."

„Jaa?!" Sie war ganz aufgeregt. „Erzähle mir alles! Sind die Häuser dort wirklich so riesig? Und warst du auch im CloudLift? Und hast du Stars getroffen? Wenn ja, wen und wie viele?!"

„Ja, die Häuser sind extrem riesig, und der CloudLift ist ... ähmm ... es ist grausam, damit zu fahren. Stars habe ich wohl keine gesehen."

„Grausam? Warum ist der CloudLift grausam?", fragte sie schockiert.

„Du bist so enorm hoch oben und alles ist aus Glas, selbst der Boden. Da bekommt man eine furchtbare Höhenangst", erzählte ich Lux. „Kennst du das auch?"

„Ich bitte dich, ich bin ein Eichhörnchen."

Den ganzen Weg über (und der war sehr weit) textete Lux mich zu. Sie redete über irgendwelche Schauspieler oder Sänger, ihre acht Geschwister, über Nusssorten, die sie gerne aß ...

Um drei Uhr waren wir endlich bei dem Haus

angekommen, es stand hinter dem Hügel und war mit bunten Blumen bewachsen. Mein Kopf tat höllisch weh von Lux' Gerede und meine Kleider waren völlig durchgeschwitzt.

„Da wohnt Dea", erklärte Lux.

„Danke für deine Hilfe." Ich nahm sie von meinem Kopf herunter.

„Hey, ich werde da mit reinkommen!", fauchte Lux.

„Du wolltest mich hierher bringen und das hast du auch getan, du kannst jetzt gehen. Danke!" Ich wusste, ich war ungerecht, aber Lux riss mir den letzten Nerv aus.

„Wo bleibt mein Lohn?", fragte Lux.

„Welcher Lohn?!"

„Ich habe dir eine Dienstleistung erbracht. Wo ist meine Bezahlung?"

„Du hast mir keine Dienstleistung erbracht. Das war soziales Engagement. Und jetzt zieh Leine!" Ich setzte sie auf den Boden.

„Ich gehe, wann ich es will, Mademoiselle!" Sie krabbelte wieder an mir hoch.

„Runter!", befahl ich.

„Lohn?"

Die Tür des Haus öffnete sich und eine Frau mittleren Alters trat heraus. Ihre Haare leuchteten in den Farben des Regenbogens, ihre Augen waren grüner als Gras. Bekleidet war sie mit einem himmelblauen Kleid und am Mittelfinger der rechten Hand steckte ein roter Ring.

„Wer ist hier so laut?", fragte sie sanft.

Stumm blieben Lux und ich stehen.

Der Blick der Frau fiel auf uns: „Was wollt ihr hier?"

„Ähm ..." Ich trat auf sie zu. „Mein Name ist Alruna. Ich wurde von Lady Rosetta und Lady Nyah geschickt. Ich soll den Prinzen Clay retten. Lady Nyah sagte, sie könnten mir vielleicht bei etwas behilflich sein. Sie ... Sie sind doch Dea, oder?"

„Gewiss, ich bin Dea, tritt ein. Und das Eichhörnchen da?", fragte sie und deutete auf Lux.

„Ich bin ihre Gefährtin", warf Lux rasch ein, bevor ich etwas erwidern konnte. Wütend sah ich zu ihr hinauf. Sie bedachte mich mit einem schelmischen Grinsen.

„Dann kommt herein." Dea winkte uns in ihr Häuschen. Kleine Vögel in allen Farben flatterten durch die Wohnung und überall standen und lagen Blumen, man konnte kaum einen Fuß vor den anderen setzen, ohne nicht versehentlich darauf zu treten.

„Setzt euch doch an meinen Kaffeetisch", sagte Dea und wandte sich von uns ab.

Wir standen in einem kleinen Zimmer des Hauses, das mit Sicherheit eine Art Wohnzimmer war. Hinten im Raum war ein mit Moos bewachsener Kamin und die zwei Sofas waren mit bunten Decken ausgestattet. Auf dem Kaffeetisch stand ein Teeservice und das Tischtuch war mit Rosen bestickt.

Dea kam mit Kuchen zurück.

„Bestimmt seid ihr weit gereist", sagte sie besorgt und schnitt mir ein Stück ab. Für Lux hatte sie ein paar Extra-Stücke Nusskuchen mitgebracht, meiner war mit Kirsche und einer dicken Schicht Schlagsahne oben drauf. Dankend nahm ich ihn an.

„Du willst bestimmt wissen, wie du durch das Tor kommst?", fragte Dea.

„Genau. Aber woher wissen Sie das?"

„Ich hatte einen Traum", erwiderte sie zwischen zwei Bissen. „Und so viele Wesen verirren sich ja nicht zu mir."

„Und? Können Sie mir helfen?"

„Ja und nein." Sie seufzte. „Also, in allen acht Welten gibt es einen Stein, der die jeweilige Welt sozusagen zusammenhält. Wenn dieser Stein aus seiner ursprünglichen Welt entnommen wird, passiert der Welt nichts, aber sollte einer der Steine zerstört werden, dann wird auch die dazugehörige Welt zerstört. Weißt du, Perdita ist meine Tante. Bevor sie Prinz Clay entführte, hat sie mir von ihrem Plan erzählt, dabei erwähnte sie auch das Tor. Um es zu zerstören, braucht man alle acht Steine auf einmal. Das ist die einzige Möglichkeit, in die Stadt zu gelangen. Mit allen acht Steinen zusammen hat man genug Kraft, das Tor samt der unsichtbaren Barriere zu zerbrechen. Jeder der Steine wird von einem Hüter beschützt. Zum Beispiel von mir." Sie zog an einer Kette, die um ihren Hals hing, und zeigte uns den Anhänger. Der Stein war oval und wechselte stetig seine Farben.

„Ihr könntet in alle acht Welten reisen, den

jeweiligen Hüter ausfindig machen und ihn lieb um den Stein bitten. Da gibt es nur ein Problem. Vorher müsst ihr euch dem Hüter des Steines beweisen. Ein weiser Hüter würde seinen Stein niemals einem Unwürdigen geben."

Seufzend lehnte ich mich zurück: „Und wie soll ich mich bitte diesen Hütern beweisen?"

„Kommt darauf an, wer der Hüter ist. Ich will ja mal nicht so sein ..." Sie nahm ihre Kette ab und hängte sie mir um den Hals. Dabei fiel ihr die Uhr auf, die Lady Nyah mir gegeben hatte.

„Ich wollte dir schon vorschlagen, als nächstes den Stein von SkyCity zu holen, aber den hast du anscheinend schon."

„Das ist aber eine Uhr und kein Stein."

„Der Stein ist in der Uhr verarbeitet."

„Ach so."

„Wartet, ich hole euch etwas, das euch helfen kann!", sagte Dea und rannte aus dem Zimmer.

Lux sah mich an. Sie hatte drei Stück Nusskuchen verputzt und strich sich zufrieden über ihren Bauch. „Hihi, Partner", kicherte sie.

„Komm mir bloß nicht mit Partner, du hinterhältiges Eichhörnchen!", knurrte ich.

„Oh, da ist aber jemand ganz aggressiv!", lachte sie.

Dea kam mit einer kleinen, zusammengerollten Karte zurück und breitete sie auf dem Kaffeetisch aus. „Ich schreibe euch jetzt zu jeder Welt den entsprechenden Hüter auf, das wird euch garantiert weiterhelfen."

Mit einem Stift schrieb sie etwas auf die Karte.

„Alruna, du bist nicht aus dieser Welt, oder?", erkundigte Dea sich.

„Nein, ich bin nicht aus dieser Welt."

„Dann solltest du vielleicht erst mal wieder in deine Welt zurückkehren, da ist es schon bald Morgen."

Ich schaute auf die Uhr und erschrak. Dea hatte recht. In einer Viertelstunde würde meine Mutter mich wecken, und sollte ich dann nicht im Bett liegen ...

„Aber sollte ich jetzt in meine Welt zurückkehren, lande ich dann das nächste Mal, wenn ich an der Münze reibe, nicht wieder in der Stadt des Himmels?"

„Nein, du wirst wieder genau hier landen, also an dem Ort, den du zuletzt verlassen hast."

Dea umarmte mich, Lux knabbert kurz an meinem Ohr, dann fingerte ich die Münze aus der Hosentasche und rieb drei Mal.

Acht Steine, ein Idiot, ein übergewichtiges Eichhörnchen und ich

„Morgen, meine Hexe", begrüßte Glenn mich, als er in unseren leeren Klassenraum kam.

„Morgen, Mr. Perfect", brummte ich.

„Danke, Schnucki, ich weiß, dass ich perfekt bin", sagte er selbstverliebt lächelnd.

„Glenn, hast du eigentlich eine Schwester?", fragte ich kiebig.

„Nö, wieso?"

„Du siehst aus, als hätte dich jemand geschminkt!"

„Hahaha, sehr witzig, Hexe, deine Fratze könnte auch mal ein bisschen Make-up vertragen."

„Du Depp, ich bin geschminkt."

„Uh ... Dann will ich gar nicht wissen, wie du ohne Schminke aussiehst, Hexe", sagte er grinsend.

„Halt deine Klappe, Glenn!"

Ich bückte mich zu meiner Schultasche, um mein Mathebuch herauszuholen. Beim Öffnen fiel mir aus Versehen meine Tasche um und die Münze, die Lady Rosetta mir gegeben hatte, purzelte heraus und landete auf dem Boden.

Als Glenn hörte, wie meine Tasche umfiel, drehte er sich um und hob die Münze auf.

„Oh, ich hab Geld gefunden."

„Glenn!", zischte ich, mehr ängstlich als wütend.

„Was denn, Hexe?"

„Gib mir die Münze zurück! Sofort!"

Wir waren immer noch alleine in dem Raum, ich

humpelte auf Glenn zu, stolperte dabei aber über den Gurt meiner Tasche und knallte beim Stürzen gegen Glenns Körper.

„Hexchen, versuchst du etwa, dich an mich ran zu machen?", gackerte er belustigt.

„Nein, du Pfosten. Gib mir nur diese verdammte Münze!", fauchte ich.

„Lass mich drüber nachdenken ... Nein!" Er lachte. Ich klammerte mich an seiner Jacke fest und riss an seinem Arm. Wir flogen beide gegen einen Tisch. Unter meinem Pullover hingen die Uhr und der Stein der Regenbogenfelderwelt. Die zwei Beweise, dass ich nicht geträumt hatte, sondern wirklich in einer Parallelwelt gewesen war.

Glenn befand sich unter mir auf dem Tisch und ich lag förmlich auf ihm drauf, ein sehr unangenehmes Gefühl.

„Hexe, das sind ja ganz neue Seiten an dir." Er lachte dämlich.

„Boah, du Idiot, gib mir einfach die Münze." Meine Stimme war fast schon weinerlich.

Glenn konnte gar nichts mehr sagen, plötzlich verschwamm alles um uns herum.

Mit aller Kraft umfasste ich Glenns Bauch und krallte mich an ihm fest. Ein Geruch von Männerdeo und Weichspüler stieg mir in die Nase.

Mir wurde schlecht von den vielen Farben, die um mein Gesicht wirbelten, und ich presste mich in Glenns kratzigen Pullover.

Er legte seine Arme um mich, erst locker, dann immer fester. In diesem Moment hätte ich ihn am liebsten geohrfeigt. Zwar krallte ich mich selber an ihm fest, aber ich hatte auch jedes Recht dazu, immerhin war er der Idiot, der mir die Münze weggenommen hatte. Und kleine Idioten müssen natürlich immer mit den Dingen spielen, die sie in der Hand haben, was in seinem Fall die Münze war.

Abrupt knallten wir zusammen auf das Sofa, das in Deas Haus an ihrem Kaffeetisch stand. Auf der anderen Seite des Kaffeetisches befand sich noch ein Sofa, auf dem Dea und Lux gerade saßen. Sie starrten uns verblüfft an.

„Wo sind wir, Hexe?", fragte Glenn erschreckt.

Ich ließ ihn los und entgegnete sauer: „An einem Ort, wo wir nicht wären, hättest du mir die Münze wieder gegeben."

„Du bist ja anscheinend wirklich eine Hexe", sagte Glenn, setzte sich auf und schaute sich neugierig um. „Wer ist die Frau dort mit dem Staubwedel auf dem Kopf?" Glenn deutete auf Dea.

„Halt die Klappe!", zischte ich.

„Scheiße! Warum ist hier ein Eichhörnchen?!", keifte Glenn ängstlich.

„Hast du etwa Angst vor Eichhörnchen?", fragte ich ihn amüsiert.

„Ich habe ganz bestimmt keine Angst vor Eichhörnchen. Ich frage nur, was es in einem Haus zu suchen hat, das ist alles."

Für ein Eichhörnchen musste Lux ziemlich doll grinsen und sagte: „Dein Freund ist aber sehr hübsch."

„Mein Freund?!", schrie ich entsetzt.

„Iiiih, als ob ich mit der Hexe zusammen wäre ...", gab Glenn dazu und ich stieß ihn in die Seite.

„Ähm, Alruna, wer ist dieser Junge?", fragte Dea und musterte Glenn missbilligend. Ich war froh, endlich mal einen Menschen gefunden zu haben, der Glenn nicht vom ersten Moment an anhimmelte.

„Das ist Glenn, er ist ein Idiot aus meiner Schule und hat aus Versehen an der Münze gerieben ...", stöhnte ich.

„Alruna, du hast eine gewisse Verantwortung mit deiner Aufgabe bekommen!", schimpfte Dea.

„Ich mache das hier immerhin nicht freiwillig!"

„Kann mir bitte einer mal erklären, wo wir hier überhaupt sind?", fiel Glenn uns ins Wort.

„Das ist doch vollkommen egal. Gib mir einfach die Münze und wir sind wieder im Klassenraum."

Glenn wollte mir gerade die Münze reichen, als Dea ihn aufhielt.

„Stopp, stopp, stopp! Ihr werdet schön warten, bis ihr Schulschluss habt, sodass euch niemand sieht, wenn ihr zurückspringt."

„Wir kriegen riesigen Ärger, wenn wir nicht zum Unterricht erscheinen", protestierte ich.

„Tja, das sind dann wohl die Konsequenzen, meine liebe Alruna. Außerdem würde es noch seltsamer erscheinen, wenn ihr wie aus dem Nichts im Klassenraum auftaucht", hielt Dea dagegen.

„Alruna, du bringst mich jetzt umgehend zurück in die Schule!", forderte Glenn.

Dea nahm uns die Münze weg und reichte sie Lux.

„Wann habt ihr Schulschluss?", fragte sie.

Ich sah Glenn wütend an, er starrte mindestens so wütend zurück.

„Um zwei", antwortete ich mürrisch.

„Lux, du wirst denen um zwei Uhr morgens die Münze geben, bis dahin behältst du sie, egal, was passiert. Und wenn ihr schon hier seid, könnt ihr euch gleich mal um deine Aufgabe kümmern, Alruna."

Lux sprang auf Glenns Schulter.

„Geh da runter, Eichhörnchen!", fauchte er und machte einen Satz vom Sofa hinab.

„Heul nicht, Glenn, das ist nur ein Eichhörnchen", sagte ich leise und zog die beiden aus dem Haus.

Draußen tauchte der Sonnenuntergang die weiten Felder gerade in eine orangene Farbe und die Temperatur ließ langsam nach.

Lux und ich liefen los, Glenn dagegen blieb stur an Deas Haus stehen. „Egal, was deine bescheuerte Aufgabe ist, ich werde dir sicher nicht helfen", protestierte er.

„Glenn, komm, das ist die einzige Möglichkeit für dich, wieder nach Hause zu kommen!", rief ich.

„Du bringst mich gefälligst auf der Stelle heim!"

„Sag das dem Eichhörnchen." Ich drehte Glenn den Rücken zu und lief mit Lux weiter. Nach einer Weile kam Glenn doch hinterher gerannt und sah mich an wie ein kleines Kind, das sein Spielzeug nicht bekommen hat.

„Wie lange seid ihr schon zusammen?", fragte Lux

frech.

„Du hältst jetzt die Klappe, Eichhörnchen, oder ich mache einen Braten aus dir!", schnaubte Glenn.

„Dein Freund ist aber sehr temperamentvoll, Alruna", lachte Lux.

„Sei still, Lux, wir machen sonst beide einen Braten aus dir."

Lux ließ sich nicht beeindrucken: „Verrätst du mir dein Geheimnis, Alruna?"

„Was für ein Geheimnis?"

„Wie *du* dir so einen hübschen Freund angeln konntest", prustete sie los.

„Du dämliches Eichhörnchen!", stieß ich aus und lief rot an. Glenn musste kichern.

„Hört auf zu lachen!"

„Eichhörnchen, wir sind nicht zusammen, wäre ein Wunder ...", lachte Glenn.

„Könnt ihr jetzt bitte endlich ruhig sein?!" Beide ignorierten mich.

„Nenn mich nicht Eichhörnchen, ich heiße Lux."

„Lux? Das ist aber ein süßer Name ...", schmeichelte Glenn sich bei Lux ein.

„Danke, Glenn ..." Lux plusterte sich freudig auf.

„Ich würde vorsichtig sein, Lux. Erst schmiert dir der Herr Honig um dein Eichhörnchenmaul, dann überfällt er dich, nimmt dir die Münze weg und macht Eichhörnchenhackbraten mit Nusssoße aus dir."

„Nur weil dir niemand Komplimente macht", fauchte Lux verletzt.

Um vom Thema abzulenken, fragte ich Lux: „Wo

müssen wir als Nächstes hin?"

„Ins Kleeblatttal. Es ist gleich hier nebenan."

„Kleeblatttal?", fragte Glenn belustigt.

„Halt dich da raus, Glenn!"

„Aber, Alruna, Glenn gehört doch jetzt mit zu uns."

Ich blieb stehen und sah mir dieses unverschämte Eichhörnchen an: „Eigentlich gehörst du auch nicht zu mir, du hast dich einfach an mich geklebt und dumm rumgelogen und er ...", ich deutete auf Glenn, „... gehört erst recht nicht zu mir." Ich holte tief Luft und schrie: „Ist das klar?"

„Psst, Alruna", flüsterte Lux plötzlich und legt mir ihre Pfote auf den Mund. Im Gebüsch neben uns raschelte etwas. Lux wurde ganz steif.

„Du solltest leiser reden, Alruna", raunte sie.

„Ich rede so laut, wie ich will!", brüllte ich.

„Alruna, wirklich, es ist gefährlich hier nachts oder auch abends. Eine junge Frau wie du dürfte gar nicht mehr draußen sein um diese Uhrzeit", mahnte Lux.

„Ach, und warum, Fräulein Eichhörnchen?", schrie ich.

Lux kletterte an mir hoch und stellte sich an mein Ohr. „Komm her!" Sie winkte Glenn zu sich.

„Mach doch nicht so ein Drama", fauchte ich Lux an.

Glenn beugte sich auch an mein Ohr, sodass er Lux zuhören konnte.

„In weiten Teilen unserer Welten gibt es Räuber und diese begehen ihre Verbrechen am häufigsten nachts. Die Räuber arbeiten meistens zusammen mit Hexen, sie besorgen ihnen Testpersonen fürs Experimentieren mit Tränken oder Heilmitteln."

„Ahja, willst du mir etwa weis machen, dass ich von Räubern überfallen werden könnte, Fräulein Eichhörnchen?", fragte ich ungerührt.

„Es ist sehr gefährlich", flüsterte Lux.

Ich nahm sie an ihrem Fell und setzte sie auf den Boden. „Es gibt hier keine Räuber, Lux!", stellte ich klar.

„Du bist doch erst seit einem Tag hier. Woher willst du dir also so sicher sein?" Da hatte das Eichhörnchen zwar recht, aber nachgeben wollte ich nicht. „Hallo, Räuber! Hier sind wir!", brüllte ich.

„Alruna!"

„Rääääuuuubeer!"

Glenn legte mir seine Hand auf den Mund.

„Sei doch still, Hexe, ich habe keine Lust, auch noch von irgendwelchen Räubern überfallen zu werden!"

„Hexe?", fragte eine tiefe Männerstimme und ich brabbelte etwas in Glenns Hand. Ein Mann trat aus dem Gebüsch. In der Dämmerung konnte man ihn nicht allzu gut erkennen, aber man sah das Messer in seiner Hand blitzen.

„Wer sind Sie?", fragte Glenn eingeschüchtert.

„Namen tun nichts zur Sache. Ihr werdet jetzt mit mir kommen, ob ihr wollt oder nicht."

„Und wenn nicht?" Ich wollte mich nicht einfach so in mein Schicksal ergeben. Der Mann grinste mich hämisch an und deutete aufs Gebüsch. Drei weitere Männer traten hervor und hielten uns Messer an die Rücken; einer nahm Lux am Schlafittchen.

„Was ist das denn Schönes?", fragte einer der Männer. Ich konnte nicht sehen, was er meinte.

„Hey, geben Sie das zurück!", quietschte Lux, außer sich vor Wut.

„Sehe ich aus, als würde ich auf Eichhörnchen hören?", erwiderte der Mann lachend.

Mit Messern an den Rücken wurden wir in ein Haus gebracht, das in einem kleinen Wald lag. Lux bedachte mich mit bösen Blicken, Glenn jammerte irgendetwas vor sich hin, was ich nicht verstehen konnte.

Die Männer warfen ein Netz über uns, als wären wir Fische, und sperrten uns in einen Raum.

„Geben Sie mir die Münze zurück!", schrie Lux den Männern hinterher, als sie den Raum verlassen wollten.

„Nein, Eichhörnchen!"

Ich sah Lux verärgert an: „Du hast dir doch nicht wirklich die Münze wegnehmen lassen?"

„Alles deine Schuld, weil du nicht auf mich gehört hast", rechtfertigte Lux sich.

„Du doofes Eichhörnchen! Wie sollen wir jetzt heim kommen, hä?" Meine Stimme bebte.

„Na toll ... Ich bin gefangen, in einem Fischernetz, in einem Haus von ein paar Räubern, in irgendeiner anderen Welt ...", bemitleidete Glenn sich selber. Am liebsten hätte ich ihm den Hals umgedreht, er ging mir mit seinem Gejammer sowas auf die Nerven. „Halt einfach die Klappe", sagte ich, doch Glenn dachte nicht dran.

„Ist doch wahr", zeterte er. „Da hock ich nun mit einer Idiotin und einem blöden, sprechenden Nagetier und ..."

„Ich bin nicht blöd", ereiferte sich Lux. „Ich habe einen IQ von 135, und ich weiß, wie ..."

Ich ließ sie nicht aussprechen. Glenn hatte mich auf eine Idee gebracht. „Was hast du da gesagt, Glenn? Nagetier?"

„Ja, Hexe, ich bin mir ziemlich sicher, dass Eichhörnchen zur Familie der Nagetiere gehören."

„Ja, ja, schon klar, aber ist dir nicht klar, was das bedeutet?", fragte ich ungeduldig.

„Hä?"

„Mann, wir sind gefangen in einem Fischer*netz* mit einem *Nage*tier."

„Ja, traurig, nicht wahr? So endet mein Leben", verfiel Glenn wieder in sein Selbstmitleid.

„Nein, du Dödel! Lux kann das Netz vielleicht durchbeißen. Mit ihren Zähnen."

„Das hätte ich euch ja vorher vorgeschlagen, aber ihr habt mich nicht zu Wort kommen lassen mit eurer Streiterei", motzte Lux.

„Dann los, Lux!", feuerte Glenn sie erwartungsvoll an.

Langsam knabberte Lux einen Faden nach dem anderen durch und biss uns allmählich frei. Mit pochendem Herzen stieg ich aus dem Netz und wollte gerade aus dem Raum herausrennen, als ich mich erinnerte, dass abgeschlossen war.

„Und was machen wir wegen der Tür?", fragte ich.

Von unten konnte man die Räuber feiern hören.

„Es gibt hier hinten noch ein Fenster", bemerkte Glenn.

„Wie hoch?"

Glenn schob das Fenster leise auf und sah hinaus.

„Ähm ... Es geht."

„Es geht?"

„Ja, so um die sechs Meter."

Draußen war es bereits stockdunkel, nur der weiße Mond und das Licht, das aus den unteren Räumen des Hauses trat, warfen ihren Schein auf die Waldlichtung, auf der die Hütte der Räuber stand.

„Also, wie ist dein Plan, Glenn?", fragte ich.

„Warum soll ich einen Plan haben?"

„Weil wir theoretisch nur wegen dir hier sind."

„Wieso bin ich denn auf einmal schuld?"

„Ähem!", räusperte Lux sich.

„Was denn!", plärrten Glenn und ich sie wie aus einem Munde an.

„Erstens nervt es, dass ihr schon wieder streitet, und zweitens wird es, wenn ihr weiter so rumschreit, nicht lange dauern, bis die Räuber euch hören und nach oben kommen, um nach dem Rechten zu schauen."

Glenn und ich blieben still.

„Also, ich klettere jetzt runter und versuche dann bei den Räubern unten wieder reinzukommen und mir die Münze zurückzuholen. Sobald ich die Münze habe, pfeife ich und ihr klettert zu mir raus."

„Können Eichhörnchen überhaupt pfeifen?", fragte Glenn und erntete für diese unnötige Frage einen Stoß von mir in die Seite.

„Wie sollen Glenn und ich bitte hier raus klettern, Lux?", fragte ich mit ruhiger Stimme.

„Stimmt auch wieder ... Dann komme ich halt nach oben und schließe die Tür von der anderen Seite auf."

„Hoffentlich funktioniert alles."

„Bis gleich", flüsterte Lux und kraxelte flink an der Hauswand hinunter.

Mein Bauchgefühl sagte mir, dass wir jetzt eigentlich gerade eine Biologie-Arbeit schreiben sollten ... Für die ich nicht gelernt hatte. Aber sogar das wäre mir lieber gewesen …

Nervös hockten Glenn und ich auf dem Holzboden und warteten auf ein Lebenszeichen von Lux. Ich hörte nur unseren Atem und die dumpfen Geräusche der grölenden Räuber. Es war mir ausgesprochen unangenehm, alleine mit Glenn in einem Raum zu sein. Das war es mir immer, auch frühmorgens in der Schule, wir beide waren meistens die ersten im Klassenzimmer, aber mit Glenn nachts alleine eingesperrt zu sein, gefangen in den Klauen von blutrünstigen Räubern ... Gut, ich übertreibe, die Räuber waren eher harmlos im Gegensatz zu anderen Dingen, die uns auf unserer Reise erwarteten. Dennoch ist es nicht gerade toll, von bewaffneten Räubern gekidnappt zu sein.

„Irgendwie hat das doch alles gewisse Ähnlichkeit

mit den Bremer Stadtmusikanten, findest du nicht?", fragte Glenn mich lächelnd.

Schockiert sah ich ihn an und fragte mich, was er in den nächsten Minuten wieder für dämliche Sprüche raushauen würde.

„Nur wegen den Räubern?", fragte ich.

„Okay, du hast recht ... Das ist wohl doch nicht so ähnlich. Aber ein bisschen wie in einem Märchen ist es doch schon, oder?"

Ich erinnerte mich an Lady Rosettas Worte: *Und was, wenn ich dir sagen würde, dass du mitten in einem Märchen bist?*

Ich antwortete ihm nicht, sondern sah durch das Fenster hinaus in den Wald.

„Ich meine, ein sprechendes Eichhörnchen, eine Hexe, ein gut aussehender Held und ein paar Räuber ... Jetzt fehlt nur noch eine hübsche Prinzessin", feixte er, und erneut verpasste ich ihm einen Stoß in die Seite.

„Hey, Hexen sind doch ganz cool ... Solange sie keine Kinder im Ofen backen oder ihnen Warzen von den Nasen wachsen."

Ich sah ihn an und antwortete: „Ich bin genauso wenig eine Hexe, wie du gut aussehend bist. Und eine Prinzessin gibt es schon, besser gesagt, einen Prinzen."

„Ach ja?"

Ich erzählte ihm vom Angebot, das Lady Rosetta mir gemacht hatte, von der Münze, den Rosinen. Gespannt hörte er zu, doch plötzlich klopfte es an der Tür.

„Euer Eichhörnchen", sagte einer der Räuber und hielt uns Lux vor die Nasen.

„Lux!", schrie ich erschrocken auf.

Die Räuber fesselten uns drei und schubsten uns die Treppe runter in ihre Behausung. Dort hängten sie uns wie eine Trophäe auf. Bierkrüge standen auf den Tischen und im Fernseher lief irgendeine Musikantensendung. Ja, Fernseher, die Räuber waren nicht unmodern, sie hatten sogar einen HD-Fernseher, würde ich sagen, das Bild war zumindest extrem scharf und makellos, man konnte jede kleinste Unebenheit in den Gesichtern der Musiker sehen ... Aber das war mir in dem Moment so ziemlich egal.

Lux, Glenn und ich, wir hingen also wie eine Piñata vor den Köpfen der Räuber. Und Piñata könnt ihr durchaus wörtlich nehmen, wir sollten auch eine darstellen. Einem der Räuber wurden die Augen verbunden und er bekam eine aufgeblasene Plastikkeule in die Hand gedrückt. Immerhin, weh tun wollten sie uns nicht.

„Kopf des Mädchens zehn Punkte, Beine drei und alles dazwischen fünf, für den jungen Burschen kriegst du das Doppelte und fürs Meerschweinchen das Vierfache. Jeder hat drei Versuche", erklärte einer der Räuber die Spielregeln.

„Ich bin ein Eichhörnchen!", fiepte Lux wutentbrannt.

„Uno! Dos! Tres!", schrie einer der Räuber.

„Viva La Piñata!", brüllten alle zusammen und der Räuber mit der Keule trat vor.

Einer von ihnen hatte einen Block bereit gemacht und zählte die Punkte zusammen.

Im Fernseher lief gerade russische Musik und zwei Omis steppten dazu. Das Publikum grölte wie verrückt, genau wie die Räuber bei jedem Treffer.

Mein Rücken war fest an den von Glenn gefesselt und das Seil drückte sich in meinen Körper hinein, trotzdem hatte ich Angst, plötzlich runter zu fallen und auf dem Holzboden zu landen.

„Aua!", quietschte Lux kurz und die Räuber grölten lauter als zuvor.

„Vierzig Punkte!"

„Im Ernst?", fragte ich spöttisch und sah auf die Meute herab.

Einige Räuber lagen schon besoffen schnarchend in den Ecken. Ich fragte mich langsam, wozu sie uns entführt hatten. Hofften sie, dank irgendwelchen Geschäften mit Hexen oder sonstigen Fabelwesen Geld, Gold, Edelsteine oder was auch immer zu erhalten, oder war es für sie so eine Art Räuber-Party-Gag? Vielleicht waren sie auch gar keine Räuber, sondern ein seltsamer, wilder Haufen Junggesellen. Wer konnte das wissen …

Ein Geruch von Bier und Whisky, gemixt mit verbranntem Schweinebraten und verkohlter Bockwurst stieg mir in die Nase.

„Hast du die Münze?", fragte ich Lux im Flüsterton.

„Seh ich so aus?"

„Hätte ja sein können ...", raunte ich enttäuscht.

„Nee, hab ich nicht, aber ich weiß, wer sie hat."

„Und wer?"

„Der mit der Brille, der den Punktestand aufschreibt."

Die Räuber wechselten und der Nächste war dran. Lautes Grölen ließ das Haus erbeben und ich fragte mich merkwürdigerweise, was meine Nachbarn wohl sagen würden, wenn ich so eine Party feierte. Meine Nachbarn, das war ein älteres Ehepaar, das mir schon eine Standpauke hielt, wenn ich sie mal nicht grüßte, weil ich Kopfhörer auf den Ohren hatte, oder wenn ich entsetzt vor ihrem Köter „Rabauke" gegen die Wand sprang und mich ängstlich an ihm vorbei die Treppe herunter schlich. „Rabauke" war nämlich alles andere als ein frecher, kleiner Rabauke, er war eher schon ein Ganove.

„Wie wollen wir hier wieder rauskommen?", flüsterte ich Glenn und Lux zu.

„Ganz einfach: Wir warten, bis die so sturzbesoffen sind, dass sie uns gar nicht mehr bemerken", antwortete Glenn.

„Und wann wäre das ungefähr?"

„Sieh dir die doch mal an. Man muss schon ziemlich betrunken sein, um auf die Idee zu kommen, zwei Kinder und ein Eichhörnchen als Piñata zu verwenden."

„Stimmt auch wieder."

Was blieb uns auch anderes, als zu warten. Ein Räuber nach dem anderen landete schlafend in der Ecke und die Volksmusik dröhnte in unseren

Ohren.

Gegen ein Uhr morgens schnarchten auch die letzten vor sich hin, und Lux war mittlerweile ebenfalls eingeschlafen.

Wir hingen immer noch als Piñata an der Decke. Glenn und ich begannen mit dem Seil zu schaukeln, in der Hoffnung, es würde irgendwann nachgeben und wir würden herunterfallen.

Ich keuchte vor Anstrengung. Endlich gab das Seil nach und wir landeten unsanft auf dem Boden. Ich hatte mir bestimmt ein paar blaue Flecken geholt.

„Glenn, wir sind Rücken an Rücken gefesselt, wir kommen hier nie weg", flüsterte ich resigniert.

„Doch, du rutschst an meinem Rücken runter aus den Fesseln raus und wenn du draußen bist, werde auch ich mich befreien können. Dann holen wir uns die Münze, rennen weg und springen wieder nach Hause."

„Ich soll was?!", rief ich entsetzt aus.

„Halt die Klappe, oder willst du, dass die Räuber wach werden", schimpfte Glenn. „Tu es einfach."

„Jaja", murrte ich. Er hatte ja Recht. Ich presste mich fester an seinen Rücken und versuchte mit aller Kraft, daran hinunter aus den Fesseln heraus zu rutschen. Ich konnte mir bildlich vorstellen, wie bescheuert das aussehen musste.

Endlich hatte ich es geschafft. Ich rieb mir die Glieder, die durch das lange Gefesseltsein völlig taub geworden waren. Dann robbte ich so lautlos wie möglich zum Räuber, der die Münze hatte, und durchwühlte seine Taschen.

Glenn stand hinter mir und hielt die schlummernde Lux in seinen Armen.

„Beeil dich, Hexe!", rief er mir zu.

Das Schnarchen der Räuber machte mich nervös, es war so leise geworden, nachdem einer der Räuber den Fernseher mit der Volksmusik ausgeschaltet hatte.

Schließlich konnte ich die Münze aus seiner Jackentasche ziehen und wir rannten schleunigst aus der Hütte und aus dem Wald heraus. Endlich waren wir wieder auf freiem Feld. „Halt mal an", keuchte ich und stützte mich auf meinen Oberschenkeln ab. Der Mond schien und ließ alles in einem blauen Schimmer leuchten.

„Wie spät ist es?", fragte Glenn.

Ich sah auf meine Uhr: „Drei Uhr morgens, also 15 Uhr in unserer Welt."

„Meine Eltern werden mich umbringen, wenn ich so spät zu Hause bin ...", seufzte Glenn.

„Deine Eltern werden dich nicht umbringen, weil du erst so spät von der Schule nach Hause kommen wirst, sondern weil du geschwänzt hast."

„Danke für diese beruhigenden Worte, Hexe." Ich ging nicht auf Glenns Sprüche ein, sondern rieb drei Mal an der Münze und wir sprangen mit Lux im Schlepptau in unsere Welt zurück.

Zum Glück war die Schule schon aus, denn wir landeten polternd auf dem Tisch, von wo aus wir in die andere Welt gestartet waren. Lux fiepte kurz auf, schlief dann aber gleich weiter.

„Wozu hast du das Eichhörnchen mitgenommen?",

wollte Glenn wissen.

„Ich wollte sie nicht alleine auf dem Feld schlafen lassen."

„Das ist ein verdammtes Eichhörnchen, Hexe, ich glaube, das schläft öfter alleine!"

„Lass mich doch."

Plötzlich trat jemand ins Klassenzimmer. Liv. Eine gute Schulfreundin von mir. Schnell ließ ich Lux hinter meinem Rücken verschwinden. Wie vom Blitz getroffen starrte Liv uns an. Ich fragte mich, was sie um diese Zeit noch in der Schule machte, dann fiel mir ein, dass sie Nachhilfe hatte.

„Wo seid ihr denn hergekommen?", fragte sie.

„Ähm ... Ist eine lange Geschichte", antwortete ich.

„Dann erzähl, ich habe Zeit."

„Nein, nein, ist egal, Liv, das ist nicht nur eine lange, sondern auch eine sterbenslangweilige Geschichte und ich sollte jetzt wirklich nach Hause gehen."

Ich ergriff meine Schultasche.

„Das trifft sich hervorragend, Alruna, ich muss nämlich heute denselben Weg gehen wie du."

„Ach wirklich?"

„Ja ich ..."

„Bis dann, ihr beiden", unterbrach Glenn sie.

„Warte!" Ich zog Glenn zur Seite. Liv sah uns neugierig hinterher.

„Das, was heute passiert ist, bleibt unter uns, kapiert?", zischte ich Glenn zu.

„Wenn ich jemandem davon erzählen würde, würde man mich in die Klapsmühle schicken", antwortete Glenn und hastete aus der Schule.

Liv tippte mir auf die Schulter: „Erzähl mir jetzt bitte, was da zwischen euch beiden ist, was ihr zusammen gemacht habt."

Ich dachte mir im Kopf Ausreden aus, doch keine war plausibel genug.

„Jedenfalls verstehe ich nicht, wieso ihr eure Schulsachen in der Schule lasst, wenn ihr schon schwänzt."

„Wir haben nicht geschwänzt, Liv, okay?"

„Was habt ihr sonst gemacht?"

„Ähm ... Das ist kompliziert und total langweilig, wie schon gesagt."

„Wenn es denn so langweilig ist, kannst du es mir ja erzählen. Oder habt ihr irgendein Verbrechen begangen?" Ihre Augen blitzten auf.

„Wir haben kein Verbrechen begangen."

„Übrigens war deine Mutter vorhin in der Schule."

„Was!" Erschrocken blieb ich stehen. „Was wollte sie denn?"

„Frag mich nicht, keine Ahnung. Sie sah zumindest nicht gerade erfreut aus, eher wie ein kurz vor dem Ausbrechen stehender Vulkan."

„Scheiße", murmelte ich. Wenn meine Mutter wütend war, dann war sie gefährlicher und leichter endzündbar als jeder Sprengstoff der Welt.

„Vielleicht war sie wegen dem Schwänzen da", mutmaßte Liv.

„Wie oft denn noch? Ich habe nicht geschwänzt!"

„Ach komm, mir kannst du doch alles sagen, Schätzchen ..." Sie grinste anzüglich.

„Liv!"

„Und wo kommt überhaupt das Eichhörnchen her?"

„Was für ein Eichhörnchen?" Meine Nerven lagen blank.

„Denkst du, es fällt nicht auf, dass du die ganze Zeit versuchst, ein schlafendes Eichhörnchen vor mir zu verstecken?"

„Das ist nur ... eine originalgetreue Puppe, kein echtes Eichhörnchen. Denn ..."

„Denn was?", fragte Liv.

„Denn Glenn und ich sind Mitglieder eines Eichhörnchenfanclubs geworden!"

Liv starrte mich ungläubig an. „Das glaubst du doch selber nicht. Wo kommt das Eichhörnchen her und wo wart ihr vorhin?"

Vorsichtig verstaute ich Lux in meiner Tasche und ließ einen kleinen Schlitz offen, damit sie Luft bekam.

„Es ist die pure Wahrheit, ich habe dir gesagt, dass es langweilig ist."

„Nun ja, das ist keineswegs langweilig. Es ist nur ... bescheuert. Kein normaler Mensch ist in einem Fanclub für Eichhörnchen. Ich glaube, sowas gibt es noch nicht mal."

„Doch, doch, sowas gibt es, man kommt aber nur durch Eichhörnchen-Internetforen in einen rein."

„Habt ihr zufälligerweise irgendwas geraucht in eurem komischen Eichhörnchenverein?"

„Wenn du mir nicht glauben willst ..."

„Du bist eine miese Schauspielerin, weißt du das,

Alruna?"

„Natürlich bin ich eine schlechte Schauspielerin, weil du mir sogar die Wahrheit nicht glaubst."

„Sag jetzt die Wahrheit", stichelte Liv.

„Warum gehst du eigentlich den Weg hier lang?", probierte ich das Thema zu wechseln.

„Ach ja, ich werde in einem Laden aushelfen, um mein Taschengeld ein bisschen aufzubessern."

„In welchem Laden denn?", fragte ich gespielt interessiert.

„Lady Rosetta's Antiquitätenladen." Ich fiel aus allen Wolken.

„Wie … wie kommst du dazu, bei Lady Rosetta zu arbeiten?", stammelte ich.

„Langeweile und zu wenig Taschengeld." Liv sah mich prüfend an: „Geht's dir nicht gut, Alruna?"

„Doch, doch, mir geht es blendend!", log ich.

„Mhm." Liv ging nicht weiter darauf ein, sie schien an irgendwas zu denken, was sie mir wahrscheinlich erzählen wollte.

„Du hast heute echt was verpasst, Alruna!", begann sie fröhlich.

„Was war denn?"

„Der dicke Frido musste heute in Mathe an die Tafel!" Sie begann zu lachen.

„Na und?" Ich sah sie stirnrunzelnd an.

„Ihm ist die Kreide runtergefallen und als er sich gebückt hat... Ratsch! Ein Riesenriss in der Hose, aaaaber das ist noch lange nicht alles!"

Ich musste grinsen. Der dicke Frido geht mir in der Schule regelmäßig mit dummen Sprüchen auf die

Nerven. Fast so schlimm wie Glenn.

„Er hatte lauter schlafende Teddys auf seiner Unterhose!", japste Liv und lachte wieder laut los.

Jetzt konnte ich mich nicht mehr halten und brach in schallendes Gelächter aus.

Wir hatten beide ganz raue Hälse vom Lachen, als wir an der Kreuzung ankamen, wo wir uns trennen mussten. Ich umarmte Liv, wie ich es immer tat, wenn wir uns verabschiedeten.

„Bis morgen", hauchte sie heiser.

Feen und Kleeblätter

„Mein liebes Fräulein Alruna, könntest du mir in aller Herrgotts Namen verraten, wo zum Teufel du dich heute herumgetrieben hast?", brüllte meine Mutter mich an, als ich unsere Wohnung betrat. Zwar hatte ich ein Donnerwetter erwartet, aber diese Lautstärke übertraf meine Befürchtungen um ein weites.

„Mama, ich, ähm ..." Nein, ich begann lieber nicht, ihr etwas von einem „Eichhörnchenfanclub" oder ähnlichem zu erzählen, das würde das Fass nur noch mehr zum Überlaufen bringen.

„So, eine Erklärung, mein Fräulein", befahl meine Mutter herrisch. Die Stimme einer aufgebrachten Mutter ist weitaus gefährlicher und erschreckender als die eines Offiziers, da bin ich mir ganz sicher.

„Das war nicht so geplant ...", gab ich kleinlaut zurück.

„Nicht geplant?! Denkst du, es interessiert mich, ob du dir erst Pläne machst, bevor du schwänzt, oder nicht?!"

Irgendwo konnte ich Mutter schon verstehen. Immerhin hatte sie keine Ahnung davon, dass ich nachts in eine andere Welt springen musste, um dort einen Prinzen zu retten, und immerhin hatte sie überhaupt keinen Schimmer davon, dass ich vorhin mit Glenn und einem Eichhörnchen von Räubern festgehalten und als Piñata verwendet worden war. Würde meine Mutter von all dem wissen und mir glauben, dann würde sie mich höchstwahrscheinlich verstehen. Kurz kam mir die Eingebung, meiner Mutter die Wahrheit zu sagen. Nein, schlechte Idee. Ihr die Wahrheit zu erzählen, war die eine Sache, ob sie es glaubte, war die andere.

„Ach übrigens, die Mutter von deinem Freund hat heute angerufen."

„Welcher Freund?", fragte ich ungläubig.

„Na, dein Glenn. Anscheinend ist der junge Mann wohl doch nicht so schlimm, wie du mir immer weisgemacht hast, hä?" Ihre Augen verengten sich zu Schlitzen.

„Glenn?", fragte ich, und ich klang wohl ziemlich bedeppert.

„Dein Schwänzerfreund!", brüllte sie mich an.

„Wir haben nicht ..." Ich verstummte. *Wir haben nicht geschwänzt ... Was haben wir sonst gemacht?*

„Seine Mutter und ich denken uns eine hübsche Strafe für euch aus. Es sei denn ..." Ihre Augen funkelten provokant.

„Es sei denn *was*?", fragte ich meine Mutter.

„Die Dorfkirche möchte zu Weihnachten ein Theaterstück aufführen."

„Machen die das nicht jedes Jahr? Die heiligen zwei Könige und so ... Das mit der Geburt von Jesus?" Ich war verwirrt. Wir gingen nie in die Kirche. Nicht mal zu Ostern oder Weihnachten.

„Ja, das mit den *zwei* Königen und Jesus Geburt." Meine Mutter schüttelte den Kopf. „Es waren drei Könige, wo bleibt denn deine Allgemeinbildung, bitteschön?", regte sie sich auf.

63

„Ja, ja, du weißt doch, was ich meine. Was ist nun mit der Kirche?", fragte ich hastig.

„Das Theaterstück, die suchen noch eine Maria und einen Josef."

„Tja ..." Langsam wurde mir bange. Ich konnte mir vorstellen, was Mutter vorhatte.

„Falls du es nicht weißt, Maria und Josef waren ...", fing Mutter an zu erklären.

„Ich weiß, wer Maria und Josef waren."

„Jedenfalls haben wir mit dem Pfarrer geredet."

„Und?"

„Er ist sehr erfreut, endlich eine Maria und einen Josef zu haben."

„Ich dachte, die haben noch keine Maria und keinen Josef."

„Theoretisch hast du recht, aber ich glaube, du möchtest lieber Maria spielen, statt eine Strafe aufgebrummt zu bekommen."

„Was?! Nein, Mama, bitte! Das geht nicht! Ich kann nicht Maria spielen. Mama, bitte!"

„Maria oder Strafe." Meine Mutter grinste diabolisch.

„Und wer ist Josef?" Eigentlich war mir das klar. Die einzige Person, die dafür in Frage kam, war ...

„Dein Freund Glenn!", antwortete Mutter fast fröhlich.

„Ich bin nicht mit ihm befreundet!"

„Also ist es schon mehr als Freundschaft?" Mutter zog ihre Augenbrauen hoch.

„Ich mag ihn nicht", wehrte ich mich.

„Maria oder Strafe", wiederholte meine Mutter.

„Maria ...", sagte ich zähneknirschend.

„Glenn und seine Mutter kommen heute zum Abendessen", informierte meine Mutter mich noch schnell.

„Das ist nicht dein Ernst, oder?"

„Vollster Ernst." Sie lachte und ihre Wangen waren gerötet. Ich dachte kurz nach, wann Mutter das letzte Mal jemanden zum Abendessen eingeladen hatte. Mir fiel nur Bruno ein. Nach der Trennung meiner Eltern hatte meine Mutter eine kurze Beziehung zu einer Putzkraft namens Bruno. Ich fand den Kerl unausstehlich. Er war groß und hatte ein in Falten gelegtes Gesicht, seine Haare trieften immer vor Fett und er redete mit einem seltsamen südländischen Akzent. Ich war froh, dass er meine Mutter bald wieder verlassen hatte. Seither hatte Mutter, außer Oma, niemanden mehr eingeladen. Sie hatte ja nicht mal Freundinnen.

„Ich geh in mein Zimmer", rief ich.

„Vergiss es, Alruna, du wirst mir beim Kochen helfen."

Mürrisch schlurfte ich in die Küche, doch dann fiel mir ein, was meine Mutter sich für grausame Strafen hätte ausdenken können, und ich war erleichtert, dass sie plötzlich doch gute Laune hatte.

„Wie kommt es, dass du Glenn und seine Mutter zum Abendessen einlädst", fragte ich, während ich mich auf den Stuhl setzte und Gemüse schnippelte.

„Ich mag seine Mutter!"

„Aber ihr habt doch nur telefoniert."

„Das hast du wohl falsch verstanden, wir haben erst telefoniert und dann sind wir zusammen zur Schule gegangen."

„Was wolltet ihr in der Schule?"

„Deine Klassenlehrerin hat zuerst Glenns Mutter angerufen, die hat dann sofort mich informiert, dass wir beide zur Schule kommen sollten, um mit ihr zu reden. Wir haben uns auf Anhieb gut verstanden und sind noch zusammen in den Park gegangen, auf einen kleinen Plausch von Frau zu Frau. Dabei haben wir uns auch drüber unterhalten, was die Konsequenzen für euer Verhalten sein werden, und ich habe ihr von dem Pfarrer und dem Kirchen-Theaterstück erzählt."

„Ich mag Glenn nicht", sagte ich wie ein kleines Kind, doch tief in mir spürte ich, dass dies nicht mehr ganz der Wahrheit entsprach. Trotzdem war ich nicht sonderlich scharf darauf, mit Mr. Perfect zusammen zu Abend zu essen.

„Ihr werdet euch bestimmt mögen, wenn ihr Maria und Josef spielt", sagte meine Mutter entschlossen.

„Heißt das, ich muss Glenns Frau sein ... Und ... und ein Kind von ihm kriegen?", fragte ich angeekelt.

„Nein, nicht sein, du musst seine Frau nur spielen. Alruna, das ist ein Krippenspiel in der Kirche, ein Theaterstück."

„Und wer kommt alles zu dem Krippenspiel, wir waren ja nie da ..."

„Fast das ganze Dorf", entgegnete Mutter.

Es fühlte sich an, als ob mein Herz kurz stehen

blieb und ich schnitt mir fast in den Finger.

„Das ganze Dorf?!"

„Die Kirche ist Weihnachten immer sehr voll."

„Aber Mama, das ist voll peinlich", polterte ich entsetzt.

„Es war mir peinlich, dass ich zur Schule gehen musste, weil meine Tochter schwänzt."

„Du bist aber kein kleines Kind mehr, sondern eine erwachsene Frau ..."

„Was hat denn das damit zu tun? Ich bin deine Mutter, und wenn du Blödsinn machst, muss ich dich bestrafen. Und dass es ja nicht noch mal vorkommt, dass du schwänzt, Alruna!"

„Entschuldigung, Mama ...", seufzte ich und schnitt weiter. Es kam mir total ungerecht vor, mich dafür zu entschuldigen, schließlich war alles Glenns Schuld.

„Was hast du dir eigentlich dabei gedacht, Alruna?"

Mir fiel keine passende Erklärung ein.

„Na ja, egal, die Pubertät ..." Ich war erleichtert, dass meine Mutter nicht nachhakte und ich nicht weiterdenken musste.

„Willst du eine Erdnuss?", fragte Mutter mich.

„Erdnuss?", schrie ich aufgewühlt und rannte aus der Küche. In meinem Rücken spürte ich, wie meine Mutter mir nachsah, als wäre ich verrückt.

Nüsse ... Eichhörnchen essen Nüsse ... Scheiße, ich hatte ja noch ein schlafendes Eichhörnchen in meiner Tasche.

„Lux? Lux?", flüsterte ich.

Der Geruch von Gulasch zog schon durch die ganze Wohnung, es würde nicht mehr lange dauern, bis Glenn und seine Mutter eintrafen.

„Redest du mit jemandem?", rief Mutter mir aus der Küche zu.

„Selbstgespräche sollen gar nicht mal so schlecht sein!", rief ich zurück und durchwühlte meine Tasche. „Lux?"

Sie war nicht mehr drin.

„Mist!", stieß ich aus, ein bisschen zu laut.

„Ist irgendetwas passiert?", hörte ich es aus der Küche rufen.

„Nein Mama, alles in Ordnung!"

Es war gar nichts in Ordnung, ich hatte ein riesiges Problem: Ein Eichhörnchen, das mit der Fähigkeit zu sprechen beschenkt war, hoppelte hier irgendwo durch unsere Wohnung.

„Denke wie ein Eichhörnchen, denke wie ein Eichhörnchen ...", wisperte ich immer wieder leise vor mich hin.

Wenn ich ein Eichhörnchen wäre, wo würde ich mich dann am ehesten aufhalten? Auf einem Baum, nur leider wuchsen in unsere Wohnung keine Bäume, deshalb musste ich weiterdenken. Jedenfalls musste es ein Ort sein, an dem ich klettern konnte ... Ich war zumindest fest davon überzeugt, dass Eichhörnchen gerne kletterten und Lux bildete da wahrscheinlich keine Ausnahme.

„Oh, sie sind ja bald da!", rief Mutter durch die Wohnung und ich brach meine Überlegungen schlagartig ab. Ziellos rannte ich durch unsere

Wohnung, Lux war immerhin ein Eichhörnchen und keine Maus oder ein anderes winziges Tier, man konnte sie nicht so leicht übersehen.

„Was ist denn los mit dir?", fragte Mutter, als sie bemerkte, dass ich wie eine Irre durch die Wohnung jagte.

„Ich such nur etwas!", erwiderte ich wahrheitsgemäß.

„Kann ich dir helfen?"

„Nee, nee, kümmere dich lieber um das Essen, Mama!"

„Okay, wenn du meinst ..."

Ich stolperte fast über die Teppichkante, als eine mir wohlbekannte Stimme fiepte: „Wo sind wir?"

„Pssssst!", zischte ich und griff nach Lux. Sie hatte es sich auf einer Stehlampe gemütlich gemacht.

„Halt bloß deinen Eichhörnchenmund oder wir geraten noch in mächtige Schwierigkeiten."

„Aye, aye", sagte Lux und ließ sich brav von mir in mein Zimmer tragen. Mein Herz schlug mir bis zum Hals und ich suchte schnell nach einem Versteck für Lux.

„In den Kleiderschrank!", dirigierte ich sie.

„Alruna!", rief meine Mutter.

„Komme!"

Ich ließ die Schranktür einen Spalt offen, ermahnte Lux, sich nicht von der Stelle zu rühren, und versprach ihr, sobald wie möglich wieder nach ihr zu schauen. Dann rannte ich aus meinem Zimmer.

Ich keuchte, als wäre ich gerade einen Marathon gelaufen, und mein Gesicht war rot gefärbt.

„Warum bist du denn so nervös?", wollte Mutter wissen.

„Ich bin nicht nervös", stöhnte ich und sank auf das kalte Laminat.

Erst jetzt fiel mir auf, dass meine Mutter ein Abendkleid trug und ich mit pinker Jogginghose, Kuschelsocken und einem Schlafanzugoberteil mit Kakaofleck auf dem Boden saß.

„Mama, warum hast du mir nicht gesagt, dass ich mir was anderes anziehen soll?!" Noch während ich die Frage stellte, wurde mir bewusst, wie blöd sie war. Mit vierzehn hätte ich alt genug sein müssen, um zu wissen, dass man Gäste nicht im Schlafanzug empfängt. Entsprechend fiel dann auch Mutters Antwort aus.

Ich hüpfte noch mal schnell in mein Zimmer und riss den Kleiderschrank auf, Lux sprang mir entgegen.

Ohne auf sie zu achten, warf ich meine Kleider durcheinander, bis ich etwas halbwegs Schickes gefunden hatte.

Gespannt sah Lux mir zu. Ich verschwand hinter einer kleinen Trennwand und zog mir schnell das Kleid über. Es war kurz und schwarz mit dünnen Spaghettiträgern. Weil ich meine Arme und Beine zu dick fand, zog ich mir noch eine nachtschwarze Leggings und eine weiße Wolljacke drüber.

„Alruna, der Besuch ist da!", trällerte meine Mutter, und ich hörte sie vom Flur aus mit Glenns Mutter reden.

Ich warf noch schnell einen Blick in den Spiegel

an der Wand, meine blonden Locken waren zerzaust und ich machte sie flugs zurecht. Plötzlich ging die Tür zu meinem Zimmer auf. Glenn.

„Hast du schon mal was von Anklopfen gehört", zischte ich ihn an.

Er reagierte nicht, sondern fragte: „Hat dir deine Mutter schon davon erzählt?"

„Von dem Krippenspiel?"

Er nickte.

„Selber schuld, Glenn, wärst du nicht so kindisch, wäre das alles nicht passiert. Aber nein, Klein-Glenny muss sich ja auf alles stürzen, was jungen Mädchen aus den Taschen fällt, nur um sie zu ärgern, wie im Kindergarten."

Kalt ging ich an ihm vorbei und schloss die Zimmertür. Stumm folgte er mir in die Stube.

Meine Mutter tat schon das Essen auf die Teller und goss Wein und für uns Limonade in die Gläser.

Ich saß Glenn gegenüber, neben mir seine Mutter, eine kleine, blonde Frau mit hübschem Lächeln und schönen, rot glühenden Wangen, ihre Wimpern waren voll und schwarz, auf den ersten Blick schien sie extrem gut geschminkt, doch als ich näher hinsah, bemerkte ich, dass sie von Natur aus so schön war.

Ich kämpfte mit dem Essen. Bei jedem Bissen fühlte ich mich beobachtet, ich wartete nur darauf, dass mir das Messer ausrutschen oder das Glas umkippen würde. Unsere Mütter unterhielten sich angeregt, ich hatte keine Ahnung, worüber, und es war mir, ehrlich gesagt, auch komplett egal. Es sollte bloß möglichst bald zu Ende sein.

Ich sah verstohlen zu Glenn. Er warf mir eine Grimasse zu. Ich musste leise kichern, während er weiter rumblödelte. Mit unseren Blicken machten wir uns ein bisschen über unsere Mütter lustig und ich lief knallrot an.

„Ist Glenn nicht so fantastisch in Mathematik?", hörte ich meine Mutter plötzlich sagen und mir fiel fast die Gabel runter. Mathe. Mein absolutes Hassfach. Meine beste Zensur war eine drei gewesen … in der Grundschule. Normalerweise pendelte ich zwischen Vieren und Fünfen hin und her.

„Ja, Glenn ist sehr gut in Mathe, fast nur Einsen, selten mal eine Zwei. Nicht wahr, Glennylein?"

Ich musste ein Kichern unterdrücken und verschluckte mich fast am Essen. Jetzt hatte er auf ewig einen neuen Spitznamen, sollte er mich je wieder „Hexe" nennen.

„Ja, Mama ...", stöhnte er.

„Kann dein Glenn meiner Alruna nicht Nachhilfe geben?"

Ich glaubte, ich hörte nicht richtig.

„Nicht nötig", wiegelte ich ab.

„Bei deinen Leistungen ist das sehr wohl nötig", erwiderte meine Mutter.

Ich verdrehte die Augen und aß weiter.

„Es ist natürlich selbstredend, dass mein Glennylein Alruna Nachhilfe gibt." Glenn wurde nicht um sein Einverständnis gebeten.

Mir hatte es den Appetit ganz verschlagen. *Nun*

hatte ich den Salat. Noch mehr Glenn. Wenn ich nur besser auf meine Münze aufgepasst hätte ...

„... hat mir eine Münze und so eine schrumpelige Frucht ..." Die Stimme meiner Mutter riss mich aus meinem Selbstmitleid.

„Entschuldige Mama, was hast du gesagt?"

„Alruna ..." Mutter seufzte, doch wenigstens hielt sie mir vor unseren Gästen keine Standpauke von wegen ich müsse besser aufpassen und aufhören mit meiner Tagträumerei.

„Also, auf dem Heimweg von der Schule hat so eine seltsame Frau, eine gewisse Lady Rosetta, mir eine Münze und eine Art Rosine für dich gegeben, ich habe keine Ahnung, was du damit sollst. Sie hat gesagt, du würdest schon wissen, was damit zu tun ist."

Mutter übergab mir die Frucht und eine Münze, sie war identisch mit der, die Lady Rosetta mir schon beim Schneesturm gegeben hatte. Ich war mir ziemlich sicher, dass die zweite Münze für Glenn gedacht war. Ehrlich gesagt, war ich nicht gerade glücklich darüber, denn das bedeutete, dass ich von nun an noch mehr Zeit mit ihm verbringen musste als davor schon. Mein Kopf begann wehzutun, als ich daran dachte: 24 Stunden Glennylein ... das würde ich niemals aushalten. Glenn schien auf denselben Gedanken gekommen zu sein und warf mir Blicke zu.

„Mir ist gerade eingefallen ...", ich erhob mich vom Tisch, „... dass ich noch Mathehausaufgaben machen muss."

Glenn hatte bereits aufgegessen und unsere Mütter sahen ihn an.

„Du kannst ihr ja helfen", schlug seine Mutter vor.

„Meinetwegen."

Ich wusste, dass meine Mutter nicht gerade erfreut darüber war, dass ich mitten beim Essen mit Gästen aufstand, um „Hausaufgaben" machen zu wollen, aber es musste sein.

„Was haben wir in Mathe auf?", fragte Glenn, als wir in meinem Zimmer standen.

„Gar nichts, du Idiot!"

„Was hast du sonst mit mir vor?" Er grinste mich anzüglich und ausgesprochen dämlich an, ich hätte ihm am liebsten eine geknallt.

„Die Münze ist bestimmt für dich."

„Warum sollte sie das sein?"

„Vielleicht hat Dea Lady Rosetta informiert über dich und sie will jetzt, dass du mir weiterhin hilfst, ich weiß es doch auch nicht. Jedenfalls nimmst du jetzt die Münze." Ich drückte sie ihm in die Hand.

„Und iss das hier." Ich gab ihm die Frucht.

„Wofür ist die denn?" Glenn schaute skeptisch auf das verschrumpelte Ding.

„Damit du wach bleibst", entgegnete ich und machte mich schon auf einen dummen Spruch gefasst, doch Glenn schluckte die Frucht wortlos. Im Inneren meines Kleiderschrankes kratzte Lux nun an der Tür.

Ich öffnete den Schrank und Lux hoppelte heraus.

Wir setzten uns zu dritt auf den Boden in meinem Zimmer, unter uns ein rosafarbener Teppich und an meinen Wänden hingen Poster von Popstars, was mir ein klein wenig peinlich war vor Glenn, doch er sagte nichts dazu. Ich stellte mir vor, dass er bestimmt noch Autoteppiche in seinem Zimmer hatte und dass überall verteilt Spielzeug rumlag. Außerdem gab es bestimmt eine kleine Ecke, in der er sich jeden Morgen hübsch machte.

Kurz warf ich einen Blick auf die blaue Katzenuhr, die in meinem Zimmer hing. 19 Uhr.

„Sobald Glenn daheim ist, werden wir von dieser Welt in die andere springen", bestimmte ich. „Und wehe, du drückst dich." Ich funkelte ihn an.

Lux hatte sich auf meinen Schoss gekuschelt. Sie war ungewohnt schweigsam. Der heutige Tag schien sie mitgenommen zu haben. Ich muss sagen, wenn sie nicht dauernd quasselte oder sich selbstgefällig aufplusterte, war sie wirklich sehr niedlich.

„Und, wie machen wir nun weiter?", fragte ich Lux.

„Wir werden heute Nacht zuerst ins Kleeblatttal reisen, dort müssen wir nach einer Frau namens Beatrice suchen", erklärte sie müde.

„Kennst du dich dort aus?", wollte ich wissen.

Verschlafen nickte Lux: „Ein bisschen, war dort ein paar Mal. Diese Beatrice kenne ich auch, sie ist die Besitzerin eines Hotels an der Grenze zwischen dem Kleeblatttal und den Regenbogenfeldern. Das Haus meiner Familie liegt auch in der Nähe. Ich werde ihnen vielleicht vorher noch einen Besuch abstatten, sie machen sich garantiert Sorgen um mich, und das … möchte … ich ..." Ihre Stimme erstarb.

„Willst du schlafen, Lux?", fragte ich besorgt.

Ich bekam keine Antwort, sie fiel auf meinen Schoß und schlief ein.

Gegen halb neun verabschiedeten sich Glenn und seine Mutter und ich zog mich auf mein Zimmer zurück. Dort wartete ich nervös eine halbe Stunde, so lange würde Glenn in etwa für den Heimweg brauchen, und dann sprang ich mit Lux in die andere Welt.

Es war wieder Morgen und die Sonne schien mir ins Gesicht.

Glenn war bereits da. Er stand etwas von uns entfernt auf dem Hügel, er konnte uns nicht sehen, sein Rücken war uns zugekehrt. Er hatte seine Arme ausgebreitet und ließ den sanften Wind über sich wehen. Es war perfekt. Der Sonnenschein, die prächtigen Regenbogen wie Tore über uns und der zarte Wind, der über das Feld strich. Es war nicht so warm wie gestern, der Wind kühlte ein wenig, und ein paar Wolken in purem Weiß schwebten am strahlend blauen Himmel.

„Glenn!", rief ich.

Er drehte sich um. Seine goldblonden Haare wehten um seinen Kopf, er sah nicht so aufgestylt aus wie in der Schule. Ich war mir sicher, dass er gerade kein Spray in den Haaren hatte und er trug eine Brille.

Er kam auf uns zu und stellte sich vor mich.

„Seit wann hast du eine Brille?", fragte ich.

„Schon eine Ewigkeit, ich trage in der Schule immer Kontaktlinsen."

„Aber wieso? Die Brille steht dir, du wirkst schlauer und älter."

„Ich mag sie nicht, sie ist nur für den Notfall da. Aber wir sollten jetzt vielleicht nicht über Brillen reden. Wo geht es zu dir nach Hause, Lux?", fragte er.

Lux sah sich um.

„Da lang!" Sie wies in Richtung Osten, im Westen lag der Wald, in dem das Haus der Räuber stand.

„Gehört der Wald da drüben mit zu den Regenbogenfeldern?", wollte ich von Lux wissen.

„Nein, wir befinden uns an der Grenze zum Glühwürmchenwald."

„Wenn wir schon hier sind, können wir doch als erstes den Stein vom Glühwürmchenwald holen, findest du nicht auch?", sagte ich.

„Nein, ich habe die Route jetzt so festgelegt und außerdem, keine zehn Pferde bringen mich gleich zurück in den Wald, damit uns die Räuber noch mal als Piñata verwenden! Bestimmt nicht! Obwohl, kann sein, dass die jetzt so einen Kater haben, dass sie sich gar nicht mehr an uns erinnern ... Trotzdem, ich will erst ins Kleeblatttal und dasbei meiner Familie einen Besuch abstatten, dann gehen wir da rein." Lux zeigte auf den Wald.

Wir machten uns auf den Weg. Eine kühle Brise zog durch meine Kleider und meine Haare wehten im Wind. So war es viel angenehmer als gestern, bei brütender Hitze. Hätte ich keine Aufgabe zu erfüllen gehabt, hätte ich mich einfach in das weiche Gras fallen und mich vom Klang des Windes betören lassen. Diese Welt hätte ein Paradies sein können ...

„Ist es noch sehr weit von hier bis zur Grenze?", fragte ich Lux nach drei Stunden Laufen.

„Eine Stunde noch."

Ich sah auf meine Uhr.

„Wie spät?", wollte Glenn wissen.

„Um zwölf."

„In fünf Stunden muss ich wieder zurück."

„Du stehst um fünf Uhr auf?", fragte ich argwöhnisch.

„Ich brauche Zeit, um zu frühstücken und um mich für die Schule zurechtzumachen, Hexe."

„Ah so, Glennylein."

Nach vierstündigem Marsch fühlten meine Füße sich an, als wäre ich über die Scherben von einem Polterabend spaziert und das barfuß. Ich nahm mir fest vor, nie wieder zu jammern, wenn wir mit der Schule eine Wanderung unternahmen.

Endlich konnte ich einen Baum sehen, oder eher gesagt ein Baumhaus. So lebte also das moderne Eichhörnchen, das sprechen kann.

„Ich muss da alleine hoch gehen", erklärte Lux, als wir vor dem Baum standen.

Das wusste ich auch selbst, denn Glenn und ich hätten niemals in das Häuschen hinein gepasst, geschweige denn, dass wir da hochgekommen wären.

Lux flitzte geschwind nach oben, und Glenn und

ich setzten uns ins weiche Gras.

Wir sprachen nicht, ließen nur den Wind reden und betrachteten die Wolken.

Man konnte leise Geräusche aus dem Baumhaus hören, man bekam mit, dass sich ein paar Leute, also Eichhörnchen, unterhielten, aber man konnte nichts verstehen.

Nach einer Viertelstunde – Glenn wurde schon ungeduldig – rutschte Lux endlich den Stamm runter. Sie sah bedrückt aus und blickte uns nicht in die Augen, ihr Köpfchen war auf den Boden gesenkt.

„Ihr müsst von hier an wohl ohne mich weiter", seufzte sie schwermütig. Winzige Tränen fielen aufs Gras, sie sahen aus wie Morgentautropfen.

„Was? Warum?" Ich war entsetzt. Zwar konnte das kleine Eichhörnchen manchmal ungeheuer nervig sein und anfangs habe ich sie, um ehrlich zu sein, nur gezwungenermaßen mit genommen, dennoch hatte ich sie ins Herz geschlossen und konnte sie nicht so niedergeschlagen sehen.

„Ich soll endlich aufhören zu träumen, sagen meine Eltern und meine Geschwister. Und dabei haben sie unter Umständen sogar recht." Ihre Stimme war die traurigste, die ich je gehört habe.

„Du solltest nie aufhören zu träumen", sagte ich und streichelte dem Teenie-Eichhörnchenmädchen sanftmütig über sein weiches Fell.

„Ich sei doch nur ein pubertäres Eichhörnchen, haben sie gesagt ... Und meine Schwester Brenda hat gemeint, statt dauernd nach Abenteuern zu suchen und meinen Träumen hinterherzurennen, sollte ich lieber etwas gegen mein Übergewicht tun oder etwas lernen." Ihre Stimme zitterte, sie schluchzte und in diesem Moment sah ich sie nicht als Eichhörnchen, sondern als kleinen Menschen.

„Willst du es denn?", fragte ich Lux.

„Was soll ich wollen?"

„Willst du hier bleiben und das tun, was deine Familie dir sagt, oder willst du das tun, was dein Herz dir sagt, und mit uns weiterreisen?"

„Ich ... Es ist egal, was ich will", erwiderte sie.

„Es ist nicht egal, Lux. Dein Leben gehört dir, du musst dich für das entscheiden, was für dich richtig ist."

„Ich bin ein pubertierendes Eichhörnchen, ich habe keine Ahnung, was für mich richtig ist."

„Falsch. Du bist die Einzige, die weiß, was für dich richtig ist."

„Du bist doch auch nur ein pubertierendes Menschenmädchen."

„Und ich dachte, dich könne nichts aufhalten, wenn es um deine Träume geht ...", seufzte ich mit Absicht auffällig theatralisch.

Lux sah zu mir hoch.

„Du hast Recht, Alruna, entschuldige das Theater." Sie schniefte noch einmal und hörte auf zu weinen.

„Hey, du bist doch Schauspielerin, entschuldige dich also nicht dafür", sagte ich lächelnd.

Lux schaute mich entschlossen an, ihre Augen funkelten wieder. „Ich gehe jetzt hoch und erkläre meiner Familie, dass es mir egal ist, was sie sagen.

Ich werde das machen, was ich für richtig halte."

Sie kraxelte rasch den Baum hoch und bald hörte man wieder ein aufgeregtes und lautes Fiepen, ich konnte sogar ein bisschen verstehen, was gesagt wurde.

„Geh doch, irgendwann wirst du zurückkommen und dich für deine Naivität entschuldigen", fluchte jemand, doch Lux blieb stark.

„Es ist mein Leben!", hörte ich sie fiepen.

„Dann mach doch, was du willst, Lucia, aber wage es ja nicht, auch nur einen Fuß wieder hier herein zu setzen!"

Lux kam wieder herunter gekrochen. Sie sah noch niedergeschlagener aus als vorher.

„Tut mir leid, Lux", sagte ich mit ernüchterter Stimme und eine Welle von Vorwürfen überflutete mich. Ich machte mir Sorgen, dass ich Lux jetzt auf ewig das Leben versaut hatte, doch sie sah mich nur mit starkem, dennoch demütigem Blick an.

„Keine Sorge, Alruna. Ich habe das Richtige getan. Das spüre ich."

„Wenn du meinst." Ich war erleichtert.

Bis zum Hotel von Beatrice hatten wir noch einen halbstündigen Marsch vor uns. Laut Lux stand es am Talrand und man konnte vom Hotel aus direkt ins Kleeblatttal schauen, man hatte einen perfekten Überblick über das ganze Tal und das kleine Dorf im Talinneren.

Vor dem Hotel schien eine junge Frau uns schon erwartet zu haben. Die roten Haare, die ihr bis zur

Schulter reichten, passten perfekt zu ihrem grünen Blätterkleid. Ihre nackten Füße schwebten in der Luft. An ihrem Rücken trug sie Flügel, die einem erst unsichtbar erschienen, doch dann erkannte man darauf ein verschnörkeltes Muster, das leicht hellgrün schimmerte. Die Muster und Bogen waren komplizierter und verschlungener als jedes Kunstwerk, das ich zuvor gesehen hatte.

„Alruna, Glenn und Lux", hauchte sie mit einer Stimme, so sanft wie der Wind über den Regenbogenfeldern.

„Ja, und Sie sind ...", wollte ich ansetzen.

„Beatrice, die bin ich", unterbrach sie mich.

Glenn sah aus wie paralysiert, und für einen Augenblick war ich neidisch, dass ich nicht so schön war wie Beatrice, dass ich keine so sanfte Stimme hatte und kein Kunstwerk, das aus meinem Rücken wuchs.

„Bestimmt wollt ihr erst einmal reinkommen, selbstverständlich müsst

ihr nichts für euer Zimmer bezahlen. Ich habe es auch schon vorbereitet."

Langsam flog sie uns voraus und wir betraten das Hotel. Es war aus Holz und erinnerte ein wenig an eine bayerische Blockhütte. Von irgendwoher roch es nach Kaffee und Kuchen. Ich sah ein paar Leute im Restaurant, das unter den Hotelzimmern lag, Kaffee trinken und Kuchen essen. Mein Blick fiel auf ein paar Torten, die auf den Tischen platziert waren. Jede Torte war auf ihre eigene, einzigartige Weise perfekt. Sie sollten anscheinend alle verschiedene Welten darstellen, so sah eine aus wie ein Winterwunderland, eine andere wie ein japanischer Garten und die, die ich am schönsten fand, sah aus wie der Schauplatz eines Märchens: Keksschloss und Figuren aus Zuckerguss und Bonbons inklusive! Nie würde ich mich trauen, so etwas zu essen, nein, da würde ich mir vorkommen, als würde ich ein Stück der Mona Lisa verschlingen. Aber irgendwie fragte ich mich, wie es schmecken würde. Bestimmt, als würde man ein kleines Stück Paradies verspeisen.

An den hölzernen Wänden des Hauses hingen dieselben Gemälde wie im Antiquitätenladen von Lady Rosetta, auch das von der betörend schönen Stadt. Erst jetzt wurde mir klar, was diese Gemäldeserie darstellte: Es waren die acht Traumwelten. Sie waren angeschrieben mit:

SkyCity
Marble Island
Cloverleaf Valley
Firefly Forest
Blueberry Mountain
Diamond Mountains
Miracle Town
Rainbow Fields

Über eine Wendeltreppe aus glänzendem Metall, die einen perfekten Kontrast zur hölzernen Wand bildete, führte Beatrice uns hinauf zu den Hotelzimmern.

„Die Länge eures Aufenthaltes hängt davon ab, wie lange ihr braucht, um meine Aufgabe zu erfüllen.

Aber ihr solltet jetzt erst einmal zurück in eure Welt kehren. Einen angenehmen Tag noch." Sie verabschiedete sich.

Von unserem Zimmer aus hatte man einen grandiosen Ausblick auf das Tal, und die Betten schienen mir so schön weich, dass ich fast ein wenig betrübt darüber war, dass ich den nächsten Monat nicht fähig war zu schlafen. Lux hatte sich bereits aufs Kissen gekuschelt und gähnte: „Ich glaub, ich mach mal ein Nickerchen." Sie hatte es sich auch verdient, nach diesem Tag.

Ich strich ihr sanft über ihr Köpfchen, und dann sprangen Glenn und ich in unsere Welt zurück.

Benommen stand ich am Fenster und beobachtete den Schnee, der auf den Boden rieselte und in den Laternen leuchtete.

Im Fenster konnte ich die Reflexion von Glenn erkennen, der nun auch ins Klassenzimmer kam.

Ich erwartete schon seine Begrüßung. *Morgen, Hexe!*

„Morgen, Hexe!"

„Morgen, Glennylein!", erwiderte ich, musste aber ungewollt lächeln.

Mir schoss für einen Moment die Frage durch den Kopf, ob Glenn und ich Freunde waren, doch ich verwarf sie schnell wieder. Wir waren keine Freunde. Wir waren gezwungenermaßen so etwas wie Partner und bildeten eine Art Team mit Lux, aber nur, bis ich endlich diesen Prinzen gerettet hatte und wieder mein normales Leben leben

84

konnte. Aber wollte ich das überhaupt?

Glenn stellte sich neben mich. Sein üblicher Duft nach Männerdeo, Weichspüler und Haarspray stieg mir in die Nase. Er trug wieder seine Kontaktlinsen.

„Setz die Brille auf, Glenn", sagte ich, es klang wie ein Befehl.

„Heute Nacht, nicht in der Schule!"

„Warum nicht in der Schule?"

„Weil die Brille scheiße ist, okay?"

„Die Brille sieht gut aus!", hielt ich dagegen.

„In deinen Augen vielleicht. Ich finde aber, sie passt nicht zu mir."

„Warum passt sie nicht zu dir?"

„Du nervst, Hexe!", lenkte Glenn ab.

Wortlos sahen wir raus auf die spärlich mit alten Laternen beleuchtete Straße. Die Stille hatte etwas Beruhigendes, hielt aber nicht lange, da bald die nächsten Mitschüler kamen.

Eine Gruppe Mädchen stand um mich gedrängt. Die meisten hatten tonnenweise Schminke im Gesicht und waren mindestens schon einmal sitzen geblieben. Sie wollten alle von mir wissen, wieso ich geschwänzt hatte. Das interessierte sie aber nicht wirklich, was sie interessierte war, warum Glenn geschwänzt hatte und das auch noch mit mir.

„Ich muss jetzt für Mathe lernen!", versuchte ich mich herauszureden, doch so blöd waren die aufgetakelten Puderquasten nun auch wieder nicht.

„Wir haben vor ein paar Tagen erst eine Kontrolle

in Mathe geschrieben", rief eine von ihnen.

Von allen Seiten schossen sie mit Fragen auf mich, wie mit Kanonen. Mit den meisten dieser Mädchen redete ich sonst so gut wie nie und wenn, dann nur, weil ich musste, da ich keines wirklich ausstehen konnte. Sie legten nur Wert auf Äußerlichkeiten und quasselten den ganzen Tag nur über Kleidung und Schminke. Manchmal redete ich auch über derartige Dinge, aber nach drei Minuten wurde mir gähnend langweilig.

Ich versuchte, die Fragen an mir abprallen zu lassen, doch dann sagte ein Mädchen: „Du bist in ziemlichen Schwierigkeiten."

„Was? Wieso?"

„Hedda war nicht gerade begeistert darüber."

„Worüber?"

„Dass du was mit Glenn unternommen hast, Weichbirne!"

Mir wurde klar, dass dieses Mädchen zu Hundertprozent recht hatte. Hedda war ein paar Zentimeter größer als ich, und jedes Mädchen, das Glenn zu nahe kam, wurde von ihr einen Kopf kürzer gemacht. Ich malte mir schon aus, wie mein Grabstein aussehen würde.

Ich sah mich um. Hedda war noch nicht da. Zum Glück. Doch da tippte Glenn mir auf die Schulter und sagte grinsend: „Ich hab sie eben draußen kommen sehen ..."

Ich zuckte zusammen, als hätte ich einen Herzinfarkt. „Wer, sie?"

„Hedda, wer denn sonst?" Er fand es anscheinend

hochamüsant, dass sein verrückter Fan mir das Leben zur Hölle machen wollte.

Mit hochrotem Gesicht betrat Hedda das Klassenzimmer. Ihre Augen unter der kugelrunden Brille glühten förmlich und ihre geflochtenen Zöpfe standen ihr, vom Schnee durchnässt, zerzaust vom Kopf ab.

Mein Herz schien kurz auszusetzen und ich bekam plötzlich das dringende Bedürfnis, mich bis zu meinem Lebensende auf dem Schulklo einzuschließen, auch wenn der Gedanke an den stechenden Geruch nach Fäkalien und ans Klopapier, das an der Wand klebte, nicht gerade angenehm war.

Mit langsamen Schritten kam Hedda auf mich zu. Es kam mir alles vor wie in Zeitlupe, bis auf meinen Herzschlag, der schneller und schneller wurde.

„Morgen, Hedda!", säuselte Glenn seinem Fangirl zu und entfernte sich, sodass er mein Ende aus der perfekten Kino-Perspektive verfolgen konnte.

Blut schoss mir in den Kopf und ich warf Glenn wütende Blicke zu. Irgendwann würde er meine Hilfe benötigen und dann würde ich ihn erst mal zappeln lassen und an diesen Vorfall erinnern, dachte ich mir. *Wenn du dann überhaupt noch lebst, liebe Alruna,* fügte mein Unterbewusstsein hinzu.

„Hast du ihn angefasst?", fragte Hedda mit bitterböser Stimme.

Ich zitterte, alle anderen standen wortlos um uns

87

herum und gafften wie die Geier.

„Nein, habe ich nicht", schluckte ich. *Ich habe ihn nicht angefasst, liebe Hedda, ich lag nur auf ihm drauf und war Rücken an Rücken an ihn gefesselt.*

Sie wollte ihr Verhör fortsetzen, doch unser Mathelehrer rettete mich.

„An eure Plätze!", befahl er.

Hedda sah mich an. Ihr Blick durchdrang nicht nur ihre runden Brillengläser, sondern meinen gesamten Kopf.

„Ich werde die Wahrheit schon herausfinden!" Sie zischte wie eine Schlange.

„Es gibt keine Wahrheit ...", flüsterte ich kaum hörbar zurück.

„Hinsetzen!", wiederholte die Stimme unseres Mathelehrers.

Hedda saß zwei Plätze hinter mir und ich brauchte mich nicht umzudrehen, um zu wissen, dass sie mich anstarrte. Ihre Blicke brannten sich wie Feuer in meinen Rücken.

Unser Lehrer erklärte irgendwelche Formeln und ich kritzelte sie halbherzig in mein Heft, doch sie drangen nicht bis in mein Gehirn, da hatte momentan nur der Gedanke an Hedda Platz.

„Kommst du bitte an die Tafel, Alruna?", forderte unser Lehrer mich auf. *Das passt zum heutigen Morgen, schlimmer kann es nicht mehr kommen,* dachte ich, während ich nach vorne schlurfte.

Als ich die Kreide aus der Hand unseres Lehrers nahm, schoss mir Abelka durch den Kopf. Sie war vor ein paar Wochen in unsere Klasse gekommen.

Ihre Familie musste wegen der Arbeit ihres Vaters aus Belgien hierher ziehen und Abelka konnte kein Wort Deutsch, sie sprach nur Französisch und ein paar Brocken Niederländisch. Glenn hatte in den Sommerferien einen Französisch-Kurs besuchen müssen, weshalb er sich recht gut mit Abelka verständigen konnte. Deshalb sollte er mit ihr ein wenig Zeit verbringen, damit sie sich schnell an unsere Schule gewöhnte. Hedda hatte das natürlich gar nicht gepasst, deshalb hatte sie Abelka, unter anderem, Nacktschnecken in die Tasche gelegt – und ich rede hier von großen Nacktschnecken.

Ich ließ das Stück Kreide aus der Hand fallen.

„Bist du noch zu müde, Alruna, oder was ist los?", murrte unser Lehrer genervt.

„E-Entschuldigung", bibberte ich und bückte mich, um die Kreide aufzuheben.

Ein Geräusch, das sich anhörte wie ein Pups, zog durch unsere Klasse und alle dachten, es stammte von mir. Sogar unser Lehrer musste lachen.

Hedda, dachte ich wutentbrannt und lief rot an.

Ich hätte darüber gelacht, hätte ich nicht gewusst, dass das hier erst der Anfang war.

Im Musikunterricht stellte Hedda mir beim Tanzen ein Bein, sodass ich vor den Füßen unserer Lehrerin landete und sie mich als einen Tollpatsch bezeichnete.

In der Pause beleidigte Hedda einige Zehntklässler in der Nähe und machte ihnen weis, ich hätte das gesagt, so endete ich kurzerhand in den Fängen einiger aggressiver Sechzehnjähriger.

„Was hast du gesagt?", schnaubte ein bepickeltes Mädchen mit schwarz gefärbten Haaren und lila geschminktem Gesicht. In ihrer Oberlippe blitzten Piercings und sie leckte sich immer wieder mit der Zunge darüber. Sie trug ein bauchfreies Top unter einer Lederjacke und roch nach nassem Hund.

„Gar nichts ...", stammelte ich ängstlich.

Ein Junge mit dem Gesicht einer Bulldogge und einem Atem der nach Fisch stank, presste mich an eine mit Graffitis verschmierte Wand.

„Weißt du, was wir mit solch respektlosen Kindern wie dir machen?", fragte er.

„Nee ..."

„Das war eine rhetorische Frage!", schrie er mir ins Ohr.

„Sorry." Die Pausenglocke schrillte. „Ich muss dann mal wieder zum Unterricht, war nett, euch kennen gelernt zu haben."

Doch die Bulldogge ließ nicht los.

„Halt, halt, Püppi, du gehst, wenn wir dir sagen, dass du gehen darfst."

Zwei weitere Kerle und ein Mädchen standen noch um uns.

„Wisst ihr, Leute, ich hab meine Lektion gelernt. Ihr könnt mich dann gehen lassen."

„Du bleibst hier", stellte die Bulldogge klar und sein Atem brannte mir in der Nase.

„Hexe?!", hörte ich plötzlich jemanden rufen.

Das erste Mal in meinem Leben machte es mich überglücklich, Glenns Stimme zu hören.

„Ja?", rief ich hoffnungsvoll zurück. Fehler

meinerseits.

Bulldogge legte mir seine Hand auf den Mund. Ein abartiger Geruch nach Tabak zog in meine Nase und mir wurde übel.

„Bist du hier?" Glenn kam hinter der Mauer vor, die den Pausenhof von den Fahrradabstellplätzen trennte.

Glenn sah die fünf Halbstarken an, die mich festhielten, und ich verlor meine ganze Hoffnung wieder, als Glenn von einem anderen Typen neben mir an die Wand gepresst wurde.

„Was wollt ihr denn von uns? Wir haben euch nichts getan!", jaulte Glenn.

„Hassan hat Hunger ... Und deine kleine Freundin hat uns beleidigt, das trifft sich sehr gut", sagte die Bulldogge. Ich fragte mich ob er von sich selber in der dritten Person sprach oder einen anderen der Kerle meinte.

„Wenn ihr Hunger habt, warum geht ihr dann nicht einfach was zu essen kaufen?", fragte Glenn.

„Weil wir kein Geld haben, Schönling!", bellte Bulldogge.

„Tut uns leid, das mit eurer derzeitigen finanziellen Situation, aber leider müssen wir wieder zurück in den Unterricht", erklärte Glenn mit ruhiger Stimme.

Bulldogge nahm seine Hand von meinem Mund und stemmte sich jetzt vollständig gegen Glenn.

Für einen Moment überlegte ich wegzulaufen, aber eines der Mädchen hielt mich schon wieder fest.

„Willst du dich über uns lustig machen?", zischte

Bulldogge.

„Ich warne dich, mein Freund!" Glenn klang allerdings eher erbärmlich denn einschüchternd.

„Wovor willst *du* mich denn warnen?"

„Ich kann Shiatsu!", bluffte Glenn.

Die Halbstarken sahen ihn in einer Mischung aus Missbilligung und Ratlosigkeit an.

„Aber Shiatsu ist doch eine Massage!", fiel ich Glenn ins Wort.

Sie begannen zu lachen. Ich lief rot an und sah betreten auf den Grasboden. Manchmal sollte ich vielleicht einfach meine Klappe halten.

„Also, Schönling, wo ist dein Geld?"

„Geht dich gar nichts an!"

Bulldogge sah ihn bedrohlich an.

„In meiner Hosentasche", winselte Glenn.

Bulldogge fischte ihm das Portemonnaie aus der Hosentasche, kramte drin rum und warf es dankend zurück zu Glenn.

„Nett, mit euch Geschäfte zu machen, und wenn du uns das nächste Mal beleidigst", Bulldogge sah mich tadelnd an, „dann nimm Geld mit!"

Ich nickte und sie zogen ab.

„Warum, um alles in der Welt, beleidigst du solch pubertäre Schimpansen?", fragte Glenn mich.

„Denkst du wirklich, ich habe die beleidigt?"

„Wer denn sonst?"

„Deine Freundin!"

„Welche Freundin?", lachte er dümmlich.

„Hedda!"

„Hahaha, ja, Hedda ..."

„Lach nicht! Ich finde das nicht lustig!",
beschwerte ich mich.

„Hey, immerhin habe ich denen mein ganzes Geld
gegeben, um dich zu retten." Er lächelte.

„Retten? Du hast gewinselt wie ein Hündchen und
wolltest denen erzählen, dass du eine Massage
beherrschst, um ihnen Angst einzujagen." Ein
bisschen musste ich doch lachen.

„Erstens hört sich Shiatsu an wie eine
Kampfsportart und zweitens hätte das sehr gut
geklappt, wenn du deinen Mund gehalten hättest."
Wir mussten beide lachen.

„Gute Nacht, Mama!"

Meine Mutter schaute mich verwundert an. Dass
ich so brav früh schlafen ging, war sie sich nicht
gewohnt, sonst gab es meist einen Kampf, weil ich
länger aufbleiben wollte.

„Ist dir nicht gut?", fragte sie besorgt.

„Nööö, ich bin nur fix und fertig von der Schule",
beruhigte ich sie.

„Na dann, schlaf schön!"

Wenn sie wüsste ...

Ich holte meine Münze aus meiner Schultasche und
rieb dreimal an ihr.

Wieder verschwamm alles um mich herum, aber
diesmal wurde mir nicht so schlecht wie sonst.

„Ist Glenn schon da?", fragte ich Lux.

„Ja, er ist bei Beatrice."

„Was macht er bei Beatrice?" Meine Stimme klang
ein bisschen wie die einer eifersüchtigen Ehefrau

und ich lief rot an.

„Keine Sorge, die reden nur darüber, was wir tun sollen, damit sie uns den Stein gibt."

Wir gingen die Wendeltreppe hinunter in einen kleinen Raum hinter der Rezeption.

„Ah, guten Morgen, Alruna!", begrüßte Beatrice mich.

„Morgen!", sagte ich knapp und setzte mich auf einen Stuhl neben Glenn.

„Ihr wollt den Stein haben?", fragte sie.

„Ja, eigentlich ist es meine Aufgabe, die zwei", ich deutete auf Glenn und Lux, „sind nur so etwas wie meine Helfer. Sie sind eher unfreiwillig daran beteiligt, von daher sollten Sie sich lieber an mich wenden."

Glenn sah mich verdutzt an.

„Na gut, Alruna, weißt du, was ich mag?" Ihre Augen blitzten.

„Nein, ich kann keine Gedanken lesen! Was mögen Sie denn? Was soll ich tun, damit Sie mich als würdig ansehen, mir den Stein zu geben?"

„Nicht viel, meine Liebe. Alles, was ich mir von dir wünsche, ist ein Kleeblatt." Sie lächelte überlegen.

„Ein Kleeblatt? Wo ist der Haken? Immerhin sind wir hier im Kleeblatttal."

„Du hast schon richtig gehört, ich wünsche mir ein Kleeblatt. Aber kein gewöhnliches, ich möchte ein Vierblättriges." Sie machte eine Kunstpause. „Die sind hier noch schwieriger zu finden als auf normalen Wiesen. Dafür bringen sie umso mehr

Glück."

„Wie lange sollen wir denn bitteschön nach so einem Kleeblatt suchen?!", fragte ich entsetzt.

„Bis ihr es habt", sagte Beatrice trocken, dann fügte sie hinzu: „Es gibt zwei Möglichkeiten. Die erste wäre, ihr sucht auf den Wiesen des Tals nach einem solchen Kleeblatt, die Chancen, dort eines zu finden, sind aber extrem niedrig, entweder habt ihr Glück und findet es nach kurzer Zeit, oder ihr werdet jahrelang suchen müssen. Doch dann ist es schon zu spät ... Also werdet ihr wahrscheinlich Möglichkeit zwei nehmen." Sie grinste verschmitzt.

„Die wäre?"

„Ihr bittet eine Fee um Hilfe. Eine Fee wird euch mit Sicherheit in schnellster Zeit ein vierblättriges Kleeblatt besorgen können."

„Würden Sie uns helfen, Beatrice?", fragte ich grimmig und genervt.

„Nein." Sie grinste nun bis über beide Ohren.

„Sie wollen spielen, nicht wahr?", sagte ich.

„Stimmt. Und um zu gewinnen, werde ich euch nicht mehr weiterhelfen, sucht euch Hilfe bei einer anderen Fee!"

Wir erhoben uns von den Stühlen und wollten eben den Raum verlassen, als sie uns noch einmal zurückhielt: „Denkt nicht, dass es so einfach wird. Feen sind zwar gutmütige Wesen, sie sind aber schelmisch und haben einen seltsamen Humor. Ihr müsst auf die Flügel achten. Wenn man die Flügel lesen kann, kann man alles lesen."

„Danke für den Hinweis", erwiderte ich kühl und knallte die Tür zu.

„Warum so mies gelaunt?", fragte Glenn spöttisch.

„Ich mag diese Feen nicht."

„Du kennst nur eine."

„Eines dieser Geschöpfe zu kennen, reicht mir vollkommen."

Glenn und Lux tauschten Blicke.

„Guckt nicht so, wir brauchen ein Kleeblatt und das gehen wir jetzt suchen!", plärrte ich.

„Alles in Ordnung mit dir?" Glenn sah mir beunruhigt in die Augen.

Ich ließ ihn wortlos stehen und marschierte in Richtung Wiese am Talrand. Glenn und Lux hasteten mir hinterher.

„Sollten wir nicht besser eine Fee um Hilfe bitten?" Lux war skeptisch und blickte mich vorwurfsvoll an.

„Je mehr du redest, je weniger Zeit haben wir, Eichhörnchen."

„Warum bist du auf einmal so stur?", meckerte Lux.

„Ich bin nicht stur, ich hab nur keine Lust, mich auf so ein blödes Spiel von so einer verrückten Fee einzulassen!"

„Du wirst dich sowieso früher oder später auf ihr Spiel einlassen müssen, sonst finden wir nie ein Kleeblatt!"

„Wir hätten schon längst eins haben können, Lux, also sei jetzt bitte still und suche endlich!"

Ich wusste, dass ich trotzte, doch nachgeben, das

konnte und wollte ich nicht. Immer wieder scannte ich von Neuem den Rasen ab, bis mir vor lauter Kleeblättern schwindlig war.

Nach zwei Stunden Sucherei verlor Glenn die Nerven: „Egal, was du sagst, Hexe, wir werden das Spiel von Beatrice jetzt durchziehen", brüllte er, „da vorne sind ein paar Feen und du wirst jetzt mit einer von ihnen reden!"

„Na gut ...", ergab ich mich schließlich.

„Hallo, Madame, würden Sie mir vielleicht behilflich sein?", fragte ich eine junge Fee mit verspielt verschwungenen, gelb glühenden Flügeln. Als mir der Rat von Beatrice in den Sinn kam, die Flügel zu lesen, war es zu spät.

„Kommt drauf an, Menschenmädchen, wo liegt dein Problem?" Sie stieß sich höher in die Luft ab.

„Ich brauche ein Kleeblatt."

„Hier sind überall Kleeblätter, nimm dir eins!"

„Ein Vierblättriges."

„Oh, ach so!" Sie sank wieder, ihre Stimme war interessierter als zuvor.

„Ja, genau ... Kannst du uns eins besorgen?"

„Selbstverständlich!"

„Dankeschön!"

„Bedanke dich nicht zu früh, Menschenmädchen, ihr müsst dafür schon was tun."

„Was denn?

„Als erstes möchte ich mit euch einen Tee trinken."

„Na, wenn es weiter nichts ist." Ich war erleichtert. Die junge Fee führte uns zu ihrem Haus, dort servierte sie uns Tee und Kuchen.

„Guten Appetit." Ihre Augen funkelten.

Vorsichtig zog ich die Tasse an meinen Mund, doch da flog sie mir weg.

Ich griff nach oben, in die Luft, nach der Tasse, aber sie flog immer höher.

Die Fee kicherte und auch die Tasse von Glenn schwebte davon.

„Ihr Feen wollt immer spielen!", regte ich mich auf.

„Spielen ist das richtige Stichwort. Wie wäre es mit einer Runde Fangen?" Die Fee ließ keinen Widerstand zu.

„Wenn ihr eine Tasse fangt, gewinnt ihr ein Kleeblatt!" Sie schnipste und fuchtelte mit einem vierblättrigen Kleeblatt zwischen ihren Fingern herum, während sie die Tassen wild umher fliegen ließ.

Ich stand auf den Sessel und sprang in die Luft, doch die Tasse schwebte weg. Dann kletterte ich aufs Sofa, auf dem die Fee saß, und fast hätte ich die Tasse bekommen. Ich sprang ihr hinterher und krachte auf den Kaffeetisch. Danach war ich voller Schlagsahne und Kuchenkrümeln, aber das war mir in dem Moment so was von egal. Rasch stand ich wieder auf und hüpfte der Tasse erneut hinterher.

Die Fee war sichtlich amüsiert darüber, wie wir wie wild durch ihr Wohnzimmer sprangen und die fliegenden Tassen zu fangen versuchten.

„Glenn, halt mich mal kurz fest!" Ich warf mich

auf Glenn, drückte mich von seinen Schultern ab und riss meinen Arm in die Luft. Für einen winzigen Augenblick spürte ich das kühle Porzellan an meinem Zeigefinger. Krampfhaft probierte ich die Tasse noch an mich zu reißen. Fast ... Meine Euphorie hielt nicht lange, denn ich bemerkte, dass Glenn und ich kurz davor waren, vom Sofa zu purzeln.

„Geh runter von mir!", stöhnte Glenn, es hörte sich an, als würde er Luft aus seinem Bauch pressen.

„Warte, warte, ich hab sie gleich!"

„Du bist nicht gerade ein Fliegengewicht, runter mit dir!"

Ich lief rot an: „Willst du damit sagen, dass ich fett bin?!"

„Wir fallen gleich von einem Sofa runter und du beschwerst dich darüber, dass ich dich angeblich fett nenne? Ist das dein Ernst?! Und jetzt runter von mir!"

„Erst wenn du es zurücknimmst."

„Was soll ich zurücknehmen?"

„Dass ich fett bin."

„Das habe ich nie gesagt!"

„Du hast aber darauf angespielt."

Er wollte etwas erwidern, da war es aber schon zu spät, wir purzelten beide vom Sofa. Glenn bekam mein ganzes Gewicht ab.

„Aua!", fluchte er.

Ich ignorierte ihn und kroch auf allen Vieren der Tasse hinterher, die nun dicht über den Boden flog. Ich stürzte mich darauf, rollte auf dem Teppich ab und hatte sie tatsächlich. „Gewonnen!", jubelte ich, als hätte ich bei den olympischen Spielen eine Goldmedaille bekommen.

Die Fee ließ die Tassen auf dem Tisch landen und gab mir das Kleeblatt.

„War mir eine riesige Freude, mit euch Tee zu trinken", sagte sie glücklich grinsend und verabschiedete sich von uns.

Mit Sahne beschmiert und, vor allem Glenn, mit blauen Flecken gingen wir zurück zum Hotel. Die Sonne war schon dabei unterzugehen, und für uns war es höchste Zeit, in unsere eigene Welt zurückzukehren.

Hexen und Glühwürmchen

„Wo geht ihr als Nächstes hin?", fragte Beatrice uns.

Wir standen auf der Terrasse ihres Hotels und hatten einen bezaubernden Ausblick auf das Tal.

„Der Glühwürmchenwald", antwortete Lux. Ihr Fell glänzte im anbrechenden Sonnenuntergang. Ich fand das orangene Licht der untergehenden Sonne geradezu perfekt für Abschiede.

„Der Glühwürmchenwald, also? Mhm ... zu Remedius ..." Ihre Stimme klang verträumt, als sie den Namen erwähnte.

„Kennen Sie diesen Remedius?", fragte ich.

„Remedius ist mein Mann. Er und der Glühwürmchenwald sind das genaue Gegenteil zu mir und dem Kleeblatttal." Sie musste lachen. Ich lief rot an, als sie das sagte. Lux warf mir neckische Blicke zu, sagte aber nichts.

Der Stein des Kleeblatttals hatte die Form eines vierblättrigen Kleeblattes. Die mittlerweile drei Steine plus Uhr, die mir um den Hals hingen, wurden allmählich zu einer richtigen Last für meinen Nacken, und ich nahm mir fest vor, mir in der anderen Welt eine Tasche dafür zu besorgen.

„Es wird langsam Zeit für euch zu gehen, ich werde morgen sehr früh auf eine Reise zu den Marmorinseln fortziehen. Ein paar Piraten halten dort Murray, den Zuständigen für den dortigen Stein, gefangen. Ich möchte euch nur noch etwas mit auf den Weg geben, was den

101

Glühwürmchenwald angeht. Er ist durchgehend von Hexen besiedelt, ihr müsst vorsichtig sein. Hexen sind wie Feen, nur schlimmer."

Das ist möglich? dachte ich mir.

„Sie machen gerne Scherze und spielen Spiele, genau wie wir Feen, aber Hexen können sehr gefährlich sein. Besonders jene, die mit Räubern zusammenarbeiten. Wenn ihr einmal von Räubern heimgesucht werdet, werdet ihr nicht mehr allzu schnell aus ihrem Radar verschwinden. Darum seid bitte vorsichtig, der Glühwürmchenwald ist sehr gefährlich, in ihm gelten die Gesetze der Hexen und nichts anderes. Ach, und grüßt bitte Remedius von mir."

Ich tauschte Blicke mit Glenn und Lux. *Wenn ihr einmal von Räubern heimgesucht werdet, werdet ihr ...*

Wir hatten eindeutig ein Problem!

Meine Finger strichen sanft über den Stoff meiner Hose. Die Kälte drang durch meine Kleidung und brannte auf meiner Haut.

„Idiot, wann kommst du endlich?", hauchte ich fast unhörbar in die eisige Luft.

Die Kirche unseres Dorfes war klein und langweilig. Sie sah von außen fast aus wie ein normales Gebäude. Es gab nur einen einzigen Teil an dem Objekt, das an eine Kirche erinnerte, und zwar das mächtige Kreuz auf dem Dach.

„Wartest du schon lange auf mich?", fragte jemand von hinten.

„Glenn, du Idiot! Da bist du ja! Hätte ich noch zwei Minuten länger warten müssen, wäre ich jetzt ein Schneemann! Weißt du, wie verdammt kalt mir ist?", herrschte ich ihn wütend an.

Er lachte: „Tut mir leid, Alruna."

So hatte er mich noch nie genannt, bis jetzt war ich für ihn immer nur die „Hexe".

In der Kirche war es kühl, und es kam mir vor, als ob ein kaum merkbarer, zerbrechlicher Wind mir den Duft von Weihrauch und Büchern ums Gesicht wehen ließe.

„Glenn und Alruna?", hallte eine tiefe und dennoch sanftmütige Stimme durch den Innenraum der Kirche.

Der Pfarrer kam auf uns zu, neben ihm eine alte Dame mit lockigen Haaren und bunter Kleidung, sie erinnerte mich ein bisschen an einen Hippie.

Die zwei begleiteten uns in ein Zimmer hinter einer Tür nahe dem Altar. Lautes Geplärr von schreienden Kindern drang aus dem Raum und meine Laune sackte umgehend in den Keller. Die Kinder, die noch im Stück mitspielten, waren mindestens fünf Jahre jünger als wir und deutlich lebhafter.

„Alruna, was machst du denn hier?" Zwischen den Kindern erkannte ich Liv. „Dasselbe könnte ich dich fragen", entgegnete ich. Wir mussten beide lachen. „Weißt du, Lady Rosetta schneidert die Kostüme für die Aufführung und ich gehe ihr zur Hand", erklärte Liv, während sie sich durch die schreienden und hüpfenden Kinder kämpfte. Sie

103

hatte ein bezauberndes Frühlingskleid an, das man zu Sommerfesten oder Geburtstagen trug, kombiniert mit einer dünnen Wolljacke und einer edlen Strumpfhose. Ihr Haar war perfekt hochgesteckt und mit weißen Blumen geschmückt. Normalerweise zog Liv sich immer langweilig schlicht an, auch heute war sie in der Schule nur mit einem biederen Pullover und einer Jeans bekleidet gewesen. Erst jetzt bemerkte ich, was Liv eigentlich für eine Schönheit war. Neben ihr fühlte ich mich wie eine Maus neben einem Flamingo.

„Und du? Wieso bist du hier", wiederholte sie ihre Frage. Dann erblickte sie Glenn. „Mit Glenn?", ergänzte sie verwundert.

„Wir wurden gezwungen!", presste Glenn heraus, er war hochrot.

„Ahja ... gezwungen ..." Liv sah mich unanständig grinsend an. Plötzlich stand der Pfarrer hinter uns.

„Kennt man sich?", fragte er beschwingt.

„In der Tat!", antwortete Liv wie aus der Pistole geschossen.

„Wie lange wird es dauern bis Rosetta die Kostüme fertig hat?", fragte die Hippie-Omi.

„Eine Woche höchstens, meine Chefin sagt, sie braucht nicht lange, um mit den paar Kleidern fertig zu werden, und sie hat da so ihre Kontakte." Liv zwinkerte die Hippie-Omi verschwörerisch an.

„Aber natürlich, großen Dank, Liviette", sagte sie. „Und richte Rosetta bitte einen schönen Gruß aus und sag ihr, sie soll mich heute Abend doch anrufen."

104

„Gerne, Frau Zänker", verabschiedete Liv sich. „Und bis morgen, ihr zwei!" Sie zwinkerte Glenn und mir verschwörerisch zu und schritt aus der Kirche.

Die Kinder sprangen immer noch herum und rannten mich fast um.

Frau Zänker, also bekannt als The-Hippie-Granny, klatschte in ihre Hände.

„Ruhe!"

Es passierte gar nichts.

„Ruhe!", rief nun auch der Pfarrer.

Allmählich wurden die Kinder still.

„Wir werden jetzt mit den Proben beginnen, wenn ihr lieb seid und euch ordentlich benehmt, kriegt ihr nachher Kekse und heiße Schokolade", erklärte Hippie-Omi.

„Wir wollen aber keine Kekse!", protestierte ein kleines Mädchen mit Unmengen Sommersprossen im Gesicht und zwei erst halbnachgewachsenen Schneidezähnen.

„So, was wollt ihr dann?"

Die katzengrünen Augen des Mädchens leuchteten bösartig und frech auf, dann zeigte sie mit ihrem Zeigefinger auf mich und Glenn.

„Wir wollen spielen!"

„Was wollt ihr denn spielen?", fragte die Omi verwirrt.

„Reiten! Und die da sollen unsere Pferde sein!", sagte das Mädchen befehlerisch.

„Seid ihr denn nicht ein bisschen zu alt, um andere Menschen als Pferde zu benutzen?", fragte Hippie-

Omi hilflos.

Kinder können grausam sein. Das erfuhr ich nach den Proben durch einen dicken Jungen, der mir alle drei Sekunden ins Ohr grölte, ich solle schneller sein, ich wäre eine lahme Ente.

Die Proben waren auch nicht besser gewesen, wir mussten ein und dieselbe Szene gleich zehnmal wiederholen. Einmal, weil einem kleinen Mädchen unverhofft einfiel, dass sie Pipi-machen musste, einmal, weil einer der Knirpse partout nach Hause wollte, gleich viermal, weil zwei Streithähne einfach nicht voneinander lassen konnten und sich prügelten („Nicht doch in der Kirche!", war alles, was dem guten Herrn Pfarrer dazu einfiel, die Steitschlichtung musste Hippie-Omi übernehmen) und die anderen Male fiel eines der Kinder hin oder schlug sich irgendwo an und musste getröstet werden.

Das Schlimmste war, als der Jesus-Darsteller, ein Knirps mit braunen Locken und niedlichen Wangengrübchen, mir „aus Versehen" seine Sabber im Gesicht verteilte. „Oh Entschuldigung!", redete er sich lausbübisch grinsend heraus.

Trotzdem bekamen die Kinder, was sie wollten: Kekse, heiße Schokolade und alle einen Ritt auf meinem beziehungsweise Glenns Rücken.

„Ich hasse Kinder!", raunte Glenn mir zu, als die Kleinen endlich abgeholt und Hippie-Omi sowie der Pfarrer außer Hörweite waren.

„Du bist doch selber noch ein Kind."

Er dachte über eine passende Gegenbemerkung nach, doch alles, was ihm einfiel, war „Bis später, Hexe".

„Siehst du, du bist noch ein Kind! Sonst würdest du mich bei meinem Vornamen nennen!", rief ich ihm hinterher.

„Bis später, *Alruna*!", brüllte er beleidigt zurück.

„Bis später, Glenn ...", säuselte ich ins Nichts und stapfte durch den Schnee nach Hause.

Die Dämmerung war bereits hereingebrochen, als wir endlich vor den mächtigen schwarzen Bäumen des Glühwürmchenwalds standen. Der Weg vom Kleeblatttal hierher war anstrengend gewesen, ich hatte schon gedacht, wir würden nie ankommen.

In den Regenbogenfeldern warf die Sonne noch ihre letzten Lichtstrahlen des Tages, aber im Glühwürmchenwald sah es aus, als würde schon tiefste Nacht herrschen. Nur ein paar kleine Lichter, die Glühwürmchen, leuchteten im Gehölz. Der Wald wirkte wie eine Bedrohung.

„Ich habe Angst, diesen Wald noch einmal zu betreten", seufzte Lux.

„Warum denn, Lux ... Wir sind einmal mit den Räubern fertig geworden, wir können es wieder schaffen. Außerdem", ich sah sie lächelnd an, „Leute, die Menschen als Piñata benutzen, können nicht sehr schlau sein!"

„Das ist es nicht, Alruna, man merkt schon, du bist nicht aus einer dieser Welten."

„Was ist es dann?", mischte sich Glenn in unser

Gespräch ein.

„Orte, die von Hexen dominiert werden, sind gefährlicher, als ihr denkt!"

„Was macht sie denn so gefährlich?", fragte ich mit spottendem Unterton.

„Du unterschätzt die Hexen, nicht wahr? Du unterschätzt die Hexen, genauso, wie du Perdita unterschätzt. Du denkst, diese Welt, das ist alles nur eine Fantasie, ein wunderbarer Traum, der auf einmal Realität ist, liege ich richtig? Du denkst, dass deine Aufgabe hier nur ein Spiel ist, wie Mensch-ärgere-dich-nicht oder Monopoly. Alruna, diese Welten sind wunderschön … und genau das macht sie so gefährlich." Lux hatte sich in Rage geredet, ihre Worte hatten etwas von einem Vorwurf.

„Ich verstehe nicht, was soll denn für eine Gefahr von ... von der Schönheit ausgehen?"

„Kannst du dich noch an die Bilder im Hotel erinnern, die bei der Rezeption hingen?", fragte das Eichhörnchen mit ungewohnt ernster Stimme.

Ich schluckte: „Ja, kann ich."

„Ein Bild ist dir besonders ins Auge gesprungen, korrekt?"

„Mag sein." Ich musste an die Stadt denken. Das Bild, das mich schon in Lady Rosettas Laden schlichtweg fasziniert hatte.

„Also liege ich zu Hundertprozent richtig. Diese Gemäldesammlung ist in unseren Welten so berühmt, wie in eurer die Mona Lisa, wenn nicht sogar noch berühmter. Die Schöpferin jener

Gemälde war eine begnadete Hexe, die wohl beste Künstlerin aller Zeiten, sie hatte diese besondere Gabe, Gefühle in ihre Bilder einzubringen, genau jene Gefühle, die du spürst, wenn du an dem jeweiligen Ort bist, den das Gemälde darstellt. Oder wenn sie ein Porträt malte, dann spürtest du haargenau die Emotionen, die die Person auf dem Gemälde hatte. Sie war eine atemberaubende Künstlerin, sie hätte alles malen können. Es wird wohl nie wieder eine so großartige Künstlerin geben ...", schwärmte Lux schwermütig.

„Was ist aus der Hexe geworden? Lebt sie schon lange nicht mehr?", wollte ich wissen.

„Die Künstlerin gibt es nicht mehr. Es gibt nur noch Perdita", sagte Lux trocken.

Mir blieb die Luft im Halse stecken: „Perdita ist ... ist die Künstlerin?"

„Da guckst du aber. Ja, Perdita hat diese herrlichen Werke zustande gebracht. Ja, jene Hexe, die vorhat, acht prächtige Welten untergehen zu lassen, genau."

„Aber ..." Ich musste an die Bilder denken, besonders daran, was das Gemälde der weihnachtlichen Stadt mit meinem Kopf gemacht hatte, und mit meinem Herzen.

„Diese Welten sind gefährlich, Alruna. Das ist wie mit Liebhabern." Lux tat so, als würde sie aus Erfahrung reden. Trotz meiner Erschütterung musste ich kurz kichern.

Lux schien es nicht bemerkt zu haben – oder sie wollte nicht darauf eingehen. Sie fuhr in ihrer

Moralpredigt fort: „Zuerst ziehen diese Welten dich in ihren Bann, gewissermaßen verliebst du dich in sie, dann kannst du nicht mehr loslassen, du klammerst dich an ihnen fest, würdest alles geben, was dir lieb ist, aber bloß nicht, um Gottes Willen nicht, diese Gefühle, die diese Welten dir geben, obwohl du tief in dir weißt, dass es das Richtige wäre, die Gefühle loszulassen, weil sie dich kontrollieren. Es ist wie ein Fluch, Alruna, und dieser Fluch wird deinen eigenen Willen irgendwann vollkommen zerfressen und dich wie eine Irre durch die Nacht wandeln lassen. Das ist die Magie, die von den Hexen ausgeht. Denkst du wirklich, Hexen sind alle so wie diese dummen Wesen aus den Märchen, wie bei Schneewittchen oder Hänsel und Gretel? Jedes Märchen braucht eine dumme Hexe, die sich leicht austricksen lässt. Du denkst dir bestimmt, dass Perdita auch so eine ist. Perdita ist anders. Perdita ist ein Genie. Perdita *ist* gefährlich. Sie wird dir nicht irgendeinen Apfel geben oder dich mit Lebkuchen verblenden. Perdita wird sich einen hübschen Plan für dich ausdenken und dich irgendwann so haben, wie sie dich haben will. Glaub mir, Alruna, Hexen sind gefährlich, und Perdita ist so was wie die Königin von ihnen."

Wir liefen immer tiefer in den Wald hinein. Allmählich verschwand hinter uns alles restliche Sonnenlicht und wir standen in der Dunkelheit. Doch der Wald hatte alles Bedrohliche verloren. Es sah allerliebst aus, wie unzählige Glühwürmchen um unsere Köpfe schwirrten. Mein Herz begann schneller zu schlagen und meine Wangen liefen ob der Schönheit des Waldes voller Glück rot an. Mir wurde klar, wie recht Lux hatte, zumindest damit, dass man sich in diese Welten verlieben konnte. Angestrengt versuchte ich, meine Gefühle vor Lux zu verbergen, sie sollte nicht bemerken, dass ich jedes ihrer Worte ignorierte, oder, besser gesagt, ausblendete. Ich sah nicht ein, was an meiner Liebe zu diesen Welten falsch sein sollte. Was sollte daran denn so gefährlich sein?

„Lux, hast du mir nicht mal gesagt, dass du unbedingt nach SkyCity gehen willst?", fragte ich schelmisch.

„Die Stadt des Himmels ist ja auch nicht so dicht mit Hexen besiedelt wie dieser Wal d", erwiderte Lux stur.

„Lux, wie kannst du nur behaupten, dass diese wunderschöne Welt gefährlich ist?" Ich begann über das Moos zu tanzen und drehte mich wild durch die Gegend. Ein dicker Nebel bildete sich in meinem Kopf. Mein Herz pulsierte und meine Stirn war fiebrig.

„Da sieht man ja, wie toll du auf einen hörst." Lux war sauer. Und Glenn fügte besorgt hinzu: „Wir sollten jetzt lieber zurückgehen, Hexe."

„Ich will aber nicht zurück! Ich will hier bleiben, Glenn", rief ich laut in den Himmel, ja, ich schrie es fast.

„Wir kommen doch zurück!", versuchte Glenn mich zu beschwichtigen.

„Nein, nein! Ich will nicht zurückkommen! Ich will hier bleiben, ich ..." jammerte ich verzweifelt. Der Nebel im Kopf wurde dichter.

„Wenn sie jetzt schon so ist", hörte ich Lux Glenn zuflüstern, „dann will ich gar nicht wissen, wie sie erst ist, wenn wir in der Stadt der Wunder sind."

Ich lachte lauthals auf und ließ mich schließlich atemlos von Glenn auffangen.

„Du bist wunderschön im Licht der Glühwürmchen ...", trug mein schwacher Atem die sanft ausgesprochenen Wörter an Glenns Ohr. Ich hatte innerhalb weniger Minuten vollkommen die Kontrolle über meinen Körper und meinen Geist verloren und wurde ohnmächtig.

„Alruna! Aufstehen!" Jemand rüttelte an mir. Mutter.

Ich sprang auf, kippte den Kakao runter, griff nach meinen Sachen und hastete zur Schule. Auf dem Weg schossen mir bruchstückhafte Erinnerungen an letzte Nacht durch den Kopf und fügten sich allmählich zusammen wie ein Puzzle. Mir wurde übel, als ich daran dachte, wie ich mich benommen und was ich für einen Blödsinn gefaselt hatte, und besonders, wenn ich mich an die letzten Worte, die ich Glenn ins Ohr geraunt hatte, erinnerte.

„Alruna, du Depp!", schimpfte ich mit mir selber. Ich hatte mich ja benommen wie eine Besoffene.

Verlegen kam Glenn auf mich zu. Ihm schien mein Verhalten von heute Nacht mindestens so peinlich zu sein wie mir, was mich einerseits erleichterte, andererseits beunruhigte.

„Geht es dir wieder gut?", fragte er und ich konnte ihm ansehen, wie unwohl er sich fühlte, aber mir ging es ganz und gar nicht anders.

„Ja ... War gestern ziemlich durch den Wind. Hätte wohl auf das Eichhörnchen hören sollen ..." Ich zwang mich zu einem Grinsen, aber Glenn erwiderte es nicht. Konnte er ja gar nicht. Er sah mich nicht mal an. Sein Blick war fest auf den Steinboden des Pausenhofes fixiert.

„Du bist plötzlich ohnmächtig geworden und dann haben wir dich zu dir nach Hause gebracht."

„Ich weiß. Danke!"

„Es bestand ja keine andere Möglichkeit. Oder hätte ich dich einfach im Wald rumliegen und noch verrückter werden lassen sollen?", fragte er rhetorisch und sah endlich zu mir hoch.

Ich probierte ihn anzulächeln.

Von hinten riefen ein paar von Glenns primitiven Freunden nach ihm und lachten sich schlapp („Was willst du mit der Hexe? Hahaha!" usw.).

„Bis heute Nachmittag in der Kirche", flüsterte er mir mit schmerzlichem Lächeln zu. „Und lass uns bitte nicht noch einmal dazu überreden, als Pferde einzuspringen ..."

„Auf keinen Fall", entgegnete ich und ließ ihn zu seinen Affen-Freunden laufen.

Wie aus dem Nichts tippte mir jemand von hinten sanft auf die Schulter.

Schreckhaft drehte ich mich um. Es war Liv.

„Musst du mich denn so erschrecken?!", fuhr ich

sie entsetzt an.

„Entschuldigung", murmelte sie.

„Egal ... Was hast du gestern in der Kirche gemacht?", wollte ich wissen, doch im nächsten Moment bereute ich es wieder.

„Ich könnte dich dasselbe fragen, Miss Eichhörnchenfanclub. Besteht eine der Tätigkeiten des Eichhörnchenfanclubs etwa darin, Romeo und Julia in der Kirche vorzuführen?", fragte sie mit spitzer Stimme und schmutzigem Grinsen. Ich würde Liv manchmal gerne einen Preis für das dreckigste Grinsen überhaupt geben, in fast allem sah sie irgendeine Zweideutigkeit.

„Krippenspiel, nicht 'Romeo und Julia', Liv", berichtigte ich sie.

„Ist das nicht beides eine Liebesgeschichte? Die heißen dort doch nur anders."

„Das Krippenspiel ist keine Liebesgeschichte, da geht es hauptsächlich um die Geburt von Jesus. Aus welchem Land kommst du, bitteschön, in dem in Kirchen 'Romeo und Julia' aufgeführt wird?"

„Mann, ich habs verwechselt, okay? Das kann jedem mal passieren!", verteidigte Liv sich.

Ja! Thema erfolgreich gewechselt, lobte ich mich insgeheim selber.

„Natürlich kann jeder mal was verwechseln. Aber doch nicht das 'Krippenspiel' mit 'Romeo und Julia'. Eine Geschichte aus der Bibel mit einem Drama von Shakespeare ... Da sind schon Welten dazwischen!"

So stritten wir uns eine halbe Ewigkeit darüber, ob

Liv ungebildet war oder nicht.

Hedda war seit gestern krank. Fürs erste war ich erleichtert. Fürs zweite war ich noch verängstigter, weil sie nun Zeit hatte, sich weitere boshafte Pläne auszudenken. Ich konnte mir bildlich vorstellen, wie sie auf ihrem Bett saß, mit laufender Nase, Papier in der Hand und bitterbösem Lächeln auf den leuchtend roten Lippen.

„Was machst du eigentlich bei Lady Rosetta so für Arbeit?" Liv und ich hatten unseren dämlichen Streit beigelegt und liefen nach der Schule ein Stück zusammen. Zwar ging ich mit dieser Frage das Risiko ein, wieder auf ein schlechtes Thema zu kommen, aber mich interessierte brennend, was sie da tat und ob sie etwas von den Welten wusste?

Liv kicherte verschwörerisch: „Ich weiß, worauf du hinaus willst, Alruna ..."

„So? Was meinst du denn?" Nun war ich mir ganz sicher, dass Liv auf irgendeine Art eingeweiht war.

Statt einer Antwort holte Liv etwas aus ihrer Schultasche.

Ich war überzeugt, sie würde mir eine Münze zeigen. Da lag ich aber falsch, und ich wusste nicht, ob ich erleichtert sein sollte oder nicht.

„Hier, da sind die Entwürfe von deinem Kostüm." Sie drückte mir einen Block in die Hand.

„Schick, schick ...", murmelte ich und gab Liv den Block zurück, ohne mir die Zeichnungen richtig angeguckt zu haben.

Liv merkte nichts von meiner Teilnahmslosigkeit. Sie schwärmte: „Ich weiß! Die Kleider, die Lady

Rosetta macht, sind so fantastisch! Ich würde alles geben, um ihr Geheimnis zu kennen! Und wie schnell sie immer mit einem dieser wundervollen Kostüme fertig ist! Unglaublich! Schlichtweg unglaublich! Ich frage mich, wozu sie einen Antiquitätenladen betreibt, sie könnte Designerin oder Schneiderin werden und damit Unmengen Geld verdienen! Hast du mein Kleid gestern gesehen? Toll, nicht?" Liv glühte vor Begeisterung.

„Ja, du hast ganz anders ausgesehen!", sagte ich eher unbeteiligt und sah die im Himmel tanzenden Schneeflocken an.

„Oh ja! Ich will ja nicht selbstverliebt sein oder so ... Aber ich sah einfach nur genial aus! Wäre ich ein Junge, hätte ich mich gewiss mit mir verabreden wollen!"

An Lady Rosettas Laden trennten sich unsere Wege.

„Bis morgen", trällerte Liv fröhlich.

„Mhm ... Bis morgen ..." Meine Stimme versank in meinem Körper.

Auf dem Heimweg wäre ich ein paar Mal fast über meine eigenen Füße gestolpert. Irgendetwas hatte mich plötzlich völlig aus der Bahn geworfen. Mit glasigen Augen betrat ich unsere Wohnung.

„Wie war es in der Schule, Liebling?", fragte meine Mutter. Ich murmelte bloß was.

„Geht es dir nicht gut?" Sie klang besorgt. „Du hast dich ja schon gestern Abend mies gefühlt und ..."

„Alles in Ordnung, Mama."

„Sicher, Alruna?"

„Ja. Ganz. Sicher."

„Wenn du sagst ..." Mutter klang nicht gerade überzeugt, ließ mich dennoch fürs erste in Ruhe.

Stumm setzte ich mich an meinen Schreibtisch und kramte nach meinen Hausaufgaben. Ich hatte noch eine Stunde Zeit bis zu den Proben.

Alle möglichen Dinge schwirrten durch meinen Kopf. Alles, außer Mathe, Deutsch oder Physik.

Irgendwann gab ich den Versuch auf, mich auf die Hausaufgaben zu konzentrieren, stattdessen malte ich die Rechenkästchen meines karierten Papiers aus.

Nach einer gefühlten Ewigkeit klopfte meine Mutter heftig an die Tür. „Du musst los!" Sie sah mich noch mal besorgt an, sagte aber nichts. Sie wusste, dass sie mich in einer solchen Stimmung besser in Ruhe ließ.

Wortlos zog ich meine Winterjacke an und stülpte die Kopfhörer über die Ohren. Mich juckte es nicht mal, als die griesgrämige Alte von Nebenan an mir rum meckerte. „Du hast mir gefälligst 'Guten Tag' zu sagen, junge Dame! Was sind denn das für Sitten bei dir zu Hause? Und mach diese Musik, wie ihr jungen Leute das nennt, auf deinen Ohren leiser! Das ist ja grausam! Hörst du mir überhaupt zu?!"

Tief in Gedanken verloren zeigte ich der Alten einfach das Peace-Zeichen.

„Das gibt's doch nicht! So eine Frechheit! Als ich

117

so alt war wie du ...", setzte sie an, aber ich unterbrach sie: „... ist man noch auf Dinosauriern geritten. Guten Tag noch."

Mit weitgeöffneter Kinnlade blieb sie an der Tür stehen und machte komische Geräusche.

„Mensch, Alruna! Wenn das so weiter geht, werden wir ja nie fertig!", regte die Hippie-Omi sich auf.

„Tut mir echt leid." Es war schon das fünfte Mal, dass wir die Szene an der Tür der Herberge wiederholen mussten, weil ich meinen Text und meinen Einsatz verpatzt hatte.

„Alruna, was ist denn mit dir los?", flüsterte Glenn mir zu.

„Gar nichts!", fauchte ich.

„Und von vorne!", wies die Hippie-Omi an.

„Mach es diesmal richtig, mir reicht es langsam", zischte Glenn.

Wir fingen noch mal von vorne an. Glenn, also Joseph, klopfte gegen die jetzt noch unsichtbare Tür. Ein kleiner Junge, der den Gastwirt spielte, ahmte mit dämlich aussehenden Bewegungen das Öffnen einer Tür nach und schlug mir dabei fast gegen den Bauch.

Glenn und der Junge kauten das ganze Gespräch durch, von wegen „kein Zimmer frei...", „aber meine Frau Maria ist schwanger!", blablabla, ich hörte gar nicht richtig zu.

Glenn stieß mir gegen die Rippen.

„Oh, ach ja ... Es kommt! Es kommt!", schrie ich wie eine Bekloppte und rannte durch die Kirche.

„Ich spüre es! Das Kind kommt!"

„Alr ... Maria!", rief Glenn und lief rot an.

„Es kommt!", brüllte ich ihm ins Ohr.

Ich bemerkte, wie die Hippie-Omi und der Pfarrer ihre Köpfe schüttelten, dachte mir aber nicht viel dabei. Es war mir egal, ob das mein Text war oder nicht. Meine schauspielerische Leistung jedenfalls war grandios, ich hätte eine Rolle auf dem Broadway oder in einem fetten Hollywood-Streifen bekommen sollen. Die anderen sahen das allerdings nicht so ... Kulturbanausen.

„Alruna! Was machst du da?", rief die Hippie-Omi.

„Ich gebäre ein Kind!", fuhr ich sie an, ließ mich auf den Kirchenboden fallen und wälzte mich hin und her.

„Hol den Priester, Joseph!", stöhnte ich.

„Ich bitte dich, Alruna! Du bist hier in der Kirche, benimm dich!", sagte der Pfarrer mit schamrotem Gesicht.

„Wenn's kommt, dann kommt's halt!"

„Alruna ... Du kannst jetzt aufhören mit dem Quatsch", seufzte der Pfarrer.

Ich hätte wohl weiter gebrüllt, hätte Glenn mich nicht gepackt und aus der Kirche gezerrt.

„Du Idiotin!", fuhr er mich an.

„War das der falsche Text?", fragte ich.

„Der falsche Text?! Du hast dich auf dem Boden der Kirche gesuhlt und gebrüllt, dass dein Kind kommt! Dabei sahst du aus, als wärst du verrückt geworden."

„Denkst du, eine Frau, die ein Kind bekommt,

benimmt sich anders?", fragte ich überlegen.

„Darum geht es nicht! Was ist los mit dir, Alruna? Sonst bist du auch nicht so bescheuert. Und deinen Text hast du gestern kein einziges Mal vergessen."

„Mir geht es sehr gut!", versicherte ich ihm.

Der Pfarrer und die Hippie-Omi kamen aus der Kirche, dahinter die Schar Kinder mit tosendem Gelächter. *Wenigstens denen hat mein Auftritt gefallen*, dachte ich mir.

„Ich glaube, wir brechen heute erst mal ab. Wir haben ja noch genug Zeit bis zur Aufführung", ordnete der Pfarrer mit gesenktem Blick an, seine Stimme war traurig.

„Glenn, bring Alruna bitte nach Hause. Sie hat bestimmt Fieber!"

„Ja, mach ich ", sagte Glenn ohne Widerrede.

„Danke. Bis morgen."

Ein kleines Mädchen drückte sich plötzlich an mich.

„Alruna?", fragte sie schüchtern.

„Ja ..."

„Du bist toll!" Sie drückte ihr Gesicht in meinen Anorak.

Ich lief rötlich an.

„Mhm, du auch!"

Sie nahm ihr Gesicht aus meiner Jacke und sah mich mit glänzenden Augen an.

Meine Mutter war ganz aus dem Häuschen, als sie Glenn entdeckte, der mich nach Hause begleitet hatte.

„Glenn!", rief sie erfreut.

Am liebsten hätte ich Glenn an seinen Schultern gepackt und ihn aus dem Haus geschoben.

„Willst du einen Kakao?", fragte Mutter.

Sag nein, sag nein, sag nein!, betete ich.

„Gerne, Frau Voltaire", sagte er dankend.

„Gerne, Frau Voltaire", äffte ich ihn leise nach.

„Also, Mutter, Glenn sollte doch langsam mal nach Hause gehen ...", rief ich ihr hinterher.

„Quatsch, Alruna, ich habe Zeit." Er lächelte mich böse an, seine blauen Augen funkelten.

„Schleimer!", fauchte ich.

Mit grimmigem Blick betrachtete ich Glenn beim Trinken. Draußen wurde der Schneefall immer schlimmer, es kam mir vor, als würde sich erneut ein Schneesturm bilden.

„Schmeckt es dir?", fragte meine Mutter Glenn mit geröteten Wangen.

„Ja, schmeckt fantastisch, Frau Voltaire."

„Das freut mich!" Sie ging zurück in die Küche. Ich starrte stumm in den Fernsehen, wo gerade eine dieser billigen Nachmittagsfernsehshows mit diesen bemitleidenswerten Menschen und ihren noch bemitleidenswerteren Problemen lief. Eine übergewichtige Frau beschuldigte ihren ebenso dicken Mann laut schallend des Fremdgehens. Ich versuchte, mich auf den Fernseher zu konzentrieren und nicht mehr auf Glenn, der mich mit stechenden Blicken und hämischem Grinsen musterte. „Ich kann es mir nicht erklären, Rudi hat sich so sehr geändert. Er war so lieb, als wir uns

121

kennen lernten und jetzt … jetzt …", jammerte die Frau. Tränen kullerten an ihren Wangen herunter. Dramatische Musik.

„Das ist ja fast schon ein Schneesturm!", rief Glenn auf einmal und sah erschrocken aus dem Fenster. Ich wandte meinen Blick ebenfalls zum Fenster. Er hatte Recht. Durch das dichte Schneegestöber konnte man kaum noch etwas sehen.

„Und stell dir vor, du musst da nachher rausgehen, um nach Hause zu kommen", sagte ich belustigt.

„Vergiss es! Ich werde bestimmt keinen Schritt in dieses Unwetter setzen." Er klang richtig ängstlich. Ich musste kichern.

„Was willst du sonst tun?"

„Solange hier bleiben, bis es vorbei ist!"

Mutter kam ins Wohnzimmer zurück mit einem Teller Keksen. „Habt ihr das draußen schon gesehen?"

Wir nickten stumm.

„Glenn, ich werde dich nicht eher gehen lassen, bis der Sturm nachgelassen hat. Alruna ist so etwas auch schon mal passiert, nicht wahr, Alruna?"

Ich nickte.

„Diesen Winter gibt es oft solche Schneestürme. Als ich so alt war wie ihr, gab es sowas nie. Da waren wir schon froh, wenn der Boden mit einer hauchdünnen Schneedecke überzogen war", erzählte sie lächelnd und stellte die Kekse auf dem Tisch ab. Dann setzte sie sich zu uns.

„Ach, immer noch die Dicke und ihr Mann! Das

wird ja immer langweiliger! Schauen wir uns lieber den Wetterbericht an!" Sie nahm sich die Fernbedienung und schaltete um.

Ich wollte den Wetterbericht gar nicht erst sehen, bestimmt wurde gemeldet, dass der Sturm noch lange anhalten würde und das würde bedeuten, ich wäre ewig mit Glenn in unserer Wohnung eingesperrt!

Die Wetterfee sagte genau das, was ich befürchtet hatte. In weiten Teilen des Landes Schneefall. An einigen Orten sogar Stürme, die mindestens ein bis zwei Tage anhalten würden. Der härteste Winter seit Jahren.

„Glenn, ruf gleich deine Mutter an, anscheinend wird das noch bis morgen dauern. Wir wollen ja kein Risiko eingehen. Du kannst auf dem Sofa schlafen." Meine Mutter hatte ein Dauerlächeln auf den Lippen.

„Das bisschen Schnee, Mutter! Glenn ist doch kein Baby mehr!", fiel ich dazwischen.

„Das bisschen Schnee? Alruna, guck doch mal aus dem Fenster!", schimpfte meine Mutter.

Gut, sie hatte Recht. Das bisschen *viel* Schnee. Na und. Das hieß noch lange nicht, dass Glenn bei uns übernachten musste!

Doch es kam so. Glenn und ich schliefen Raum an Raum, also in den Augen meiner Mutter schliefen wir, tatsächlich sprangen wir natürlich in die anderen Welten zurück. Da wartete eine dicke Überraschung auf uns:

Hallo Frau Hexe und Herr Schönling,
leider wissen wir eure echten Namen nicht, aber die tun auch gar nichts zur Sache, ihr werdet ja sicher wissen, wer gemeint ist, wenn wir euch unser eigentliches Anliegen verraten.
Wir haben euer Eichhörnchen. Hört auf den Namen „Lux" und hat eine extrem große Klappe. Vielleicht ein bisschen zu viel Körperspeck, aber sonst echt putzig.
Wenn ihr euer Eichhörnchen zurückhaben wollt, wisst ihr ja, wo ihr uns findet!
Aber, hey! Wir haben euer Eichhörnchen nicht aus Spaß verschleppt, das wird euch ja wohl klar sein. Wir geben euch das Tier zurück, doch das hat seinen Preis: Ihr werdet in das Haus der alten Wanda einbrechen und uns ihren Liebestrank bringen. Wir wollen euch nicht allzu unvorbereitet dahin schicken, deshalb lasst euch gesagt sein, mit der guten alten Wanda ist nicht zu spaßen! Die mag vielleicht lieb aussehen mit ihren schönen weißen Haaren und ihrer roten Kleidung, sie ist aber nicht gerade die liebste Hexe unter der Sonne!
Und nur, dass ihr es wisst: Es geht euch einen Dreck an, wozu wir einen Liebestrank brauchen! Eure Angelegenheiten, unsere Angelegenheiten!

Mit freundlichen Grüßen, die Räuber

„Das ist nicht deren Ernst, oder?!" Ich gab Glenn den Brief, den wir unter dem Baum gefunden hatten, auf dem Lux letzte Nacht geschlafen hatte.

„Das sind die, die uns als Piñata verwendet haben, oder?", fragte er, nachdem er ihn überflogen hatte.

„Wer sonst?", gab ich gereizt zurück.

„Rummeckern hilft uns auch nicht, Frau Hexe!" Er musste lachen.

„Ich finde das überhaupt nicht lustig! Die haben Lux gekidnappt!"

„Komm runter, du hast doch gesehen, was die wollen, einen Liebestrank von so einer Wanda! Dann holen wir uns den."

„Dann holen wir uns den ... Du sagst das so, als würden wir einfach mal so in eine Apotheke gehen und sagen, bitte ein Fläschchen Nasentropfen, und danach gehen wir natürlich ohne Probleme wieder raus! Du hast Lux doch gehört! Hexen sind gefährlich! Oder hast du mein gestriges Benehmen vollkommen vergessen? Wie durchgedreht ich auf einmal war? Oder heute in der Kirche? Vielleicht bin ich jetzt noch normal, aber wer weiß, wie lange noch, wenn mich diese Kraft schon in der anderen Welt für ein paar Stunden eingeholt hat! Du scheinst ja dagegen immun zu sein! Ich jedenfalls nicht! Ich spüre jetzt schon, wie sich wieder ein dichter Nebel in meinem Kopf bildet und ich kurz davor bin durchzudrehen!", fauchte ich.

„Ja, gut, dann ist es vielleicht nicht so einfach, uns diesen Trank zu besorgen! Aber was sonst, du hast doch gelesen, was die von uns wollen!"

„Es ist mir egal, was so ein paar Räuber von uns wollen! Die sind so hohl, wir werden auch ohne diesen Trank an Lux rankommen!"

„Die waren damals vielleicht hohl, weil sie zu viel getrunken hatten! Jetzt scheinen sie nüchtern zu sein!", hielt Glenn dagegen, seine Stimme wurde von Wort zu Wort lauter.

Wir stritten uns immer heftiger, dabei bemerkten wir nicht, dass unsere Gefühle kontrolliert wurden und wir nur Marionetten im Theaterstück von ein paar Hexen waren.

„Weißt du was?! Ich versuche auf meine Art, Lux zu retten, du auf deine! Wer sie zuerst befreit hat, hat gewonnen!" Ich stapfte wutentbrannt davon.

„Wette gilt, Hexe!"

Ich drehte mich um und für einen Moment sahen wir uns im Schein der Glühwürmchen an wie Rivalen, dann trennten wir uns.

Alleine irrte ich durch den Glühwürmchenwald, es war um zehn Uhr morgens, doch in diesem Wald war es Nacht.

Mein Herz pochte wild gegen meine Brust, und um ehrlich zu sein, hatte ich Angst, wie nie zuvor in meinem Leben.

Bei jedem kleinsten Geräusch zuckte ich zusammen. Es war unerträglich. Das Blut rauschte in meinen Ohren und bei jedem Schritt, den ich auf den Waldboden setzte, begann mein Herz noch ein bisschen schneller zu schlagen.

Ich spürte, wie meine Augen feucht wurden und Tränen über meine Wangen flossen. Leise weinte ich und hätte am liebsten nach Glenn gerufen, aber dann hätte ich die Wette verloren und Glenn hätte sich auf ewig darüber lustig gemacht, was ich für eine Memme bin.

Ich lief schneller und hielt hektisch Ausschau nach einem Licht, das nicht von einem der unzähligen Glühwürmchen stammte.

Plötzlich spürte ich etwas an meinem Fuß. Ich hatte mich in einer Wurzel verhakt und landete auf dem Boden.

Der Aufprall tat fürchterlich weh. Ich spürte, wie Blut aus meinen Händen tropfte. Auch meine Knie waren aufgeschürft, die Hose hatte zwei riesige Löcher.

Ich verfiel endgültig in einen Tränenwasserfall.

Als ich mich wieder ein bisschen beruhigt hatte, versuchte ich aufzustehen, konnte allerdings nicht laufen, weil mein Fuß verstaucht war.

„Scheiße!", fluchte ich.

Angestrengt presste ich meine Lippen zusammen und versuchte den Schmerz zu ignorieren. Doch da war nichts zu machen. Auch meine Angst wuchs und wuchs. Hätte ich mich doch nur nicht von Glenn getrennt!

„Hallo?" Eine Stimme wurde vom Wind an mein Ohr getragen. War das Glenn?

„Hallo?", wiederholte die Stimme lauter.

Glenn war es nicht, das stand fest. Die Stimme war definitiv von einer Frau.

Bloß nicht antworten, bloß nicht antworten, sagte ich zu mir selber. Dieser Wald war zum Großteil von Hexen und Glühwürmchen besiedelt. Glühwürmchen, da war ich mir sicher, konnten nicht reden, Hexen schon.

„Ich weiß, dass da jemand ist! Keine Angst, ich will dir nichts Böses!"

Das kann jeder sagen, dachte ich mir.

Die Person lachte lauthals.

Die Schritte kamen immer näher. Ich konnte das raschelnde Auftreten hören. Am liebsten wäre ich weggerannt ... Wenn ich es gekonnt hätte.

Die Silhouette einer Frau bildete sich vor mir. Nach und nach wurde sie von den Glühwürmchen beleuchtet und ich konnte sehen, mit wem ich es zu tun hatte.

Die Frau hatte schneeweiße Locken und trug blutrote Kleidung. Sie passte genau auf die Beschreibung von Wanda.

„Alruna ...", murmelte sie.

Ich schluckte kurz den Kloß in meinem Hals herunter, dann sah ich sie mit großen Augen an.

„Deine Geschichte verbreitet sich wie ein Lauffeuer. Hahaha!" Ihr Lachen ließ ein paar Raben von den Baumkronen wegfliegen.

Wegfliegen. Das wollte ich jetzt auch!

Wanda öffnete ihre Tasche und zog ein kleines Fläschchen heraus.

„Was wollen Sie von mir?", fragte ich, dabei versuchte ich, so stark wie möglich zu klingen. Das ist recht schwer, wenn man vor Schmerz heulen könnte.

Wanda gab mir keine Antwort, sie lachte nur laut schallend, während sie das Fläschchen öffnete. Mit einem Ruck schüttete sie eine leuchtende

Flüssigkeit über meinen Körper.

All meine Kraft schwand aus meinen Gliedern und mir wurde schwarz vor Augen. Das Lachen versank langsam im Waldboden.

Bevor ich mein Bewusstsein völlig verlor, nahm ich nochmals meine gesamte Energie zusammen und ließ einen gellenden Schrei durch den Wald zischen: „Glenn!"

Von irgendwoher hörte ich einen Frosch quaken. Das ließ mich endgültig wach werden. Ich hasste Frösche. Nicht nur Frösche. Alles, was glitschig ist!

Der Geruch von Chlor drang in meine Nase. Ich schaute mich um. Ich saß auf einem Bett in einem riesigen Raum. An den Wänden standen meterhohe Bücherregale.

Langsam bewegte ich meine Arme und Beine. Ich war nicht gefesselt. Wanda war nicht zu entdecken. *Sollte es wirklich so einfach sein?* Ich begann vom Bett zu krabbeln … und knallte schreiend auf die Matratze zurück. Elektrische Stöße durchzuckten meinen ganzen Körper. Wanda hatte rund ums Bett eine unsichtbare Barriere geschaffen. Ich hätte mir ja denken können, dass keine Hexe so dumm war und ihre Gefangene einfach ohne Fesseln, Gitter oder sonstige Hindernisse auf dem Bett rumsitzen ließ.

Ich hörte, wie sich eine Tür öffnete und Wanda eine Treppe hinunter stolzierte.

„Wieder wach, Alruna?" Sie hatte ein böses

Lächeln in ihrem blassen Gesicht.

„Sieht wohl so aus", antwortete ich bissig.

„Warum denn so aufgeregt, mein Kind?"

„Lassen Sie mich hier raus! Da, wo ich herkomme, nennt sich so etwas Freiheitsberaubung und wird mit Haft bestraft", knallte ich ihr gegen den Kopf und lief dabei rot an.

„Das ist schön, leider gibt es hier keine derartigen Gesetze. In diesem Wald gilt nur eine Regel: Der Bessere gewinnt." Sie lachte krächzend.

„Lassen Sie mich frei!" Ich stieß mit meinen Händen gegen die Barriere. Kleine elektrische Schläge schlugen in meine blutigen Hände und ich zuckte zurück.

„Das war keine gute Idee, Alruna!"

„Glenn!", schrie ich.

„Dein Glenn wird dich nicht hören, und jetzt sei still, ich muss arbeiten!", wies sie mich kalt zurecht.

„Es ist mir egal, ob Sie arbeiten müssen. Lassen Sie mich frei! Was wollen Sie überhaupt von mir?" Sie streckte ihren Kopf wieder in meine Richtung.

„Sei still, Mädchen, ich werde dich schon wieder freilassen."

„Super! Dann machen Sie diese Barriere weg", rief ich.

Ein hämisches Lachen durchbrach die kurze Stille.

„Ich werde dich freilassen, sobald meine Herrin ihre Ziele erreicht hat!"

„Wer ist Ihre Herrin?"

„Ich werde dir diese Frage nicht beantworten,

Alruna, du weißt es genau."

„Perdita?", fragte ich leise.

„Tausend Punkte", erwiderte Wanda unbeeindruckt.

„Lassen Sie mich frei!", brüllte ich erneut.

„Na, wenn du mich so lieb bittest ...", sagte Wanda spöttisch.

Immer wieder schrie ich sie an, sie solle mich freilassen, bis es ihr zu bunt wurde.

„Na, warte!", zischte sie.

Sie ging zu einem Regal voller bunter Fläschchen. Dort zog sie eine blau glänzende Flasche an sich und schüttete mir die Flüssigkeit ins Gesicht.

Ein eklig-süßer Geschmack breitete sich in meinem Gaumen aus und verklebte meine Lippen, so dass ich meinen Mund nicht mehr aufbekam.

„Das hast du nun davon, dich mit mir anzulegen, dummes Mädchen!", zischte Wanda.

Dann braute sie seelenruhig irgendwelche Tränke.

Ich kämpfte mit den Tränen.

Lautes Klopfen drang plötzlich in den Raum.

Wanda brummte und schlurfte zur Tür.

„Was willst du?", herrschte sie jemanden an.

„Ähm ... Gnädige Frau ... ähm ... Ich wollte Sie fragen, ob Sie wissen, wo ich eine gewisse Wanda finden kann." Die Stimme kannte ich.

Glenn!

Mein Herz popperte gegen die Brust. Ich hätte nie gedacht, dass ich mich jemals so darüber freuen würde, ihn in meiner Nähe zu wissen. Ich steckte mir einen Finger in den Mund und versuchte die klebrige Masse abzulösen. Vergebens. Ich brachte bloß ein Quieken raus.

„Was willst du denn von Wanda?" Die Hexe gab sich vollkommen freundlich.

„Einen Liebestrank brauche ich."

„So so ..."

Ich fragte mich, wann Glenn darauf kommen würde, dass er direkt vor Wanda stand. Erneut stocherte ich mit den Fingern in der Masse rum. Endlich löste sie sich.

„Glenn!", schrie ich.

„Alruna?"

„Das ist Wanda, Glenn! Bitte hilf mir!", jaulte ich.

„Halt deinen Mund!" Wutentbrannt rannte sie zu mir.

Glenn schlich ihr hinterher, sah das Regal mit den Fläschchen und suchte es fieberhaft nach dem Liebestrank ab.

Wanda stand inzwischen vor meinem Gefängnis und schoss Blitze durch ihre Finger auf mich. Sie durchzuckten meinen ganzen Körper und ich schrie gequält auf. Bevor ich, das zweite Mal heute, das Bewusstsein verlor, sah ich noch, wie Glenn nach einer Flasche griff und davon rannte. Dann fiel ich leblos aufs Bett.

Der Blaubeer-Berg
und das Diamantengebirge

„Dornröschen erwacht wieder!" Von weit her drang eine Stimme zu mir und vor meinen Augen begann ein Bild zu flimmern. Langsam wurden die drei Gestalten vor mir immer deutlicher.

„Guten Abend, Hexe!" Glenn klang erleichtert. Er ließ einen Stein vor meinen Augen hin und her pendeln.

„Wo bin ich?", fragte ich mit schwacher Stimme.
Ich spürte meine Wunden nicht mehr. Sie waren mit Blättern beklebt und schienen zu heilen.

Zwischen Glenn und Lux stand ein hagerer Mann in einem blauen Mantel. Braune Haare und ein Bart umrahmten sein kantiges Gesicht. Die grauen Augen blinzelten mich besorgt an: „An wie viel kannst du dich noch erinnern?"

„Nur an ein gleißendes Licht ..." Meine Stimme war leicht und zerbrechlich wie Porzellan.

„Die Blitze", sagte Glenn.

„Was ist passiert und wo bin ich?", fragte ich noch mal.

„Mein Name ist Remedius. Wir sind in meiner feinen, aber bescheidenen Hütte", erklärte der Mann mit sanfter Stimme.

„Dann sind Sie der Mann von Beatrice und der Hüter vom Stein des Glühwürmchenwalds?", fragte ich hoffnungsvoll. Meine Stimme erstarkte langsam.

Er nickte.

Glenn pendelte wieder mit dem Stein vor meinen Augen hin und her.

„Willst du mich hypnotisieren oder was?"

„Nein. Ich will dir nur zeigen, dass wir ihn haben. Also den Stein!"

„Wie hast du das gemacht?" Ich lächelte Glenn kurz an. Vielleicht war er ja doch nicht so übel ...

„Wanda hat dich mit Blitzen betäubt und war dadurch abgelenkt von mir, so konnte ich nach der Flasche mit dem Liebestrank suchen", begann er zu erzählen. „Dich hätte ich eh nicht retten können, ich meine, es wäre doch dumm gewesen, hätte ich versucht, gegen eine Hexe anzukommen, dann hätte sie mich genauso gefangen genommen und wir wären noch mehr in der Bredouille gesteckt. Mit der Flasche habe ich mich zu den Räubern aufgemacht. Erst befürchtete ich, sie würden nicht zu ihrem Wort stehen und mir Lux nicht geben, allerdings waren sie sehr dankbar und haben uns auch noch gezeigt, wo Remedius wohnt. Als wir Remedius erzählt haben, was passiert ist, ging er zum Haus von Wanda und hat dich befreit. Du warst bis jetzt in einer Art Ohnmacht."

„Danke", sagte ich zu Glenn und Remedius. Mehr Worte waren nicht nötig.

„Remedius hat uns auch den Stein gegeben, er sagte, er müsse uns keine weitere Aufgabe mehr erteilen, wir hätten uns schon vor ihm bewiesen."

„Ihr müsst aber wirklich vorsichtig sein", ermahnte Remedius uns und blickte vor allem mich an. „Ihr werdet nicht immer das Glück haben, jemanden zu treffen, der euch helfen will oder kann."

Er hängte mir das raue Band mit dem Stein daran um den Hals. „Viel Glück!"

Für uns war es höchste Zeit, nach Hause zurück zu kehren. Ich strubbelte Lux. Sie sah noch ziemlich zerzaust aus. „Lass dich ja nicht wieder klauen!"

„Puh, nein! Remedius hat mir angeboten, dass ich bei ihm bleiben kann, bis ihr wieder da seid. Und morgen gehen wir dann zum Blaubeer-Berg und ins Diamantengebirge."

Ich war erleichtert und bedankte mich nochmals bei dem Mann, der so viel für uns getan hatte.

Nachdem der Schneesturm aufgehört hatte und Glenn endlich weg war, hoffte ich, ich könnte das frisch angebrochene Wochenende jetzt genießen. Ich ließ mich in einen Sessel sinken und ging meiner Lieblingsbeschäftigung nach: Lesen, Tee trinken und jede Menge Kekse essen.

Doch das ersehnte ruhige Wochenende endete in dem Moment, als die Stimme meiner Mutter mich aus meiner Lektüre riss.

„Alruna, die Mutter deiner Freundin hat gerade angerufen!" Sie japste vor Aufregung, es klang, als hätte sie eben einen schlimmen Unfall mit ansehen müssen.

„Welche Freundin?", fragte ich mit unbeteiligter Stimme. Mein Geist war zur Hälfte in meinem Buch versunken und zur anderen Hälfte in der öden Realität, in der meine Mutter schier in einen Schockzustand verfiel, weil die Mutter von irgendeiner Freundin angerufen hat.

„Liviette natürlich!", rief Mutter aufgewühlt.

„Soll ich einen Krankenwagen rufen? Du bist ja total hysterisch", gab ich mich immer noch ungerührt. Ich nahm mir einen Keks und tunkte ihn in meinen Tee, während meine Mutter einem Nervenzusammenbruch nahe schien.

„Sie ist weg!", schrie sie.

„Wer?

„Liviette!", brüllte sie.

„Mhm ...", ich kaute auf meinem Keks.

Mutter kam auf mich zu und riss mir das Buch aus der Hand, dann zerrte sie mir die Wolldecke vom Leib.

„Alruna Voltaire! Deine Freundin ist spurlos verschwunden und du kümmerst dich nur um dein Buch!", warf sie mir vor.

„Ja ja ...", seufzte ich. *Bye bye, Weekend ...*

„Wo hast du sie das letzte Mal gesehen?"

„In der Schule!" Ich blieb gelassen.

„Hatte sie irgendwelche Pläne, von zu Hause abzuhauen, Stress mit Freunden, Eltern ... mit dir?"

„Boah, Mama ... Die wird sich schon wieder auffinden!"

„Alruna, Liviette ist ein Mensch! Kein verloren gegangenes Spielzeug!"

Das Gerede meiner Mutter ließ mich kalt. Vielleicht, weil ich eine Vorahnung hatte, was passiert war?

„Mama! Du hast recht. Das mit Liv ... das ist echt schlimm. Ich muss mal frische Luft schnappen.

Das... das ist ... zu viel!" Ich schnappte mir meine Jacke und wollte aus der Wohnung rennen. Ich musste so schnell wie möglich weg, an einen Ort kommen, wo keine Menschen waren und ich in die andere Welt springen konnte. Ich war mir sicher, dass Liv weder entführt worden, noch von zu Hause abgehauen war.

„Alruna, bleib stehen!" Meine Mutter packte mich an der Schulter.

„Was denn?"

„Wo willst du hin? Du weißt nicht, was für Verrückte hier draußen rumrennen! Was wenn ... oh mein Gott!" Sie stoppte ruckartig und sah gedankenverloren in den Himmel.

„Nein, Alruna, du gehst mir nirgendwo mehr hin", setzte sie fort.

„Mama, es gibt überall irgendwelche Gefahren. Prinzipiell kann einem jederzeit was passieren. Es könnte ja auch sein, dass ich plötzlich aus heiterem Himmel ein Klavier auf den Kopf kriege. Deswegen solltest du mich vielleicht nie mehr raus lassen, weil die Welt einfach zu gefährlich ist!"

„Das ist etwas anderes!", schnaufte meine Mutter.

„Ist es nicht."

Sie gab nach: „Pass auf dich auf ..."

Ich nickte ihr kurz zu, dann stapfte ich durch den Schnee davon.

Hinter einem verlassenen Gebäude hatte ich schließlich meine Ruhe und konnte ohne Zuschauer in die andere Welt springen.

Ruckartig wurde ich weggerissen aus der Kälte

und dem Schneegestöber und landete auf einem warmen Bett in Remedius' Hütte.

Der Raum war leer. Vorsichtig sah ich mich um. An den Wänden standen Regale mit Büchern, Tränken, Wurzeln, Hölzern.

Ich konnte die Magie dieses Raumes mit allen Fasern meines Körpers spüren.

Ich fragte mich, wieso Remedius die Gefäße mit den Tränken nicht beschriftet hatte, dann befühlte ich mit meinen Fingerspitzen die Gläser und mir wurde sogleich klar, wieso. Man brauchte keine Beschriftungen, weil man durch kleinste Kontakte mit den Gläsern schon spüren konnte, was die Tränke bewirkten.

Einer der Tränke etwa entfachte einen plötzlichen heftigen Hass. Wenn ich das Glas berührte, fühlte es sich an, als würde mein Herz sich in ein tiefes Schwarz verfärben.

Ein anderer Trank löste Glück aus, mein Herz pochte immer ruhiger und mich durchströmte ein wohliges Gefühl von Sorglosigkeit.

Ich wollte eben ein weiteres Glas anfassen, neugierig, was dieser Trank für eine Wirkung haben könnte, als Remedius mich überraschte.

„Was machst du hier?" Seine Stimme war scharf und misstrauisch.

Ich drehte mich um.

„Hast du davon getrunken?"

„Nein, habe ich nicht!"

Skeptisch betrachtete er mich: „Mhm. Also, was machst du hier?"

„Eine Freundin ist verschwunden. Ich wollte Sie nur fragen, ob Sie hier in dieser Welt … ähmm Telefone haben." Mein Gesicht färbte sich rot.

„Ja, ich habe ein Telefon, im Wohnzimmer ..." Er war sich anscheinend immer noch nicht sicher, was er von all dem halten sollte.

„Darf ich es mal benutzen?", fragte ich aufgeregt.

„Ja, aber ...", setzte er an, doch ich war schon weggestürmt.

Ich hatte einen altmodischen Hörer erwartet, der kein bisschen Ähnlichkeit mit unseren Telefonen hatte oder zumindest aussah wie aus dem letzten Jahrhundert. Vielleicht noch mit Moos bewachsen, damit es zum Rest dieser Wohnung passte. Was ich allerdings vorfand, war ein stinknormales Telefon, wie man es in jedem Haushalt findet.

Erst als ich den Hörer an mich riss und eine Nummer eingeben wollte, fiel mir ein, dass ich keine Ahnung hatte, wen ich anrufen sollte, geschweige denn, wie seine Nummer wäre.

Remedius trat nun auch ins Wohnzimmer.

Ich dachte kurz nach. Ich sollte wohl Lady Rosetta oder wenigstens Nyah anrufen. Aber ich hatte keine der beiden Nummern.

„Haben Sie die Telefonnummer von Lady Rosetta ... Oder Lady Nyah?", fragte ich Remedius mit roten Wangen.

„Ja, zwei gute Freundinnen von Beatrice. Sind eingespeichert unter Nyah und Rosetta. Beide zusammen."

„Danke, danke!", japste ich aufgeregt und suchte

im integrierten Telefonbuch nach den Nummern.
Dreimal piepte es im Hörer, dann hob jemand ab.
Mein Herz raste. Ich hasste es, Leute anzurufen.

„Hallo? Lady Nyah am Apparat."

„Ich habe ein Problem!", hustete ich.

„Ähm ... Wer sind Sie?" Ich hatte ganz vergessen, meinen Namen zu erwähnen. Und zugegeben, ich brauchte erst mal ein paar Sekunden, um mich wieder an ihn zu erinnern.

„Alruna!", rief ich in den Hörer.

„Was gibt es denn, Alruna?", fragte sie trocken.

„Ist Lady Rosetta gerade da?"

„Ja, Glück gehabt, sonst ist sie um die Zeit immer in der anderen Welt."

„Können Sie sie mir geben?", fragte ich noch aufgeregter.

„Natürlich, bleib doch mal ruhig, Alruna."

Ich hörte es knistern, dann kam Lady Rosetta an den Hörer.

„Was ist denn?", fragte sie träge.

„Liv ist weg!"

„Liv?" Sie klang verwundert. „Meinst du meine Aushilfe, Liviette?"

„Richtig!"

„Sie ist weg?"

„Ja! Sie ist weg!", rief ich.

„Vielleicht hat sie die Münze gefunden ...", sagte Rosetta.

„Können Sie Liv finden?"

„Ich finde sie, warte ab. Eine Stunde höchstens, dann ist sie wieder drüben bei dir!"

140

„Großen Dank!", sagte ich und wollte schon auflegen.

„Das war Ironie, Schätzchen."

„Aber ... Was machen wir denn jetzt?"

„*Wir* machen gar nichts", antwortete sie.

„Lady Rosetta!"

„Auf Wiederhören!"

Frustriert knallte ich den Hörer auf die Gabel.

Remedius, der mitgehört hatte, versuchte mich zu beruhigen: „Es wird sich schon alles aufklären!"

Der hat gut reden, dachte ich, sagte aber nur:„Das hoffe ich!" und sprang zurück in meine Welt, nicht dass meine Mutter mich noch vermisste und in Panik geriete.

Unser ganzes Dorf war in Aufruhr, weil sich vielleicht irgendjemand rumtrieb, der Liv entführt hatte. Die meisten Eltern ließen ihre Kinder nicht mehr aus den Augen, und auch meine Mutter verlangte, dass ich daheim bliebe. Das war mir nur recht, so konnte ich es mir endlich mit meinem Buch gemütlich machen. Ich war nicht im Geringsten besorgt um Liv. Ich war überzeugt, dass sie in der anderen Welt war und somit sicher.

Montag früh tauchte Liv wieder auf, sie war sogar in der Schule, aber … ich weiß nicht, wie ich das erklären soll. Es war mehr so, dass Livs Körper wieder da war. Liv aber blieb verschollen.

Am Morgen wollte ich Liv mit einer Umarmung begrüßen, doch sie stieß mich von sich weg. Sonst war es immer sie, die einen in den Arm nehmen wollte.

„Was ist los mit dir?", fragte ich.

„Das geht dich überhaupt nichts an. Meine Probleme sind nicht deine Probleme!"

„Wo warst du?", wollte ich wissen.

„Habe ich dir nicht gesagt, dass meine Probleme dich nichts angehen?", fauchte sie und ich schrak zurück. Sonst brauchte ich sie gar nicht nach ihren „Problemen" fragen, sie erzählte meist von sich aus davon. Wenn Liv ein Lieblingsgesprächsthema hatte, dann war es definitiv alles rund um ihre eigene Person. Das hier war nicht Liv.

Das ganze Wochenende über hatte ich mir keine ernsthaften Sorgen um meine „verschollene" Freundin gemacht, jetzt dafür umso mehr. Denn sie war weg. Spurlos verschwunden. Nur ihr Körper war noch da und ein Mädchen, das überhaupt nicht sie war.

Ich wollte nicht locker lassen. In der Pause folgte ich der Schein-Liv und redete weiter auf sie ein: „Liv, hast du bei Lady Rosetta eine Münze gefunden?"

Sie drehte sich langsam zu mir, mit einem Lächeln, das ich bei ihr nie zuvor gesehen hatte. Ein ganz und gar boshaftes Lächeln. „Vielleicht ... Ich kenne dich, Alruna. Dich und deine dämliche Bande, selbst das sprechende Eichhörnchen. Alruna, ich bin dir näher als du denkst."

„Was?" Mir wurde schwindelig Was redete dieses Mädchen da für einen Blödsinn?

Verängstigt wandte ich mich ab und wollte so

schnell wie möglich wegrennen, doch sie zischte: „Unterschätze mich nicht, Alruna. Diese törichte Wanda mag versagt haben. Aber *ich* werde keinen Fehler machen. Ich werde euch alle zerquetschen wie die Würmer!" Sie lachte laut und hämisch.

Bevor ich endgültig wegrennen konnte, krallte sie sich mit einem festen Griff mein Handgelenk (eine dieser berüchtigten Brennnesseln, die wir uns als Kinder immer gegeben haben, war nichts dagegen) und raunte: „Das letzte Level hat zwar noch nicht begonnen, aber wenn ihr nicht aufpasst, misslingt euch schon das vorletzte Level ..."

Sie ließ endlich wieder locker. Mein Handgelenk war rot angelaufen und brannte höllisch.

„Nehmt euch in acht ...", zischte sie.

Mein Herz schlug mir bis zum Hals. Das war nie im Leben Liv. Ich hatte nicht die geringste Ahnung, wie sie es geschafft hatte, aber irgendwie musste Perdita an Liv rangekommen sein.

Hastig rannte ich davon und knallte gegen Glenn, der mir auf dem Schulhof entgegen kam und mich gerade noch festhalten konnte.

„Was ist passiert, Hexe?"

„Hexe ist das richtige Stichwort. Das ist niemals die echte Liv." Ich befreite mich aus seiner Umklammerung.

„Wie meinst du das?"

Ich erzählte ihm alles, was Schein-Liv mir gesagt hat.

„Was glaubst du, was sie hier vorhat?", fragte Glenn.

„Perdita oder sonst wer will uns ausschalten und hier hat sie die beste Möglichkeit dazu."

Glenn hörte mir aufmerksam zu, dann antwortete er: „Es kann doch auch sein, dass Liv sich einfach geändert hat? Ihr würde ich das durchaus zutrauen, sie steht doch auf so ein Drama-Zeug."

Heftig schüttelte ich den Kopf: „Liv mag zwar Drama mögen und manchmal heftig übertreiben, aber sie ist eine schlechte Schauspielerin. Und das war verdammt echt."

„Lass uns doch beide noch mal mit ihr reden", schlug Glenn vor.

Ich zeigte ihm den Vogel: „Spinnst du? Damit sie uns einen Fluch an den Hals hext?!"

Ich wollte weiterschimpfen, da unterbrach er mich: „Ich hab's kapiert, Hexe, okay?"

„Jaja ... aber..." Mein Satz wurde von der Pausenglocke unterbrochen.

Wir stapften zurück ins Klassenzimmer, Glenn war mir ein paar Meter voraus und ich war mitten im Gedränge zwischen einigen kleinen Fünftklässlern, die sich gegenseitig beleidigten, weshalb ich fast in einen Lachkrampf ausgebrochen wäre. Ich fand es unglaublich amüsant zuzuhören, wie die Kleinen sich Wörter an den Kopf schossen, die ich in ihrem Alter zwar gekannt hatte, deren Bedeutung mir aber schleierhaft gewesen war. Ihnen ging es wohl ebenso.

Bevor ich in den Physikraum ging, musste ich nochmal aufs Klo. Obwohl es da ekliger war als in einem Schweinestall. Angeekelt drückte ich die

144

Klinke herunter. Bei jedem Schritt musste ich meine Nase zuhalten, sonst wäre ich wahrscheinlich in Ohnmacht gefallen, es müffelte wie in einer Jauchegrube. Ich schloss eben die Kabinentüre, als ich jemanden ins Klo hineinkommen hörte. Eine fiese Stimme säuselte: „Alruna, Schatz, bist du hier?"

Liv! Für einen Moment blieb mein Herz stehen. Kurz überlegte ich, ob ich antworten oder besser meine Klappe halten sollte.

Ich entschied mich zu schweigen.

„Alruna, wo bist du denn?"

Ich vernahm, wie Schein-Liv hintereinander alle Kabinentüren rabiat aufstieß.

Ich hielt die Luft an, sonst hätte sie mich gehört, aber früher oder später würde sie mich so oder so entdecken.

Schnell und tonlos huschte ich auf den Klodeckel, sodass sie meine Füße nicht sehen konnte.

„Wo bist du, Alruna? Komm raus! Wir sind doch keine Kindergartenkinder mehr."

Ich fixierte meinen Blick auf Klopapier, das an der Decke klebte.

„Ich warne dich, mach mich bloß nicht wütend!"

Ein- und ausatmen, Alruna, ein- und ausatmen ...

Nun schlug sie gegen die Tür meiner Kabine.

„Komm Alruna, komm doch her, feige kleine Alruna, komm doch raus", sang sie zischelnd.

Mir reichte es. Ich sprang von der Kloschüssel und stieß wütend die Tür auf.

Mit leerem Blick betrachtete sie mich, sog mein

145

Abbild in ihre Augen.

„Was willst du?", fragte ich mit bebender Stimme.

„Gib mir die Münze!" befahl sie.

„Welche Münze?"

„Tu nicht dumm! Du weißt, was ich meine!", fuhr sie mich an.

Bedrohlich stand sie vor mir, mit erhobenem Haupte und starren Augen.

„Wer bist du?", fragte ich.

Sie lächelte: „Das geht dich erstens nichts an, und zweitens stelle ich dir die Fragen."

Plötzlich hörte ich auf dem Korridor ein Mädchen zu einem anderen sagen: „Ich hasse diese Experimente, die die alte Löwer immer mit uns machen will! Physik ist eh scheiße ... Und dann dieses klebrige Zeug, was die uns gibt! Igitt! Ist doch widerlich."

Der Unterricht hatte schon begonnen, diese zwei Mädchen waren aus meiner Klasse.

Die Tür ging auf und eine der beiden, Chantal-Mercedes, streckte den Kopf rein. Als sie Liv und mich erblickte, kam sie auf uns zu. „Macht ihr hier ein Teekränzchen oder was? Ihr könnt froh sein, dass die alte Löwer so dämlich ist und ihr euer Fehlen nicht auffällt."

„Wer ist das denn, Schannie?", fragte die andere, die ich noch nicht sehen konnte, aber ich erkannte sie an der Stimme. Hedda war wieder da.

„Nur Alruna und Liv", sagte Chantal-Mercedes in herablassendem Tonfall.

Hedda tauchte hinter Chantal-Mercedes' Rücken

146

auf und glotzte mich mit bösen Blicken an.

„Wo kommst du denn her?", fragte ich Hedda.

„Ich hatte in den ersten Stunden noch einen Arzttermin", antwortete sie mit feindseliger Stimme.

„Warum bleibst du denn nicht noch zu Hause? Wir haben doch eh nur noch zwei Stunden." Ich zitterte leicht.

„Sie ist halt 'ne Streberin, Ally, außerdem geht dich das ja wohl 'nen Dreck an." Chantal-Mercedes nahm sich ein Stück Papier und rubbelte sich damit die Hände ab.

„Ally?", stieß ich entsetzt aus. Ich hasste es, wenn manche Leute meinten, sie müssten mir dämliche Spitznamen geben.

„Klingt doch gut!", meinte Chantal-Mercedes.

„Sagt die, deren Eltern sie nach einer Automarke benannt haben ...", flüsterte ich.

„Mercedes ist ein schöner Name!", fauchte sie mich wütend an.

„Ja, eigentlich schon ..."

„Siehst du! Du bist ja nur neidisch, weil dein Name sich anhört, als ob du 'ne Hexe oder Fee wärst", spottete Chantal-Mercedes in überlegenem Tonfall.

„Hast du etwa was gegen Hexen?!", mischte sich Schein-Liv ein.

Hochnäsig musterte Chantal-Mercedes sie. „Ich kann nichts gegen Hexen haben, weil es keine Hexen gibt."

„Was bist du denn für eine?!" Schein-Liv wurde

147

langsam ziemlich wütend.

„Ähm ... Hast du eine an der Klatsche, Liv? Sollen wir dich zur Schulkrankenschwester bringen", griff Chantal-Mercedes wieder an.

Hedda wandte derweil ihren Blick nicht von mir ab. Mit ihren Augen röntgte sie mich förmlich.

„Mädchen mit komischem Namen sei bloß still, ansonsten treibe ich dir Flüche höchsten Grades an den Körper!" Livs Stimme war plötzlich ganz verändert, wie von einem anderen Menschen.

„Ähm ja, Liv. Geh mal zum Psychologen ..." Chantal-Mercedes und Hedda rannten schnell aus dem Mädchenklo.

Wortlos sah ich Schein-Liv an, sie erwiderte meinen Blick.

„Noch einmal lasse ich dich laufen, Alruna Voltaire! Ein einziges Mal! Lass dir das gesagt sein!", zischte sie und verließ mit stolzen Schritten die Toilette.

Die Tür knallte zu. Ich blieb bewegungslos stehen.

„Guck nur, Alruna!", fiepste Lux aufgeregt und sprang auf meine Schulter.

Ein gleißendes Licht stach uns in die Augen, wie das Licht am Ende eines Tunnels. In unserem Fall war es das Licht am Ende eines Waldes, in dem immer Nacht herrschte.

Endlich konnten wir den Glühwürmchenwald hinter uns lassen und der Blaubeer-Berg erschien vor unseren Augen.

Sofort erkannte man, woher er seinen Namen

hatten: Überall waren Sträucher mit prächtigen, blauschimmernden Heidelbeeren.

„Oh, ich liebe Blaubeeren!", schwärmte Lux und stieß sich wieder von meiner Schulter ab. Verzückt rannte sie auf einen der Büsche zu und stürzte sich genüsslich hinein.

Hinter einem Baum tauchte wie aus dem Nichts eine Frau in weißem Kleid auf. Ihre Wangen waren rot angelaufen, ihre Brust senkte sich schnell auf und ab.

„Habt ihr ein kleines Mädchen gesehen? Mit langen blonden Haaren und kullerrunden blauen Augen?", fragte sie, Tränen rannen ihr übers Gesicht.

„Tut uns leid, leider nicht." Sie hatte sich schon abgewandt. Ich rief ihr hinterher: „Können Sie uns sagen, wie man zu einem gewissen Avigdor kommt?"

„Hä?" Sie drehte sich um. „Warum wollt ihr das wissen?" Sie klang ein wenig gefasster.

„Wir möchten ihn nach einem Stein fragen."

Ihre Tränen begannen zu trocknen und sie sah mich interessiert an. „Dann bist du also Alruna?"

Ich lief rot an und nickte.

„Ich hab schon gehört, dass ihr die Steine sucht. Das trifft sich äußerst günstig. Mein Mann und ich sind Hüter von zwei Steinen. Wir werden sie euch geben, wenn ihr uns helft."

„Dann sind Sie Isving? Aus dem Diamantengebirge?", fragte ich.

„Richtig!"

Ich nickte.

Glenn meldete sich zu Wort: „Wobei sollen wir denn helfen?"

„Unsere Tochter Deidre ist verschwunden!" Isving begann wieder zu schluchzen.

Jetzt kam auch Lux angehoppelt.

„Aber, aber, weinen Sie doch nicht, wir werden Sie finden! Ganz bestimmt", versuchte ich die Frau zu ermutigen.

„Mein Mann hat mir das auch schon gesagt. Er meinte, Deidre würde schon nichts passiert sein, hier wäre es sicher ... Avigdor hat doch überhaupt keine Ahnung, was die Wahrheit ist." Sie seufzte und sank aufs Gras. „Wahrscheinlich würde ich mir auch nicht so schlimme Sorgen machen, würde ich es nicht besser wissen. Meine Tochter ist in großer Gefahr."

„Aber wieso denn?", fragte Lux mitleidig.

„Das muss aber unter uns bleiben. Ich sage euch das nur, weil ... weil ich euch vertraue ... weil alle acht Welten euch vertrauen."

„Wir schwören, dass wir schweigen werden!", rief ich.

Ihre Stimme wurde bei jedem Wort leiser: „Perdita und ich hatten ... na ja ... was genau wir für Probleme hatten, ist irrelevant ... Jedenfalls hat sie noch eine kleine Rechnung mit mir offen."

„Und Sie denken, dass Perdita sich deswegen Ihre Tochter Deidre schnappen will?", hakte Glenn nach.

„Ich denke es nicht. Ich weiß es. Perdita und ich

waren mal so etwas wie die besten Freundinnen. Alruna, du hast doch bestimmt auch so eine beste Freundin?"

„Ja ...", sagte ich mit zerbrochener Stimme, meine Augen wurden kurz feucht, aber ich konnte mich noch zusammenreißen. Plötzlich waren meine Gedanken bei Liv. Vorher hatte ich sie belächelt und nie als beste Freundin angesehen. Eigentlich hatte ich nie davor eine richtige Freundin, bis Liv kam. Und erst jetzt, wo sie weg war, wahrscheinlich in der Macht irgendeiner Hexe, erst jetzt wurde mir glasklar, was sie mir bedeutete. Für einen Moment kam es mir vor, als hätte ich gelernt, was Freundschaft ist. Ich warf einen Blick auf Lux und Glenn. Mir wurde warm ums Herz. Für einen winzigen Augenblick, den Bruchteil einer Sekunde, war ich der glücklichste Mensch der Welt, denn ich verstand endlich, dass ich einen Traum lebte.

„Perdita war also so was wie meine beste Freundin, wir gingen durch dick und dünn. Aber eines Tages hatte sie sich schlagartig geändert. Sie wurde kälter und versteckte vor allen Menschen ihre Gefühle. Perdita wollte nicht mehr verletzlich sein, auf einmal wollte sie Macht haben. Ihre Seele hat sich in ein tiefes, dunkles Schwarz gefärbt, sie ließ nicht mal mehr mich in sich hineinblicken. Erst dachte ich, sie täte es vollkommen grundlos. Vielleicht wegen der Pubertät ... Wir waren beide noch so jung. Aber Menschen ändern sich nicht grundlos. Irgendwann wurde mir klar, warum sie sich geändert hat ..."

„Warum denn?"

„Das musst du wohl früher oder später selber herausfinden, Alruna."

Kennt ihr dieses Gefühl, wenn in einem Film gerade an der spannendsten Stelle die Werbung kommt (natürlich kennt ihr das)? Genau diese Stelle der Geschichte hatte Isving erreicht. Und das Doofste war, dass es von mir abhing, wie lange die Werbepause dauerte.

Isving wandte sich wieder ihrem eigentlichen Kummer zu: „Wenn ihr unsere kleine Deidre gefunden haben solltet, dann bringt sie einfach in unsere kleine Villa. Sie steht am Fuße der Grenze zwischen dem Blaubeer-Berg und dem Diamantengebirge. Ihr werdet sie ganz schnell erkennen: Die eine Hälfte des Hauses ist mit Schnee überdeckt und mit Eiszapfen übersät, die andere ist mit Blumen und Moos zugewachsen."

Isving wollte wieder gehen, aber ich hielt sie zurück: „Deidre ist klein, hat hübsche blonde Haare und kugelrunde blaue Augen?"

„Ja. Als wir sie zuletzt gesehen haben, trug sie ein schneeweißes Sommerkleid." Mit diesen Worten verschwand Isving.

„Du Idiotin!", sagte Lux.

„Was hab ich denn jetzt schon wieder getan?"

„Überleg doch mal! Dieses Gebiet hier ist riesig! Du hättest Isving vielleicht fragen sollen, wo wir suchen sollten, wo sich die Kleine öfter aufhält!

Wie sie aussieht, ist ja wohl das kleinste Problem!", meckerte sie.

„So kommen wir auch nicht weiter!", mischte sich Glenn ein.

Lux funkelte uns an, dann sagte sie: „Wir werden uns aufteilen."

Sofort hielt ich dagegen: „Nein! Nein! Nein! Auf gar keinen Fall!"

Lux und Glenn musterten mich verdutzt.

„Das letzte Mal bin ich bei der ollen Hexe gelandet!", verteidigte ich meinen Standpunkt.

Lux wandte langsam ihren Blick zu mir hinauf.

„Also willst du damit sagen, dass du Glenn immer als deinen persönlichen Beschützer dabei haben musst?" Sie grinste.

„Nein. Es ist andersrum." Ich lief rot an.

„Andersrum? Das ergibt keinen Sinn!", lachte Lux sich schlapp.

„Wir könnten euch helfen!", sagte plötzlich eine fremde Stimme.

Wir drehten uns um. Ich erwartete einen alten Mann, doch vor mir stand ein Bär. Ein verdammter Bär. Groß und mit riesigen Pranken. Erschrocken packte ich Glenn und zerrte ihn vor mich. „So viel zum Thema, du musst ihn beschützen!", säuselte Lux mir ins Ohr.

„Warum kannst du sprechen?!", fuhr ich den Bär an. Ich war völlig außer mir vor Angst.

„Sagt die, die mit einem sprechenden Eichhörnchen durch die Gegend reist", sagte der Bär und schüttelte den Kopf. Er benahm sich wie

Lux, seine Bewegungen waren eine Mischung aus der des Tieres, das er war, und der eines Menschen.

„Lux ist aber kein Bär!"

„Aber sie ist ein sprechendes Tier." Der Bär lachte.

„Claudius, vielleicht sollten wir dieses Mädchen in Ruhe lassen, sie ist ja total hysterisch", mischte sich ein Stinktier ein.

„Ihr müsst sie verstehen. Es passiert uns Menschen nicht so oft, sprechenden Bären oder Stinktieren zu begegnen", erklärte Glenn.

„Nein, Bertram, wir werden sie nicht in Ruhe lassen, die Zukunft unserer Welt hängt von ihr ab", wandte der Bär sich zu dem Stinktier.

„Wenn du meinst, Claudius. Du weißt ja, wie ich zu Menschen stehe." Das Stinktier sah uns misstrauisch an.

„Diese Menschen müssen anders sein, sonst wären sie nicht hier." Der Bär musterte uns.

„Also, Menschenmädchen, willst du unsere Hilfe annehmen oder nicht?", fragte das Stinktier.

Ich schluckte kurz. *Warum sollte ich die Hilfe eines Bären oder eines Stinktiers annehmen? Warum aber nicht?*

„Sag ja!", raunte Lux mir ins Ohr.

„Ja … äh … gerne … danke", stammelte ich, meine Beine waren Wackelpudding.

„Das ist schön. Die anderen Tiere werden sicher auch helfen, nicht wahr?", rief Claudius, der Bär, in die Tiermasse, die sich allmählich angesammelt hatte.

Die Tiere riefen im Chor: „Ja!"

„Ihr Vögel werdet das Gebirge überfliegen und nach dem Mädchen suchen. Die Biber werden sich bei den Flüssen und Wasserstellen umsehen. Die Rehe, Hirsche, Wildschweine werden die Wälder absuchen. Die Füchse, die Hasen und Kaninchen werden sich die Höhlen und Bauten vornehmen. Und wehe", Claudius blickte die Füchse streng an, „nachher fehlt auch nur einem einzigen Kaninchen ein Körperteil!" Die Füchse winselten, Claudius schien sie einzuschüchtern.

„Die übrigen Tiere teilen sich auf und suchen am Blaubeer-Berg."

Lux, Glenn und ich sahen den Bären still an. „Und ihr drei kommt mit mir!"

Ohne ein Wort folgten wir dem Bären in eine kleine Hütte, die einer jungen Frau gehörte.

„Wer sind die da, Claudius?", fragte die Frau in grimmigem Tonfall, dabei musterte sie uns ablehnend.

„Alruna, Glenn und Lux", stellte ich uns vor und versuchte die Frau mit einem Lächeln zu besänftigen.

Ihre Haare waren zerzaust, ihre dunkelbraunen Augen funkelten erzürnt. „Claudius! Ich will diese drei Gestalten hier nicht sehen! Bring sie weg!" Auf ihren Wangen bildeten sich wutrote Flecken, sie verschwand in einen anderen Raum.

„Was hat sie denn?", fragte Lux.

„Eigentlich wollte sie Alrunas Auftrag haben", antwortete Claudius mit gesenktem Blick.

„Warum hat sie ihn denn nicht bekommen?"

„Die Ladies Rosetta und Nyah sahen sie nicht als würdig genug an. Sie meinten, sie würden um keinen Preis wollen, dass eine Wilde solch eine Aufgabe zugeteilt bekommt. Es tut weh, so etwas ins Gesicht gesagt zu bekommen, Alruna, weißt du?"

„Halt dein Bärenmaul, Claudius! Das geht die Schnepfe einen Dreck an!" Die Frau kam zurück.

„Inara, bitte ...", seufzte Claudius.

„Erklär mir, was die hat, was ich nicht habe!" Ihre Stimme klang verletzt, man konnte sehen, wie sie sich die Wuttränen verkniff.

„Inara, sie hat gar nichts, was du nicht hast. Das einzige Problem der Ladies war, dass du eine Wilde bist. Das Mädchen ist keine Wilde und ..." Plötzlich kam Inara mir erschreckend nah und deutete auf mein Auge. „Da haben wir es ja!", rief sie.

Ihr Finger zeigte direkt auf mein sternförmiges Muttermal. Auf ihren Lippen formte sich ein zitterndes Lächeln. Sie schob ihre zerzausten Haare aus dem Gesicht, auch sie hatte ein sternförmiges Muttermal. An genau derselben Stelle. Mein Herz begann unwillkürlich schneller zu schlagen.

„Du bist also doch zurückgekommen!" Ihre Stimme bebte vor Wut.

Aus Reflex trat ich ein paar Schritte zurück.

„Ist sie das?", fragte Claudius Inara.

„Und ob sie das ist!"

„Wer soll ich sein?" Ich verstand die Welt nicht mehr.

Verstört sahen Lux und Glenn mich an.

„Inara, das, was du damals getan hast, war nicht gut. Du hast sehr viel Hass in deinem Herzen getragen. Ich dachte, du würdest deine Tat bereuen."

„Da hast du falsch gedacht, Claudius. Ich bereue nichts. Ich sehe es immer noch als das Beste an, was ich hätte tun können."

„Inara! Ich dachte, du hättest dich geändert!"

„Du denkst zu viel, Brummbärchen." Ihr Blick biss sich an mir fest.

„Was hast du vor, Inara?" In Claudius' Stimme konnte ich die Angst hören, die sich auch in meinem Herzen breit machte.

„Ich hätte mir ja denken können, dass die ausgerechnet *sie* nehmen wollen, aber ... Jetzt sehe ich es deutlich vor mir. Jetzt beginnt mein Herz erst richtig zu brennen." Ich verstand überhaupt nichts mehr.

„Claudius! Geh, geh! Du warst die einzige Person, die mir was bedeutet hat, und jetzt?! Jetzt stellst auch du dich gegen mich! Du! Geh, geh!", weinte Inara und stieß Gläser und Vasen um, Scherben klirrten auf den Boden.

„Ich hasse euch!", schrie sie.

Wir hetzten dem dicken, braunen Bären hinterher, aus dem Haus hinaus.

„Wer ist das?", schnaufte ich.

„Offensichtlich ist es ... deine Schwester", erklärte

Claudius, seinen Blick gen Himmel gerichtet.

„Das ist unmöglich!", hielt ich dagegen.

„Laut eurer realitätsliebenden Menschenlogik ist diese ganze Welt unmöglich, Alruna, laut eurer Menschenlogik dürfte ich nicht reden können. Du kommunizierst mit sprechenden Tieren. Du landest in einer anderen Welt, wenn du dreimal an einer Münze reibst. Und da hältst du es noch für unmöglich, dass ein dir wildfremdes Mädchen deine Schwester sein könnte?"

„Das ist was anderes. Ich hab keine Geschwister!" Ich wollte mich einfach nicht mit dem Gedanken anfreunden, dass diese wildgewordene Person mit mir verwandt sein könnte.

„Es spricht alles dafür, dass ihr Geschwister seid. Ihr seid Töchter der mächtigsten Feen-Sippe unserer Welt."

„Jetzt bin ich auch noch eine Fee?!" Meine Stimme überschlug sich fast.

„Hat deine Menschenmutter dir nicht erklärt, dass man sprechende Bären nicht unterbricht?", fragte Claudius spottend.

„Schon gut, tut mir leid", sagte ich kleinlaut. Mir fiel wieder ein, was Lady Nyah mir gesagt hatte, dass ich aus einer Feen-Familie stammte, ich konnte es aber nicht richtig glauben.

„Wenn ich eine Fee bin, warum hab ich dann keine Flügel?"

„Deine Schwester hat auch keine Flügel. Aber aus anderen Gründen als du."

„Nenn sie nicht meine Schwester!", brüllte ich.

„Inara hat auch keine Flügel", berichtigte Claudius sich widerwillig.

„Aber, wenn Alruna wirklich eine Fee ist ... wie kommt sie dann in meine Welt?", fragte Glenn. Er machte ein Gesicht, wie jemand, dem man erklärte, dass zwei und zwei von nun an fünf ergibt.

„Wenn ihr beide so still sein würdet wie das Eichhörnchen, könnte ich euch das erklären, aber nein, ihr müsst mich ja dauernd unterbrechen!", regte Claudius sich auf.

„Wir sind ja schon still!", sagte ich.

An einem langsam fließenden Fluss standen ein paar große Steine, auf die wir uns setzten.

„Als du noch ein Baby warst, war deine Schwester Inara schon vierzehn Jahre alt, so alt wie du jetzt. Zu dieser Zeit hat der ganze Spuk mit der alten Perdita begonnen, und die Ladies Nyah und Rosetta haben ihren Neffen, den Prinzen Clay, schon da mit allen Mitteln vor Perdita beschützt. Das hat bis vor einer Weile auch ganz gut geklappt, irgendwann aber wollte Clay die Welt da draußen sehen und ging, entgegen allen Regeln, die seine Tanten ihm auferlegt hatten, aus dem Schloss. Da kann man dem Jungen keine Vorwürfe machen, zwar wusste er von Perdita und der Gefahr, in der er schwebte, aber er wollte es riskieren, um sich seinen Wunsch zu erfüllen. Die Welt draußen hat ihm sehr gut gefallen, er ging immer wieder heimlich nach draußen, immer und immer wieder, bis Perdita ihn sich schnappte. Die beiden Ladies haben das vorhergesehen, sie wussten, früher oder später würde Clay sich nicht mehr an die Regeln halten, aber sie wollten es hinauszögern. An dieser Stelle kommst du ins Spiel. Sie wollten es so lange hinauszögern, bis du alt genug bist, aufzubrechen und Clay zu retten. Diese Aufgabe wurde dir schon bei deiner Geburt zugeteilt und deiner Schwester war das ein Dorn im Auge. *Sie* wollte die Heldin sein."

„Hat Inara nicht gesagt, sie wurde nicht genommen, weil sie eine Wilde ist?"

„Ja, so werden bei uns Leute genannt, die durch die Wälder ziehen und Aufträge von Räubern oder Hexen erledigen. Genau das tat Inara. Außerdem war sie eine ungeheuerliche Lügnerin! Kein Wort konnte man ihr glauben! Inara wollte diese Aufgabe so sehr, dass sie dich in ihrer Verzweiflung in die andere Welt brachte. Deine dortige Familie hat sie so umgepolt, dass sie glaubten, du wärst ihr Kind. Nach dieser Tat wurde sie endgültig verbannt. Hierher, in diese Berge. Und da hab ich sie aufgenommen." Eine Träne rollte sein Fell hinunter.

„Warum wurde mir das nicht gleich gesagt?", fragte ich.

„Was?"

„Diese Geschichte mit meiner Schwester."

„Deine Schwester wurde ausgestoßen. Niemand will sich mehr an sie erinnern, geschweige denn über sie reden."

„Aber warum wollte sie denn unbedingt die

Aufgabe?"

„Eure Familie war sehr enttäuscht von ihr, weil sie eine Wilde war, und hat sie darum auch ziemlich schlecht behandelt. Inara wollte alles wieder gut machen, indem sie sich mit dieser Aufgabe bewies. Ich mache mir große Sorgen um Inara. Ich habe Angst, dass sie mit Perdita gemeinsame Sache macht." Er hatte diese komische Frau wohl sehr ins Herz geschlossen.

„Ich kann vielleicht mal mit ihr reden", schlug ich vor. Ich sagte das nur, weil ich ein „Nein" erwartete. Aber es kommt ja immer anders, als man denkt ...

„Das würdest du tun?!" Das Bärengesicht hellte sich auf.

Na toll hast du das gemacht, Alruna! Dabei wollte ich doch nur guten Willen zeigen ...

„Ja, na klar", sagte ich. *Wäre blöd gekommen, wenn ich ihm gesagt hätte: „Nee, eigentlich habe ich das ja überhaupt nicht ernst gemeint und war mir sicher, du würdest nein sagen."*

„Sei vorsichtig, Alruna! Wenn sie dich angreifen sollte, dann schreist du ganz laut und wir holen dich wieder raus." Der Bär lächelte.

Wenn sie dich angreifen sollte ...

Mit weichen Knien erhob ich mich und lief zu der kleinen Hütte zurück.

Ich sollte mit einer Frau reden, meiner Schwester, die mich unglaublich hasste und mich, als ich ein Baby war, zu anderen Eltern weggeben hatte. Einen Moment lang fragte ich mich, wo ich jetzt

161

wohl sein würde, hätte sie es nicht getan. Mir wurde schlecht und ein kleiner Schwindel überfiel mich. Ich musste an ... an meine Mutter denken.

Ich fühlte mich noch immer benommen, als ich die schwere Holztür aufschob.

„Inara! Lass uns reden!", rief ich.

Ich konnte sie nirgends sehen, vernahm nur ein leises Schluchzen. Mit dem Pochen meines Herzens im Ohr folgte ich dem Weinen.

Sie saß in einer kleinen Küche und schien mich noch nicht bemerkt zu haben. Neben sich hatte sie eine riesige Packung Taschentücher.

Ich überlegte, ob ich zurückgehen und mir eine Notlüge ausdenken sollte, entschied mich aber dagegen.

„Inara ...", sagte ich fast lautlos, aus Angst verschluckte ich meine eigene Stimme.

Sie reagierte erst nicht, ich war mir sicher, dass sie mich nicht gehört hatte, und wollte schon verschwinden, da schrie sie: „Was willst du denn noch?"

„Mit dir reden. Du bist immerhin meine ... meine Schwester." Ich musste schlucken. Mir war unwohl bei den Worten, die ich da sagte.

„Deine Schwester?" Sie lachte schmerzerfüllt.

„Jeder macht Fehler." Ich lächelte sie zaghaft an.

„Aber nicht solche wie ich. Meine ganze Familie hasst mich ... nein, ich habe keine Familie mehr. Bis vor ein paar Minuten dachte ich noch, Claudius wäre meine Familie ... selbst in ihm habe ich mich getäuscht."

„Ich bin nicht sauer auf dich. Hättest du mich nicht weggegeben, wäre ich jetzt nicht die, die ich bin. Außerdem hast du eine Familie. Claudius will dich doch nur beschützen, eben weil er deine Familie ist. So macht man das doch in einer Familie, zumindest in meiner Welt."

Sie nahm ihren Kopf hoch. Ihr Gesicht war puterrot und ihre Augen waren total verheult.

„Alles wird wieder gut, Inara", versuchte ich sie aufzumuntern.

„Du kapierst echt gar nichts. Nichts wird wieder gut. Nicht für mich."

„Doch, Inara, es gibt immer ein Happy-End."

„Oh mein Gott ... Wie du das sagst! Man merkt, dass du noch ein Kind bist! Du bist ja so naiv! Für manche Menschen gibt es ein Happy-End. Für andere nicht. So wie für mich. Ich habe kein, wie du es nennst, Happy-End verdient."

Plötzlich spürte ich das Bedürfnis, sie zu umarmen. Ich breitete meine Arme aus und wollte sie um sie schließen, doch sie schlug sie weg.

„Heuchel hier bloß nicht rum!", fuhr sie mich an.

„Ich heuchel nicht!"

„Natürlich heuchelst du! Du tust so, als würdest du mich verstehen! Du verstehst gar nichts! Du bist ein dummes Kind! Du weißt nicht, wie es sich anfühlt, von allen gehasst zu werden!"

„Aber ... Es hassen dich doch nicht alle", versuchte ich sie krampfhaft vom Gegenteil zu überzeugen.

Sie lehnte ihren Kopf gegen die Wand und stöhnte genervt auf. „Was sind schon zwei mickrige

163

Personen im Vergleich zu den restlichen, die in den acht Welten leben?" Ein melancholisches Lächeln umspielte ihre Mundwinkel.

Mir fiel auf einmal unsere Ähnlichkeit auf. Sie hatte ebenso braune Augen wie ich, in derselben Form, ihre Haare hatten denselben Blondton wie meine und wir hatten beide an derselben Stelle ein Muttermal.

„Das kommt darauf an, wie wichtig einem diese zwei mickrigen Personen im Vergleich zum Rest der Welt sind."

„Ich will dein kitschiges Gelaber nicht hören. Geh wieder. Ich komme schon klar." Ihre Augen blitzten auf.

„Falls du deine Entscheidung doch änderst ... ich werde da sein." Mit diesen Worten verschwand ich wieder.

„Und? Wie war's?" Claudius sah mich hoffnungsvoll an.

„Na ja, zu Perdita will sie bestimmt nicht." Ich begann unser Gespräch detailliert zu schildern, aber mitten im Bericht wurde ich von einem aufgeregten Vogelgeschrei unterbrochen. „Wir haben sie!", schrien die Vögel außer sich vor Freude.

Claudius kniff kurz seine Augen zusammen, es sah so aus, als müsse er überlegen, *wen* diese Vögel denn noch gleich gesucht hatten.

„Und wo ist sie?" Claudius schien es wieder eingefallen zu sein.

Hinter einem Baum trottete das mürrische Stinktier Bertram hervor.

„Sie ist auf der Spitze einer der Berge im Diamantengebirge. Frag mich nicht, wie so ein kleines Kind da hoch kommt!", schimpfte er und begann mit seinem Schwanz nervös rum zu fuchteln.

„Bringt die drei doch bitte dahin. Ich alter Bär bin schon zu schwach für so weite Ausflüge", sagte Claudius und tapste davon.

Die immer noch freudig durcheinander zwitschernden Vögel führten uns in Richtung Diamantengebirge.

Meine Uhr zeigte 12 Uhr an. Die Mittagssonne brannte auf unsere Köpfe und die Hitze ließ einen schwitzen.

„Was macht sie überhaupt auf so einem Berg?", fragte ich einen der Vögel.

„Das arme Kind hat sich wohl etwas gebrochen oder verstaucht und liegt dort jetzt vollkommen hilflos. Wir müssen uns beeilen, bevor jemand schneller ist", antwortete der Rabe.

Am Übergang zum Diamantengebirge wechselte die Temperatur schlagartig in Minusgrade.

Der dünne Schweißfilm auf meiner Stirn kühlte ab, was sich anfangs so angenehm anfühlte wie ein Schatten an einem brütendheißen Sommertag, mich dann aber die Kälte noch heftiger spüren ließ.

Zum Glück war in unserer Welt ebenfalls Winter, so dass ich zumindest warm gekleidet war.

Trotzdem ging die Kälte durch und durch, meine Zähne schlugen aufeinander und ich benutzte Lux' Puschelschwanz als zusätzlichen Schal.

Der Aufstieg auf den Berg verbesserte meine Laune auch nicht. Es war so steil, dass ich immer wieder ausrutschte und als ich für einen Moment nicht aufpasste, stolperte ich über einen vom Schnee bedeckten Stein und landete im Schnee. Unter dem Schnee spürte ich etwas, das sich anfühlte wie Glas. Ich grub den Schnee weg. Eine in der Sonne schimmernde, perfekt glatte Eisplatte kam darunter hervor.

„Was ist das?", fragte ich. Nie zuvor hatte ich ein so perfektes Stück Eis gesehen.

„Das ist der Boden", antwortete eine Elster.

„Der Boden? Das ist eine Eisplatte!"

„Denkst du, man kann die wegschmelzen und darunter ist dann normaler Boden, wie am Blaubeer-Berg?", fragte die Elster.

„Ja, klar."

„Na ja ..." Die Elster zögerte. „Im Prinzip ist da schon *normaler* Boden unter diesem Eis. Aber das Eis ist da schon seit Ewigkeiten und wird auch nie mehr weggehen."

Wir gingen weiter.

Ich hasste Bergsteigen, besonders, wenn man bei jedem dritten Schritt ins Taumeln geriet, weil der Boden aus glattem Eis war.

Die Vögel amüsierten sich über meine unsicheren Schritte. Das waren ja auch Vögel, die hatten solche Probleme nicht.

Um drei Uhr erreichten wir den Gipfel. Von hier aus hatte man eine perfekte Sicht über das Diamantengebirge hinüber bis zum Blaubeer-Berg. Erst hier oben sah ich, dass das Diamantengebirge ein riesiges Ski-Gebiet beherbergte.

Ich entdeckte die Kleine neben einer Glocke kauernd. Ihre Lippen waren ganz blau und sie zitterte fürchterlich.

Ich rannte auf sie zu.

„Alles in Ordnung?", fragte Lux, die um meinen Hals hing.

„Jetzt schon!", sagte das Mädchen und sah mich erleichtert an.

Mir fiel auf, dass sie Skier an ihren Füßen hatte.

„Was machst du denn hier?", fragte ich, aber ohne eine Spur von Vorwurf.

„Ich bin ausgerutscht!"

Na, das ist hier ja nicht allzu schwer, sagte ich zu mir selber.

„Bringt ihr mich nach Hause? Und bekomme ich auch so einen Eichhörnchenschal?", fragte sie und sah Lux an, dabei leuchteten ihre Augen wie zwei Eiskristalle.

Ich nahm Lux von mir herunter und legte sie dem Mädchen um den Hals, der von einer durchnässten Ski-Jacke verdeckt wurde. Neben ihr lag noch ein Rucksack, aus dem eine leere Tüte und Brotdosen hervor lugten.

Glenn tauchte hinter mir auf: „Sag mal, wie lange warst du eigentlich hier draußen?", fragte er stirnrunzelnd.

„Drei Tage. An einem Abend war ein schlimmer Schneesturm, darum sind meine Sachen auch so durchnässt."

Glenn half ihr auf und nahm die Kleine auf seinen Rücken und wir machten uns wieder auf den Weg zurück.

„Drei Tage ... Müsstest du da nicht eigentlich ...", tot sein, wollte ich sagen, wollte die Kleine aber nicht erschrecken.

Doch sie antwortete altklug: „Ich weiß, was du meinst. Wenn ich normal wäre, schon, da hätte ich diese Kälte nie durchgestanden, aber meine Mutter ist Eisfee, deshalb macht mir Kälte nicht ganz so sehr zu schaffen. Nur ein bisschen. Also die letzten Tage hatten wir hier etwa minus 15 Grad, für mich fühlte sich das an wie ungefähr plus 10 Grad. Aber warm ist das auf Dauer auch nicht wirklich."

„Du musst ja schreckliche Angst gehabt haben in den Nächten!", fiepte Lux mitfühlend.

„Oh ja! Mehr als du dir vorstellen kannst. Ich hatte Angst einzuschlafen."

„Dann schlafe doch jetzt ein bisschen", schlug ich fürsorglich vor.

„Ich kann nicht schlafen, während ich mich in Transportmitteln befinde", wehrte Deidre sich.

„Ich bin kein Transportmittel!", schimpfte Glenn kurz, aber alle überhörten sein Gezeter.

Nach zehn Minuten schlief Deidre doch ein, obwohl sie sich auf einem Transportmittel befand. Glenn nahm sie vorsichtig von seinem Rücken runter und trug sie nun stattdessen vor seiner Brust.

Plötzlich sprang Lux auf Glenns Schulter und fragte ein bisschen zu laut: „Was machst du da Glenn?"

„Pssscht! Sie wird noch wach..." Er lief rot an, „Hier ist sie windgeschützter und gewärmter", flüsterte er.

Ich sah zu Glenn hinüber und schockiert stellte ich fest, dass ich ihn anlächelte und er zurück. Ruckartig drehte ich mich weg. Aber niedlich sah es ja schon aus, wie fürsorglich er war.

Vor uns erschien endlich Deidres Zuhause, und ihre besorgten Eltern kamen uns schon entgegen.

„Oh danke, danke!", rief Isving.

„PSSSSSCHT! Sie schläft!", schimpfte Glenn und übergab Deidre ihrer überglücklichen Mutter.

Avigdor überreichte mir feierlich eine Schatulle, die auf der einen Seite aus im untergehenden Sonnenlicht glänzenden Diamant bestand und auf der anderen aus Holz, auf dem lila-blaue Flecken von Heidelbeeren waren. Avigdor erklärte mir nicht, was es war. Es wäre auch überflüssig gewesen, denn mir war gleich klar, was sich in der Schatulle befand: die Steine.

Die Marmorinseln
und das Piratenproblem

„Bald ist Weihnachten!", freute ich mich, als wir unsere Kabine des Schiffes betraten, das uns auf die Marmorinseln bringen sollte.

„Darauf freust du dich?" Glenn sah mich kopfschüttelnd an.

Ich warf meine kleine, rote Tasche auf das Bett. In der Tasche, die ich mir endlich für die Steine besorgt hatte, waren jetzt auch noch der Stein des Diamantengebirges und der des Blaubeer-Berges.

Die kleine Deidre war wieder in Sicherheit zu Hause und durfte sich ausschlafen, während wir unserem nächsten Abenteuer entgegen segelten.

„Ich freue mich immer auf Weihnachten!", sagte ich schwärmerisch.

„Du hast wohl unser Theaterstück vergessen", erwiderte Glenn.

„Boah, so schlimm wird das bestimmt nicht!"

„Du wurdest heute bei den Proben von Baby-Jesus wieder angesabbert", hielt Glenn dagegen.

„Dafür hab ich einen Fan!"

Das kleine Mädchen, das mich das letzte Mal umarmt hatte, hatte mir ein Paket selbstgemachter Plätzchen mitgebracht, sie hatte sie extra für mich aufgehoben.

Gemeinsam gingen wir auf das Deck des Schiffes, wo uns die kühle Seeluft ums Gesicht wehte.

„Ist es auf den Marmorinseln auch so kalt?", fragte ich Lux.

„Oh nein, da herrschen tropische Temperaturen", schwärmte Lux.

Ein älterer Mann kam auf uns zu, er trug eine Matrosenuniform und hatte einen dichten, weißen Bart.

„Wundert es euch denn gar nicht, wie leer das Schiff ist?", fragte der Mann.

Wir schüttelten unsere Köpfe.

„Wenn ihr Urlaub machen wollt, seid ihr derzeit auf den Marmorinseln falsch. Sie sind zwar wunderschön, aber extrem gefährlich."

Er kam ein paar Schritte auf uns zu.

„Warum sind die Marmorinseln so gefährlich?"

„Alles läuft dort aus dem Ruder, seit Murray von Piraten entführt wurde."

Ich erinnerte mich daran, dass Beatrice zu den Marmorinseln aufgebrochen war, um Murray zu helfen.

„Aber ... Es wurde doch schon Hilfe geschickt", meinte ich.

Der Mann stieß ein trockenes Lachen aus: „Diese sogenannte Hilfe wurde auch noch als Geisel genommen. Und meine Intuition sagt mir, dass ihr genauso töricht sein wollt wie jene Hilfe. Na ja, macht was ihr denkt, aber wundert euch nicht, wenn ihr letzten Endes auch als Geiseln endet. Ich sollte euch gar keine Vorwürfe machen. Es ist ja auch töricht von unserer Mannschaft, in See zu stechen."

„Wegen dem Unwetter?", fragte ich.

„Ach Gottchen, Missie! Wo siehst du denn ein

Unwetter? Nur weil der Himmel ein bisschen grau ist, heißt das noch lange nicht, dass es einen Sturm gibt. In drei Stunden sind wir eh auf den Marmorinseln, wo fast immer die Sonne scheint. Nein, es ist fahrlässig von uns, weil dieses Piraten-Gesindel überall lauern kann."

„Ach kommen Sie! Diese komischen Piraten werden doch nicht wahllos jedes Schiff angreifen. Und bestimmt erst recht keine Passagierschiffe wie dieses", spottete Glenn.

„Diesen Piraten ist so was doch egal, die nehmen alles, was sie in ihre schmutzigen Klauen kriegen! Außerdem suchen sie derzeit größtenteils nicht nach Gold oder anderen wertvollen Gegenständen. Nein, die suchen nach etwas anderem."

„Das wäre?" Glenn sah den Mann stirnrunzelnd an.

„Perdita hat ein gigantisches Kopfgeld ausgesetzt", erklärte der Mann.

Alle Farbe wich aus Glenns Gesicht. Bleich wie ein Vampir sah er mich an.

„Und auf wen?" Glenn tat unwissend, obwohl uns natürlich vollkommen klar war, auf wen dieses Kopfgeld ausgesetzt war. Schließlich kamen nur ein vierzehnjähriges Mädchen mit sternförmigem Muttermal, ein sprechendes Eichhörnchen und ein selbstverliebter Idiot in Frage. Wir!

„Verarsch mich nicht, Junge!" Die Stimme des Mannes wurde auf einmal ganz rau, und ich sah einen goldenen Zahn aus seinem Mund aufblitzen. Mir dämmerte, dass er selbst einer dieser Piraten sein musste.

172

Glenn checkte es auch. Er sah mich verzweifelt an und ich konnte nichts tun, als noch verzweifelter zurück zu lächeln.

„Du weißt ganz genau, was ich meine!", fuhr der Alte Glenn an und krallte seine Hand um dessen Hals.

„Glenn!", schrie ich und wollte den Alten von Glenn wegziehen. Doch der stieß mir seinen Ellbogen in die Magengrube und ich taumelte zurück.

Können Eichhörnchen beißen?, fragte ich mich, als ich auf den Planken des Schiffes lag.

Ich hörte Glenn aufstöhnen. Lux fiepte aufgeregt.

„Seid froh, dass Perdita euch lebend will!", lachte der Mann gehässig. Ich hörte noch, wie er nach seinen Kumpanen rief, spürte einen Schlag und wurde wieder einmal bewusstlos.

Als ich aus meiner Ohnmacht erwachte, fand ich mich an einem Mast angebunden wieder. Neben mir hingen Glenn und Lux. Um uns war nun eine ganze Meute verteilt. Piraten! Die uns hämisch musterten.

„Ihr Idioten! Lasst uns frei!", brüllte Glenn sie an, darauf brachen die Piraten in dämliches Gelächter aus.

Ich dachte daran, wie wir uns aus den Klauen der Räuber befreit hatten. Ich sah Lux an. Sie verstand mich auch ohne Worte. Irgendwie mussten wir die Piraten ablenken, damit Lux mit ihren Zähnchen die dicken Seile durchnagen konnte.

Der Himmel färbte sich langsam wieder in ein

173

perfektes Himmelblau, und wir konnten schon die Marmorinseln erkennen.

Endlich wandten sich die Piraten ab. Der Alte hatte einem pickligen Jüngling befohlen, Bier aus der Kombüse zu holen, und sie stießen grölend an auf ihren Erfolg.

Wie eine Wahnsinnige begann Lux am Seil zu nagen.

Mir tropfte Schweiß von der Stirn und ich lehnte meinen Kopf gegen den Mast. Ich fühlte mich so, als würde ich das Ergebnis einer hochwichtigen Matheklassenarbeit erwarten.

„Hat sie es gleich?", flüsterte ich Glenn zu. Ich konnte den Druck nicht aushalten, selber hinunter zu schauen.

„Nur noch ein bisschen ..." Glenns Stimme hörte sich ganz gepresst an.

„Hey, was macht ihr da!", brüllte einer der Piraten, aber Lux hatte das Seil schon durch und wir waren befreit.

Glenn stürzte sich auf die Piraten, während er uns zurief, wir sollten abhauen.

Lux und ich taten, was er uns gesagt hatte, wir sprangen ins Rettungsboot und ruderten davon.

Ein paar Piraten sprangen uns hinterher ins Wasser.

„Scheiße! Rudere schneller!", kreischte Lux, sie war außer sich vor Panik.

Ihr könnt euch nicht vorstellen, wie einem das Herz poppert, wenn man ein Rettungsboot alleine rudern muss und das so geschwind, dass man nicht von ein paar blutrünstigen Piraten eingeholt wird.

Wir waren schon fast am Ufer der Insel angelangt, als die Piraten uns doch einholten.

Ein großer, fetter, überall tätowierter Kerl kam auf unser Boot geklettert und sah uns grimmig an. Er roch nach Fisch und Salzwasser.

„Glenn!", schrie ich aus Hilflosigkeit.

Der Fette drückte mir seine schmalzige Hand auf den Mund. Ich wollte würgen, ein abartiger Geruch stieg in meine Nase und ließ mich fast ersticken.

„Alruna!" Glenn stand an der Reling mit beiden Händen ans Schiffsgeländer gelehnt, seine Haare und sein Hemd wehten im Wind.

„Pass auf!", schrie Lux entsetzt, als ein paar massige Piraten hinter ihm auftauchten.

Ruckartig drehte Glenn sich um und kämpfte mit einem Dolch gegen die Piraten, dabei erinnerte er mich an Peter Pan, wie er gegen Captain Hook kämpfte.

Der Fette zog uns derweil an Land und fesselte uns an einen Pfahl. Lux und ich mussten hilflos zusehen, wie Glenn von den Piraten mehr und mehr in die Enge getrieben wurde. Schließlich flog ihm der Dolch aus der Hand und er stand seinen Gegnern vollkommen schutzlos gegenüber.

Sie wollten sich Glenn packen, er aber sprang vom Schiff herunter ins Meer, die Piraten verfolgten ihn, doch er war schneller. Er krabbelte den Strand hoch, rief uns zu „Ich hol Hilfe" und rannte ins Landesinnere, der Fette hinterher. Ich vergaß fast zu atmen vor lauter Aufregung. Plötzlich hörte ich einen verzweifelten Schrei und wenige Minuten später brachte der Fette Glenn zurück, verschnürt wie ein Paket.

Die Piraten schleppten mich und Lux in ein altes Strandhaus, das auf einer Klippe stand, und schlossen uns in einem Abstellraum ein. Wo Glenn war, wusste ich nicht.

Es war stockdunkel und es dauerte eine Weile, bis ich mich ein bisschen an die Dunkelheit gewöhnt hatte und ein paar Umrisse erkennen konnte. Mir lief ein kalter Schauder über den Rücken, als etwas auf meine Schulter krabbelte.

„Wah! Was ist das!"

„Ich bin's nur", wisperte Lux in mein Ohr.

„Musst du mir so einen Schrecken einjagen?", donnerte ich Lux an.

„Pff ... Woher soll ich denn wissen, dass du mich nicht erkennst! Oder haben Ratten etwa so schöne Schwänze wie ich?" Sie tat beleidigt.

„Was weiß ich denn, was hier alles für Tiere lauern!"

Plötzlich drückte Lux mir ihren Schwanz auf den Mund.

„Hör auf damit", herrschte ich sie an.

„Sei doch mal leise! Hörst du das nicht?", zischte sie.

Ich blieb still, hörte aber nicht zu, weil ich zu sehr damit beschäftigt war, mir ein Niesen zu verkneifen. Lux' Schwänzchen kitzelte unter meiner Nase.

„Hatschi!", entfuhr es mir schließlich doch.

„Alruna!"

„Sorry!"

Sie nahm endlich ihren Schwanz unter meiner Nase weg und ich hörte es nun auch.

„Wann kommen die denn endlich?", keifte ein Mann.

„Bleib ruhig, Cuno, die werden bestimmt bald da sein. Denk doch nur an das ganze Geld, das Perdita uns geben wird. Und wenn wir ihr noch dazu diese Fee und den alten Murray abliefern. Gott! Denk doch nur! Wir können bis an unser Lebensende im Reichtum leben ... Und jeden Tag Braten zum Frühstück! Und ... und ..." Der Typ glühte vor Begeisterung.

„Glaubst du, die haben Murray und Beatrice auch noch?", flüsterte ich Lux zu.

„Hm ... Kann ich mir nicht vorstellen, das hätten wir gemerkt."

„Und wen erwarten die wohl? Scheiße, wenn Perdita kommt!"

„Ist doch gut, dann brauchen wir nicht mehr die Steine suchen, dann landen wir gleich bei ihr!"

„Dann landen wir gleich bei ihr? Wenn sie uns irgendwo in ein tiefes Verließ einsperrt, aus dem wir im Lebtag nicht fliehen können ... was bringt uns das dann? Wir müssen das mit den Steinen auf unsere Weise machen."

Lux seufzte: „Hast ja recht. Aber wie sollen wir hier rauskommen?"

„Frag mich was Leichteres!"

Plötzlich begann etwas zu rumpeln.

„Was ist das?", fiepte Lux verängstigt in mein Ohr.

„Keine Ahnung!"

Das Rumpeln wurde immer lauter, ich konnte Lux' Zittern an meinem Hals fühlen. Mein Körper bebte und ich spürte, wie mein Gesicht bleich wurde.

Ich fixierte meinen Blick auf den Lichtspalt unter der Tür und versuchte, das Rumpeln zu ignorieren.

Auf einmal krachte es und irgendetwas landete auf einer der im hinteren Teil des Raums aufgestellten Kartons, die auf der Stelle einsackten.

„Scheiße!", fluchte jemand.

„Glenn?", fragte ich in die Finsternis.

„Nein, ein Poltergeist", antwortete er störrisch.

Ich konnte nur halbwegs seine Silhouette erkennen.

„Wo kommst du denn her?", quiekte Lux.

„Aus dem Luftschacht, ich war im Raum nebenan eingesperrt."

„Das Haus hat einen Luftschacht?", fragte ich ungläubig.

„Viele Räume scheinen keine Fenster mehr zu haben, weil die Piraten hier ihre Geiseln gefangen halten und das keiner mitbekommen soll."

„Ach so. Aber deine Anwesenheit bringt uns auch nicht wirklich weiter, solltest du nicht eine Idee haben, wie wir da rauskommen."

„Wo ist die Tür?"

„Da, wo der Lichtspalt ist, Idiot. Aber die wird dir nichts nützen. Denkst du, wir würden hier noch sitzen, wenn die Tür offen wäre."

Glenn ignorierte mich. Seine Silhouette ging auf den Lichtschlitz zu und betastete etwas.

„Mhm ... Das Holz ist nicht gerade stabil", stellte er fest.

„Und das bringt uns jetzt weiter? Willst du die Tür etwa eintreten?", höhnte Lux.

„Genau das hatte ich vor!"

„Du kriegst die Tür nicht eingetreten!", stöhnte ich.

„Werden wir ja sehen!"

Er stemmte seinen Körper immer wieder gegen die Tür.

„Hör auf, Glenn!", befahl ich, aber er machte störrisch weiter.

Von draußen hörte ich Schritte auf unsere Abstellkammer zukommen.

„Lass den Mist und versteck dich lieber, bevor die dich wieder in deine eigene Zelle zurück bringen!", zischte ich, aber Glenn konnte es einfach nicht lassen.

Als der Fette die Tür ruckartig aufstieß, landete Glenn direkt vor meinen Füßen.

„Hast du toll gemacht!", wisperte ich ihm ins Ohr.

Der Lichtkegel, der sich durch das Öffnen der Tür bildete, blendete mich.

„Was machst du hier?!", plärrte der Fette Glenn an. Ohne Vorwarnung riss Glenn meine Hand an sich und stolperte mit mir und Lux im Schlepptau an dem Fetten vorbei und rammte ihm noch eine Faust in den Bauch, die ihn für einen Moment außer Gefecht setzte.

„Kannst du meine Hand bitte loslassen?", blökte ich Glenn an.

179

„Noch nicht, sonst rennst du mir nur weg!"

Ich versuchte, ihm meine Hand zu entreißen, doch bei jedem Versuch wurde sein Griff nur noch fester.

„Es tut weh, Blödmann!", fauchte ich.

„Selbst schuld!"

Wir stolperten in einen für diese kleine Hütte recht großen Raum. Ein paar der Piraten saßen gelangweilt herum, von der Haustür aus konnte ich ein lautes Klopfen vernehmen.

Die Hälfte der Piraten stürzte sich an die Haustür, die andere Hälfte auf uns.

Mit einer Hand griff Glenn nach einer schönen Vase (die hatten die Piraten wohl von irgendeinem Schiff geklaut), mit der anderen hielt er mich immer noch fest, damit ich auch ja nicht wegliefe.

Lux sprang von meiner Schulter runter und hopste einem der Piraten mitten ins Gesicht. An der Stelle habe ich eine wichtige Lektion gelernt: *Provoziere niemals ein Eichhörnchen. Eichhörnchen können kratzen! Das tut weh! Sehr weh! Und macht Narben. Nicht so toll!*

„Du dumme Kanalratte! Geh von mir runter!", knurrte der Pirat.

„Ich bin ein Eichhörnchen!", fauchte Lux.

Einer der Piraten fiel, von der Vase getroffen, auf den Boden.

„Du hast unsere Vase kaputt gemacht! Dafür wirst du bezahlen!", plärrte ein schlaksiger Typ Glenn an. Seine Haare sahen aus, als hätte sich ein neurotisches Hühnchen auf seinen Kopf gestürzt.

180

Für die Vase interessierte sich der Pirat also, aber nicht für seinen Kameraden, der unter der Vase leiden musste.

Der Pirat mit der Hühnchenfrisur griff nach einer Stehlampe und schleuderte diese nach Glenn und mir. Nur knapp konnten wir noch ausweichen.

Plötzlich schubste Glenn mich weg, wobei er fast erneut von der Stehlampe erschlagen worden wäre. Verwirrt landete ich in einer Ecke und verfolgte, wie Glenn einen alten Holzschrank aufriss und alles, was drin war, egal was, auf die Piraten warf.

„Na, Missie!" Der Typ vom Schiff, der uns in seinem Kapitänskostüm etwas vorgegaukelt hatte, stand vor mir und grinste mich mit seinen glänzend goldenen Zähnen an.

„Hi ...", sagte ich verlegen.

„Durst?" Er hielt mir einen riesigen Krug Bier vors Gesicht.

„Nein, Danke!", erwiderte ich verdattert. Für einen Moment hatte ich gedacht, er wolle mir tatsächlich etwas zu trinken anbieten, dann verstand ich. Höhnisch auflachend kippte er das Bier auf mich. Ich konnte nicht wirklich ausweichen, ein paar Teile meiner Kleidung wurden mit Bier überschüttet. Mistkerl. Das war eines meiner Lieblingsoberteile und jetzt stank es nach Bier. Das gab Rache! Überschütte niemals die Sachen eines Mädchens mit irgendeinem stinkenden Getränk! Niemals!

Außer mir vor Wut stürzte ich mich auf den Alten und zog ihm den leeren Bierkrug über den Kopf.

„Warum so böse, Missie?", fragte er, bevor er bewusstlos umkippte.

Ich konnte kurz sehen, wie Glenn einen Blick auf mich warf, sich dann aber sofort wieder abwendete und sich um den nächsten Piraten kümmerte.

„Leg dich nicht mit unserm Captain an", murmelte jemand hinter mir.

Ich griff nach einem Brett, das herumstand, und prügelte damit auf den Hühnchenfrisur-Piraten ein.

Was hier in der Hütte der Piraten abging, sah wohl ungefähr so aus wie Massenprügeleien in alten Westernfilmen, bei denen jeder jedem ein paar überbrät.

„Alruna?!", rief plötzlich jemand.

„Beatrice!", rief ich zurück und war, glaube ich, das erste Mal wirklich froh, sie zu sehen.

„Hinter dir!", brüllte sie mit schreckgeweiteten Augen.

Schnell wich ich aus. Mein Herz stolperte kurz. Fast hätte ein pummeliger Pirat mit Narben mich mit einer Bratpfanne erschlagen.

Ich sah zurück zu Beatrice. Sie wurde von ein paar Piraten festgehalten und in die Hütte geführt, und mit ihr noch ein Mann. Das musste Murray sein. Er war mindestens zwei Köpfe größer als sie, neben ihm sah sie noch feenhafter aus.

Der Pummelige mit seiner Bratpfanne holte erneut Schwung. *Nicht mit mir!* Ich trat ihm auf den Fuß, er stieß einen Schmerzensschrei aus und ließ die Pfanne fallen.

Bewaffnet mit der Bratpfanne rannte ich auf die

Piraten zu, die Beatrice und den Mann festhielten. Diese zwei trugen Pistolen an ihren Gürteln. Meine einzige Lebensversicherung war, dass Perdita uns lebend wollte und die Piraten sich nicht trauten, sich ihren Wünschen zu widersetzen.

„Lasst sie frei oder ich hau euch 'ne Bratpfanne auf den Kopf!", drohte ich den Piraten, wobei sich meine Drohung wohl ziemlich lächerlich anhörte, obwohl ich es todernst meinte.

Die Piraten ignorierten mich.

„Ich mein's ernst!"

Einer der Piraten drehte sich zu mir um und packte mich am Kragen meines biernassen Oberteils.

„Denkst du, ich habe Angst vor 'ner Bratpfanne?"

Ich sah beschämt auf den Boden, da fiel mir auf, dass der Pirat riesige Füße hatte und auf diese ließ ich meine schicke Bratpfanne mal fallen.

„Kleines Miststück!", jaulte der Pirat auf. Er hörte sich an wie Hundebaby. Ich hatte fast ein bisschen Mitleid mit ihm.

Weil der Pirat sich nur noch auf seinen schmerzenden Fuß konzentrieren konnte, musste er Beatrice loslassen.

„Ich bin stolz auf dich!", lobte sie mich mit einem Augenzwinkern.

Flugs hob ich die Bratpfanne wieder auf und hielt sie dem anderen Piraten entgegen, der Murray in seiner Mache hatte.

„Wie du siehst, tut es weh, eine Pfanne aufs Füßchen zu bekommen." Ich zeigte auf seinen Kumpel, dem Tränen in den Augen standen und der auf und ab sprang, als würde er auf einer glühend heißen Herdplatte stehen.

„Bitte nicht!", rief der andere Pirat, ließ den Mann los und suchte das Weite.

„Feigling!", schrie der Humpelnde ihm hinterher.

Jetzt, wo Beatrice und Murray, befreit waren, rannten wir in das Zimmer, in dem Glenn und Lux weiter gegen die Piratenmeute kämpften ... tapfer und erfolgreich, wie es schien. Die meisten hatten das Weite gesucht und jene, die noch da waren, sahen fix und fertig aus. Lux missbrauchte einen Piraten als Nussknacker, während Glenn mit dem letzten kämpfte, der sich noch auf den Beinen hielt. Dieser war jedoch mit einem spitzen Dolch bewaffnet, Glenn hielt bloß eine Gabel in der Hand. Zum Glück kam Murray ihm zur Hilfe.

„Holt mal bitte jemand das Eichhörnchen?", rief Murray. Er hatte seinen Gegner niedergerungen und hielt nun dessen Dolch in der Hand, mit dem er die Piratenmeute in Schach hielt.

Ich rannte auf Lux zu und ergriff sie am Schwanz.

„So, jetzt haben wir aber genug Nüsse geknackt!", sagte ich ihr.

Als wir alle zusammen waren, rannten wir von den kläglich aussehenden Piraten weg.

Ich schaute kurz hinaus auf die See, ein starker Sturm hatte sich aufgebraut und der Wind schlug mir ums Gesicht. Vorhin war es hier wahnsinnig heiß gewesen, jetzt extrem kühl. Dann sah ich es: Ein riesiges, bedrohlich aussehendes Schiff näherte sich dem Strand. Die großen Segel waren kohlrabenschwarz, das Schiff sah noch gruseliger aus als jegliche Schiffe, die ich schon in Filmen gesehen hatte.

„Perdita", sagte Murray leise.

Ich sah ihn ängstlich an.

„Kommen Sie, Murray! Wir müssen weg hier!", rief Beatrice, ihr fiel es schwer mit ihren Flügeln gegen den starken Wind anzukommen. Die Piraten stürmten schon aus dem Schiff, doch Murray blieb trotzig stehen: „Ich werde nicht wegrennen! Dieses Scheusal wird die Marmorinseln nicht bekommen. Nicht um alles in der Welt." Seine Stimme war sicher und entschlossen.

„Sie werden draufgehen!", brüllte Glenn.

Die Piraten kamen immer näher, wir sprinteten alle davon, bis auf Murray, der sich mutig der Horde stellte.

„Wir können ihn doch nicht alleine lassen", warf ich Beatrice vor.

„Er wird schon klar kommen", sagte sie, ich hörte aus ihrem Tonfall aber, dass sie sich bei diesen Worten selber nicht so sicher war.

Ohne zurückzuschauen rannten wir weiter, die Piraten dicht auf den Fersen.

Die See wurde immer rauer, die Wolken verdunkelten sich und der Wind peitschte uns ins Gesicht.

Wir bewegten uns auf dem Strand vorwärts, was nicht gerade einfach war. Auf Sand zu rennen ist schon im Normalfall mühsam, aber wenn der Sand aufgeweht wird und der Sturm einen fast aus dem

185

Gleichgewicht reißt, ist es fast unmöglich.

„Ihr müsst aufs Schiff!", rief Beatrice, eigentlich kreischend laut, aber kaum hörbar durch den Wind, der uns um die Ohren schlug.

Das Schiff, mit dem wir auf die Insel gekommen waren, stand im Wasser und war an einen dicken Holzmast gebunden.

Beatrice stellte sich an den Mast und wies mit ihrem dünnen Arm auf das Schiff.

„Los! Los!", brüllte sie uns an.

Das Grölen der jagenden Piraten wurde immer lauter.

„Aber die Piraten!", rief ich ihr verzweifelt zu.

„Ich pack das schon!" Sie lächelte trübsinnig.

Wie angewurzelt blieb ich stehen. Für eine Weile war ich wie hypnotisiert. Erst als Glenn mich ins Wasser zog, löste sich diese Trance wieder auf.

Um aufs Schiff zu gelangen, mussten wir erst das Wasser durchqueren, damit wir an die Strickleitern kamen. Immer wieder musste ich der tobenden Brandung ausweichen. Das Wasser reichte mir schon bis zur Brust und wurde bei jeder Welle für einen Moment noch tiefer. Ich bekam einen Schwall Salzwasser ins Gesicht und hustete durchs Wasser, das ich verschluckt hatte.

Mein Griff um Glenns Hand wurde fester. Ich hatte fast keine Kraft mehr. Das Wasser reichte mir nun schon über den Kopf, ich wäre untergegangen, hätte ich mich nicht so fieberhaft an Glenn festgeklammert.

„Wo ist Lux?", fragte Glenn mich mit dünner

Stimme.

„Auf meinem Kopf", antwortete ich mit einem schwachen Hauchen. Lux klammerte sich so sehr an meinen Haaren fest, dass meine Kopfhaut brannte.

„Pass auf, dass sie nicht runterfällt."

Glenn hielt sich mit einer Hand schon an der Strickleiter fest, da kam eine Monsterwelle auf uns zu gerast. Ich drückte mich so fest wie möglich an Glenns Rücken, meine Arme um seine Brust, meinen Kopf an seiner Schulter. Die Welle raste immer schneller näher, türmte sich vor uns auf und übermannte uns wie ein grausames Ungetüm.

„Luft anhalten!", japste Glenn.

Die immense Wassermasse rollte über unsere Körper. Das Wasser drückte auf meinem Kopf und ich konzentrierte mich nur noch darauf, mich an Glenn festzuhalten.

Ungefähr zwanzig Sekunden presste uns die Welle unter Wasser, dann konnte ich endlich wieder Luft holen.

Glenn zog sich an der Strickleiter hoch. Ich löste mich von seinem Rücken und hielt ihn nur noch mit einer Hand fest, mit der anderen zog ich mich hinter ihm her an der Leiter hoch. Wasser speiend und nach Luft schnappend ließ ich mich auf den Holzboden des Schiffes fallen. *Geschafft!*

Doch die Erleichterung währte nicht lange. Die Piraten waren schon dabei, aufs Schiff zu klettern, und Glenn schüttelte sie wie Insekten von der Leiter ab. Platschend fielen sie ins stürmische

Wasser. Lux und ich kamen ihm zu Hilfe. Wir rüttelten an der Leiter, bis auch der letzte der Piraten die Leiter loslassen musste und wir sie hochziehen konnten.

Ich warf einen Blick zurück auf den Strand der Insel. Beatrice musste gegen eine Horde von Piraten ankämpfen. Wenn ich meine Augen ein wenig zukniff, sah ich, dass sie wirklich gut mit ihnen klarzukommen schien und sie ordentlich an der Nase herumführte. Bei jedem Angriff flog sie einfach ein paar Meter in die Luft und konnte somit perfekt ausweichen.

Auf der Klippe erkannte ich die Umrisse von Murray. Er stand einer großen Frau gegenüber, wahrscheinlich trug sie eine schwarze Robe. Wie gebannt verfolgte ich das Geschehen. Das – da war ich mir sicher – war also Perdita. Mein Herz begann schneller zu schlagen.

Ich fragte mich, worüber die beiden wohl redeten. Ich sah, dass Perdita Murray die Hand hinstreckte. Er zögerte eine Weile, dann gab auch er ihr seine Hand. Ihr Kopf nickte leicht, dann ging sie zurück auf ihr monströses Schiff, das wegfuhr und am Horizont verschwand.

Der Sturm beruhigte sich bei jedem Meter, den das Schiff zurücklegte. Der Seegang wurde gemächlicher, und die wegziehenden Wolken ließen die Sonne wieder auf die Marmorinseln scheinen.

Umgehend gewannen die Inseln ihr tropisches Flair zurück. Das sanfte Wiegen des Bootes auf den bedächtigen Wellen wirkte fast beruhigend auf mich.

Drei Hexendamen
in der Stadt der Wunder

Die nächsten Tage verliefen ohne besondere Ereignisse. Murray hatte uns wortlos den Stein der Marmorinseln in die Hand gedrückt und wir hatten uns auf den Weg in Richtung Stadt der Wunder gemacht. Liv war plötzlich nicht mehr in der Schule und die Proben in der Kirche erfolgten wie vorher, mit streitenden Kindern und dem sabbernden Jesus-Baby.

Am Donnerstag erreichten wir nach drei Tagen Reise endlich SkyCity, von dort aus sollte uns eine Bahn in die Stadt der Wunder bringen.

Nervös lief ich auf dem modernen Bahnhof auf und ab, der Berliner Hauptbahnhof wäre gar nichts dagegen gewesen. Immer wieder fiel mein Blick auf die Anzeigetafel: *11:36 Miracle Town/Stadt der Wunder; über SkyCity Süd-Vorstadt; Firefly-Ville und Morgentau,* stand dort in leuchtenden Buchstaben.

Der Zug würde erst in etwa einer halben Stunde einfahren. Lux beäugte fasziniert die Skyline der Stadt des Himmels, wir waren schon gestern Abend hier eingetroffen, seither kam sie aus dem Staunen kaum mehr heraus. Endlich war sie in der Stadt ihrer Träume.

Glenn leerte einen Süßigkeiten-Automaten nach dem andern. „Willst du nicht einen, Alruna?", fragte er mit schokoladenverschmiertem Mund.

„Nein, Glenn, aber du brauchst definitiv ein

189

Taschentuch!"

„Wieso?", nuschelte er, während er sich das nächste Stück Schokolade in den Mund stopfte.

Ich griff in meine rote Tasche und fischte einen Spiegel heraus.

„Typisch Mädchen! Überall einen Spiegel mit hin nehmen!", meckerte er, was sich eher anhörte, als würde er sagen: „Übsch Mäsche! All 'nen Spiel hinnen!"

„Musst gerade du sagen. Du, der sich sogar im Unterricht alle fünf Minuten in seinem kleinen Spiegel betrachten muss, damit er Bestätigung vor sich selber findet, wie gut er doch aussieht."

„Ja ja!" Er wandte sich wieder von mir ab und holte Nachschub.

Warum konnten Jungs essen, was sie wollten, und wurden nicht dick, dachte ich frustriert, während ich nur schon beim Zusehen zunahm. Ich suchte meine Tasche nach einem Müsliriegel ab. Natürlich hatte ich keinen mehr. Meine Tasche war heute leichter als die übrigen Tage. Gestern Abend, vor dem Sprung in die andere Welt, hatte ich mir die Steine angekuckt, die ich bereits besaß, und plötzlich hatte ich ein ungutes Gefühl: Was, wenn ich sie verliere? Oder wenn sie mir geklaut würden? Perdita war mir vor kurzem schon sehr nahe gekommen … Daher hatte ich beschlossen, die Steine daheim zu lassen.

Ganz gegen meine Erwartung fuhr ein altertümlicher Zug mit Dampflok in den Bahnhof ein. Es würde noch ein paar Minuten dauern bis zur

Abfahrt, deshalb besorgte ich mir rasch ein kleines Heft mit dem Namen „*Miracle Town for tourists/ Die Stadt der Wunder – Touristenführer*".

Auf dem Deckblatt war das Bild einer meisterhaften Stadt abgebildet, fotografiert von einer Brücke, deren Geländer mit zu erkennen war.

An dem kleinen Informationsstand, von dem ich das Heft geholt hatte, hätte es auch noch „*Miracle Town for business people / Die Stadt der Wunder für Geschäftsleute*" gegeben. Kurz überlegte ich, ob ich nicht eher jenes hätte nehmen sollen, weil wir ja eigentlich nicht zum Vergnügen in die Stadt der Wunder fuhren, sondern weil wir eine Aufgabe hatten, dann fand ich es doch besser, mich fürs erste entschieden zu haben. Wozu brauchte ich zu wissen, was irgendwelche Geschäftsleute wissen wollten?

Eilig stiegen wir in den nostalgischen Zug. Wir mussten unser kleines Abteil mit drei alten Damen teilen.

Die drei waren sich irgendwie sehr ähnlich, dennoch strotzte jede einzelne nur so vor Individualität. Sie schienen etwas zu nähen, doch ich spürte, wie sie uns hinter ihren runden Sonnenbrillengläsern musterten.

Keiner von uns traute sich ein Wort zu sagen, Glenn, Lux und ich kommunizierten allein durch Blicke.

Irgendwann durchbrach eine der Frauen die Stille und stellte sich und ihre zwei Schwestern als Artemis, Asmira und Aurora vor. Als ich unsere

Namen nannte, sahen die drei sich untereinander flüchtig an.

„Ihr seid wegen Mi hier, richtig?", fragte eine von ihnen, ich war mir ziemlich sicher, es war Asmira.

Ich nickte.

„Mi ist unsere Enkeltochter. Sie ist so ein liebes Kind, oder, besser gesagt, sie *war* es."

Eine andere, wohl Aurora, bemerkte unsere neugierigen Blicke.

„Ach Kinder, wir erzählen euch die Geschichte liebend gern, sie wird euch bestimmt weiterhelfen, nein, sie wird euch nicht nur *bestimmt* weiterhelfen, sie wird euch auf jeden Fall weiterhelfen und das wird äußerst wichtig sein ... Für eure Sicherheit!" Einen Moment zuckten die Winkel von Auroras spitzem Mund ein Stück nach oben.

„Aber jetzt brauchen wir erst mal unseren Schönheitsschlaf", vollendete Artemis den Satz.

Wir fuhren gerade aus SkyCity hinaus, mitten in den Glühwürmchenwald hinein.

„Der Glühwürmchenwald erstreckt sich fast um ganz SkyCity ", sagte Lux verträumt.

Ich nickte und griff nach meinem Reiseführer.

Das Licht im Zug ging an, wie wenn man mit der Berliner S-Bahn durch einen Tunnel fährt.

Schließlich legte ich den Reiseführer wieder weg. Lieber wollte ich aus dem Fenster sehen und zuschauen, wie der Glühwürmchenwald an uns vorbeizog.

Als wir dort gewesen waren, hatte ich keine Gleise

gesehen, das hier musste ein anderer Teil des Waldes sein. Hier leuchteten die Glühwürmchen auch nicht wie die *normalen* Glühwürmchen aus dem Teil des Waldes, in dem wir gewesen waren. Hier leuchteten sie in einem Farbspiel aus allen Schattierungen des Regenbogens.

Langsam geriet der Zug ins Stocken. Wir standen an einem Bahnhof. *Firefly-Ville*, stand auf einem mit Moos bewachsenen Schild. Auf einer Holzbank saß eine Frau, deren Kopf von einer Zeitung verdeckt war. *„Bürgerbüro von SkyCity überfallen. Perditas Handlangerin am Werk"*, stand auf dem Titelblatt.

Mein Herz setzte kurz aus. Unter der Schlagzeile befand sich die Aufnahme eines Mädchens, das Bild war zwar verschwommen, trotzdem konnte ich sie erkennen: Liv.

Ich stieß Glenn in die Seite und zeigte auf die Zeitung.

Wir starrten beide verstört auf das Foto. Die Frau schien das zu bemerken und sah uns sauer an.

Der Zug startete wieder und das Rattern übertönte das laute Geschnarche der drei alten Damen.

Der letzte Halt vor der Stadt der Wunder war *Morgentau*, ein kleines Dorf, das schien, als wäre es allzeit in einen sanften Schimmer eingetaucht, gerade so wie ein Blumenbeet im Morgentau.

Als der Zug anschließend wieder losfuhr, sah Lux mich besorgt an.

„Was ist los?", fragte ich.

„Es gibt viele Märchen und Sagen von der Stadt

der Wunder.“

„Und? Magst du keine Märchen?“

Wieder schwirrten Lady Rosettas Worte mir wie ein Mantra im Kopf herum.

„Doch, schon ... Aber du weißt, wie gefährlich diese Stadt ist. Du darfst dich unter keinen Umständen in sie verlieben!“

„Warum sollte ich mich in eine Stadt verlieben?“

„Wirst du schon sehen, wenn wir da sind. Bitte versuche dich zusammen zu reißen und reagiere nicht wieder so wie damals, im Glühwürmchenwald.“

Ich wurde rot.

„Bestimmt nicht, Lux.“

Ich holte den Touristenführer aus meiner Tasche und öffnete ihn. Gleich auf der ersten Seite waren „Warnhinweise“. Widerstrebend las ich sie mir durch.

1. Niemals nach Sonnenuntergang Ihre Unterkunft verlassen. Ja, zur Nachtstunde ist die Schönheit der Stadt am bezauberndsten, aber bitte begeben Sie sich nicht nachts auf Abenteuertouren. Bewundern Sie die Stadt lieber vom Fenster aus.

2. Da Sie Hinweis Nummer eins höchstwahrscheinlich ignorieren werden, seien Sie bitte vorsichtig.

3. Sollten Sie plötzlich das Gefühl haben, in einer Art Trance zu stehen, sollten Sie schnellstmöglich noch versuchen zu verschwinden!

4. Lassen Sie sich nicht von vermeintlich seriösen Hexen zu Experimenten überreden ... Aber mal im

Ernst, da müssen schon Hopfen und Malz verloren gegangen sein, sollte man wirklich solchen Blödsinn machen.

5.Einladungen von Feen zu Kaffeekränzchen oder Teepartys etc. sollten Sie ablehnen ... solange Sie nicht fliegenden Tassen hinterher rennen oder als Zielscheibe beim sogenannten Tortenwerfen enden wollen. Denken Sie sich jetzt bloß nicht „Tortenwerfen? Das ist doch bestimmt total harmlos!" Denn nein: Tortenwerfen ist nicht harmlos. Feen sind begnadete Bäckerinnen und zum Tortenwerfen-Tortenbacken gibt es ein extra dafür angefertigtes traditionelles Feenkochbuch. Ein beliebtes Gericht ist die „Tarte Escargot", das Rezept stammt von einer in Frankreich lebenden Fee. Escargot heißt Schnecke. Die Schnecken sind zum Teil im Backteig enthalten und zum Teil lebendig als Topping. Wollen Sie wirklich mit so was beworfen werden? Wenn ja, dann bitte. Wir haben Sie gewarnt.

6.Streicheln Sie keine Katzen. Die meisten Katzen der Stadt befinden sich immer in der Nähe ihres Besitzers, und wenn das Frauchen/Herrchen Sie beim Streicheln des kleinen Lieblings bzw. Handlangers erwischt, könnte dies passieren: Laut Paragraph 77 des Gesetzes der Stadt der Wunder darf eine Hexe den „Belästiger" ihrer Katze für ein sogenanntes „Frei-Experiment" benutzen, wo wir im Prinzip wieder bei Hinweis Nummer 4 sind: Keine Experimente mit Hexen! Und die Katzen können manchmal noch böser sein als ihre

Besitzer, das unterscheidet sie von menschlichen Handlangern, diese lassen sich in den meisten Fällen unterdrücken.

7.Einen angenehmen Aufenthalt!

Beim Lesen der „Warnhinweise" wurde mir leicht übel. Teetassen bin ich bereits hinterhergerannt. Mir war unheimlich zumute, als ich daran dachte, dass es mich noch viel schlimmer hätte treffen können! Was, wenn jene Fee tatsächlich „Torten" auf uns geworfen hätte? Nein! Nein! Nein! Daran wollte ich gar nicht denken, bei meinem panischen Ekel vor allem, was glitschig ist. Und dann war da noch der Teil mit der „Trance". Jene Trance hatte ich ja auch schon verspürt.

Der Zug fuhr nun über eine Brücke hinein in eine Stadt. Aus alten Lautsprechern erklang eine Stimme, die uns mitteilte, dass wir gleich die Endstation erreichen würden.

Ich fragte mich, was uns wohl alles in der Stadt der Wunder erwartete. Im Reiseführer wollte ich gar nicht mehr weiterblättern. Die Warnungen hatten mich bereits abgeschreckt.

In meinen Ohren lag Lux' Schnarchen, das ein Quartett mit dem Schnarchen von Asmira, Aurora und Artemis einstimmte.

Ich schaute zu Glenn hinüber. Er sah gerade aus dem Fenster, neben dem ich saß, sodass sich unsere Blicke in der Spiegelung des Glases trafen. Statt auszuweichen, ließen wir sie für eine gefühlte Ewigkeit aufeinander haften. Ein seltsames Gefühl kroch durch meinen Körper und ich war mir sicher, dass dieses Gefühl nichts mit Glenn zu tun hatte. Was, wenn die Trance mich schon ergriffen hatte?

„Ist dir nicht gut?", fragte Glenn. In seiner Stimme lag tatsächlich Besorgnis.

„Nein, nein. Alles in Ordnung!"

„Du bist eine schlechte Lügnerin!", entgegnete er.

„Ich sag die Wahrheit!"

„Soll ich jetzt ein Ratespiel mit dir spielen, was mit dir los ist, oder sagst du es mir so?", fragte er säuerlich, ohne sich zu mir zu drehen.

Fast hätte ich es ihm erklärt, doch wir wurden von dem Ruck des anhaltenden Zuges unterbrochen.

Lux und ihre drei musikalischen Schnarch-Quartett-Partnerinnen lösten sich aus ihrem melodiösen Meisterwerk und sahen uns aus verschlafenen Augen an.

„Sind wir schon da?", fragte Lux.

„Sieht so aus", antwortete ich, während Glenn den drei alten Damen ihre Koffer reichte.

„Du bist aber ein guter Junge", hörte ich eine der drei schwärmen.

Nee, ist er nicht, dachte ich, sagte es aber nicht. Meine Abneigung Glenn gegenüber war zwar kaum noch vorhanden, aber solche Gedanken entstanden aus purer Gewohnheit immer noch in meinem Kopf.

„Um vier Uhr nachmittags in der Schneiderei der Amun-Schwestern", sagte eine der Frauen, bevor sie spurlos vom Bahnhof verschwanden.

„Wie spät?", fragte Glenn.

„Drei."

„Was machen wir in der Zeit?" Hilflos sah er sich um.

Ein kalter Luftzug fegte durch die Stadt und der Himmel war gräulich gefärbt.

„Erst mal suchen, wo diese Schneiderei ist", schlug Lux vor. Wir nickten ihr stumm zu und verließen den Bahnhof.

Die Straßen waren nur mäßig befahren, mit altmodischen Autos, und die Menschen trugen alle Kleider, die bei meinen Urururgroßmüttern vielleicht noch modern gewesen wären. Dabei fiel mir wieder ein, dass meine Mutter ja gar nicht meine richtige Mutter war. Ich schluckte kurz, verdrängte den Gedanken aber wieder. Damit konnte ich mich befassen, wenn ich meine Aufgabe erledigt hatte.

Ein alter Herr in altertümlichen, schwarzen Anzug lief an uns vorbei. Glenn drehte sich ruckartig zu ihm um und rannte ihm hinterher.

„Darf ich Sie mal kurz stören?"

„Ähm ja?" Der Mann klang unsicher.

Lux und ich folgten dem Gespräch aus sicherer Entfernung. Mir machte der Tonfall des Mannes ein bisschen Sorgen. Er wirkte nicht unsicher, weil er mitten in eine Großstadt von irgendeinem fragwürdig aussehenden Jungen angesprochen wurde, der ein Messer oder so was in der Hosentasche haben könnte – das wäre bei einem älteren Herrn ja verständlich gewesen –, es klang vielmehr so, wie wenn in Filmen Passanten angesprochen werden, die auf der Flucht vor irgendwelchen *(bitte beliebiges Monster einfügen)* sind.

„Könnten Sie mir vielleicht sagen, wo sich die Schneiderei der Amun-Schwestern befindet?"

Von hinten konnte ich den Rücken des Mannes beben sehen. Langsam wurde mir richtig unwohl.

„Geh ans Ende dieser Straße", er wies nach vorne, in die Richtung eines mit kunstvollen Häusern und Straßen bebauten Talrandes, „dann nach rechts in die Kirschblütenallee abbiegen, die durchqueren und hier führt ein kleiner Weg in die Immergrün-Passage, dort noch ein letztes Mal nach links in die Zypressengasse ...", seine Stimme stockte trocken, „... und am Ende der Gasse findest du die Schneiderei."

„Wie war das noch mal?", hakte Glenn verwirrt nach.

„Merk dir einfach Kirschblüte, Immergrün und Zypresse.

Und jetzt auf Nimmerwiedersehen!" Der Mann humpelte schnellen Schrittes davon.

„Ihr habt ihn ja gehört!", rief Glenn uns zu, ein Zeichen, dass wir uns in Richtung Berg begeben sollten.

Die Kirschblütenallee war mit in voller Pracht blühenden Kirschbäumen gesäumt, ein paar Blütenblätter lagen schon wie ein zarter Teppich vor unseren Füßen, und manchmal ließ ein Windstoß die rosafarbenen Blätter um uns herumtanzen.

Ich konnte nicht verstehen, warum es in dieser

Stadt so leer war, ich hatte mir vorgestellt, es wäre hier wie in einem beliebten Party-Touristenort. Aber es war ganz und gar nicht so! Nur ab und an sah man einen Passant, der hektisch die Straße hinunter flitzte.

Wir bogen in die Immergrün-Passage ein, eine kleine Straße, an der beidseits zugewachsene Holzhäuser standen, unter ihrer dichten Moosschicht konnte man gerade noch so das Holz erahnen.

Durch die Fenster hindurch konnte ich Silhouetten erkennen.

Diese Straße war still. Definitiv zu still!

Es war gruselig. Mein Herz pochte fast schneller, als vor ein paar Jahren beim Urlaub mit meiner Mutter. Wir waren in einer kleinen deutschen Stadt, irgendeine Freundin von ihr besuchen. Ich war, glaub ich, sieben Jahre alt. Mir blieb keine auch nur kleinste Erinnerung an diesen Urlaub. Nur ein Abend hatte sich tief in mein Gedächtnis eingebrannt. So etwas wie ein „Kindheitstrauma", das mich lange noch bis in den Schlaf verfolgt hatte. Die Freundin meiner Mutter hatte an diesem Abend viel zu tun, sie arbeitete in einem Krankenhaus und musste unerwartet für eine kranke Kollegin einspringen. Eigentlich wollte sie an diesem Abend ein paar Blumen auf den Friedhof bringen, meine Mutter bot ihr an, dies für sie zu tun. Die Freundin nahm das dankend an, da die Blumen in der Wohnung wohl schnell eingegangen wären.

Also standen wir da auf dem Friedhof, nur von ein paar flackernden Lampen umgeben, durch die man die Grabinschriften lesen konnte. Wenn ich daran zurück denke, kann ich noch genau spüren, wie sich meine Hände in den weichen Stoff von Mamas langem Mantel bohrten, wie ich angsterfüllt nach einem Halt suchte. Bei jedem Geräusch presste ich mich fester gegen den Stoff, Mutter schmiegte ihre Hand sanft gegen meinen Kopf, redete mir immer zu, „es sei ja nur ein Friedhof" und „nachher koche ich dir einen Kakao mit extraviel Sahne!". Plötzlich stand ein Mann vor uns und brüllte uns an. Als sich seine mächtige Silhouette vor mir aufbaute, dachte ich, ein Zombie stehe vor mir. Er sah aus, als würde er hier „wohnen". Man kann sich gar nicht vorstellen wie ich gekreischt habe. Mutter auch. Sie riss mich an der Hand mit sich. „Der Friedhof hat bereits geschlossen!", schrie der Typ – im Nachhinein stellte sich heraus, dass es der Friedhofswärter war – uns hinterher. Seit diesem Tag ging ich nie mehr auf Friedhöfe, lieber brach ich in manische Heulattacken aus und machte mich zum Affen.

Etwas knisterte plötzlich unter meinen Füßen. Wie angewurzelt blieb ich stehen.
„Das sind doch nur ein paar Stöcke, Hexe!", raunte Glenn mir zu. In versuchtem Flüsterton. Fehlgeschlagen.
Ein paar der Fenster öffneten sich. Mein Herz blieb stehen. Alles lief auf einmal so schnell ab wie beim

Vorspulen einer Kassette.

„Hexe verschwinde!", brüllte eine alte Frau mit ohrenbetäubender Stimme.

„Toll gemacht!", hörte ich Lux leise zu Glenn zischen.

„Woher soll ich denn wissen, dass hier solche Mittelalter-Menschen leben?!", fuhr Glenn Lux wütend und in vollster Lautstärke an.

Weitere Fenster öffneten sich. Hauptsächlich ältere Leute mit zornigen, roten Gesichtern sahen uns an und begannen rumzukeifen. Bald öffneten sich die ersten Türen. Von überall her hörte ich Schritte auf mich zu kommen.

Glenn und Lux rannten weg, doch ich stand reglos da. Starr wie eine Salzsäule. Die Welt um mich herum schien zu verschwimmen, zu einem Farbenspiel aller möglichen Grüntöne.

„Worauf wartest du noch?! Komm!", schrie Glenn von irgendwoher.

Ich gab keine Antwort. Wollte es, aber es fühlte sich an, als würde etwas meine Sprechfähigkeiten blockieren.

Ich spürte auf einmal irgendetwas an mir vorbeizischen, irgendein Tier sprang mich an und biss mir in den Hintern. Schreckerfüllt drehte ich mich um. „Lux!", fauchte ich wütend, doch im nächsten Moment verwandelte sich meine schmerzerfüllte Wut in tiefe Dankbarkeit. Mit ihrem Popo-Biss hatte Lux mich aus meiner Starre befreit und die Zeit lief endlich wieder in normaler Geschwindigkeit ab.

Wie im Mittelalter stand eine Meute um uns geschart, mit Mistgabeln, Morgensternen, brennenden Fackeln und so weiter, halt allen möglichen Grundutensilien zum Thema „Wie verjage ich okkultistische Wesen aus meiner Stadt Level 1". Kann sich Rassismus eigentlich auch gegen Hexen, Vampire, Werwölfe oder ähnliche Wesen richten? Ich fragte mich, ob es sowas auch in unserer Welt geben würde, gäbe es bei uns Hexen, Vampire und all ihre monströsen Freunde.

Ein alter Mann mit Vogelscheuche (fragt nicht wozu) in der einen Hand und Mistgabel in der anderen riss mich aus meinen philosophischen Gedanken und erinnerte mich daran, dass ein wütender Mob mich umringte.

Vom Himmel herab konnte ich Raben krächzen hören, lauter als die wütende Meute, der das auch seltsam vorkam. Man sah wohl auch in dieser Welt nicht alltäglich Schwärme von Raben. Ähnlich wie Bienenschwärmen. Nur geschätzte dreihundert Mal größer. Der Himmel verdunkelte sich. Der Mob sah nach oben, und ich nutzte diese Gelegenheit, um davon zu laufen, auch wenn es mich brennend interessierte, was die Raben hier zu suchen hatten. Ich war vor lauter Angst so überdreht, dass ich mir vorstellte, die wären eine Raben-Reisegruppe, die ein paar Geflügelpartys auf der Chicken-Meile feiern wollte. Auch wenn ich zu bezweifeln wagte, dass es eines dieser Dinge überhaupt gibt.

„Wo ist sie?!", hörte ich eine laute Frauenstimme durch den Himmel scheppern.

„Sie." Das bin doch fast immer ich. Weil ich ein Pechvogel bin! dachte ich noch, da stürzten sich diese dämlichen Raben schon wie aus dem Nichts auf mich.

Ich bin doch eine von euch! wollte ich sagen, ließ es aber lieber. Provozieren ist nur gut, wenn dein Leben dabei nicht auf dem Spiel steht. Alrunas Lebensweisheit Nummer 245, sehr wichtig!

„Das ist Perdita!", flüsterte Lux mit banger Stimme.

„Nicht dein Ernst …" Schwindelgefühle überkamen mich bei dem Gedanken.

„Ich schwöre es!"

„Wo ist Glenn?", fragte ich Lux, während wir weiter spurteten. Ein Stechen breitete sich in meinem Unterleib aus. Alrunas Lebensweisheit Nummer 153: Beim Rennen lieber nicht reden, auch wichtig!

„In der Meute, glaub ich" Lux' Stimme zitterte.

„Soll ich umdrehen?", fragte ich unsicher. Doch es war eh zu spät. Raben klammerten sich an meinen Klamotten fest, während sich andere auf meine Haare stürzten. „Ihr Scheiß-Raben! Verzieht euch! Ich reiß euch eure Federn aus!", rastete ich aus, daher verstand ich Lux' Antwort nicht. Mit den Füßen trat ich den Vogelschwarm von meinem Körper weg. Dabei flogen so einige schwarze Federn.

Endlich ließen die Angriffe etwas nach, Perdita schien ihre Raben-Jünger zu sich gerufen haben. Ich lehnte mich zurück zu Lux: „Was hast du noch gleich gesagt?"

Ich hätte sie wohl besser fragen sollen, was ich gefragt habe, das hatte ich nämlich glatt vergessen.

„Ob du noch nie einen Film gesehen hast! Perdita nimmt sich jetzt Glenn als Geisel, pass auf. Und du wirst natürlich so bescheuert sein und ihm hinterher hoppeln, wie ein verzweifeltes Häschen auf der Suche nach seiner Karotte, und somit kriegt Perdita dich auch. Ihr landet beide vollkommen hilflos in ihrem Schloss, werdet euch den lieben langen Tag lang ärgern, wie dumm du warst. Und das jeden Tag im Jahr! Für den Rest eures Lebens! Ihr werdet das große Vergnügen haben, dem Untergang unserer Welt zuzusehen! Und das in der ersten Reihe! Vip-Bereich! Mit Backstage-Pass! Denn nach der Vorstellung könnt ihr euch mit der Gestörten, die unsere Welt in einen Albtraum gehüllt hat, unterhalten!", hielt Lux mir eine Predigt.

„Hab's kapiert!", zischte ich.

„Alruna!", rief jemand von oben.

„Nicht umdrehen", mahnte Lux.

Alrunas Lebensweisheit Nummer 246: Manchmal sollte man auf sein inneres Eichhörnchen hören oder auf das Eichhörnchen neben einem. Auch wenn es extrem nervig, zynisch und anstrengend sein kann.

„Alruna, du bescheuertes Kleines-… Hol mich da runter! Ich… ich!" Das war unverkennbar Glenns Stimme. So ein Blödmann. Den werde ich bestimmt nicht da runter holen. Soll die olle

Perdita doch machen, was sie will mit ihm ... Auf Lux zu hören, ist anscheinend wirklich manchmal das Beste ...

Es fiel mir aber echt schwer, nicht nach oben zu schauen, Glenns Schreie hallten durch den Himmel wie Hagelkörner, Lux musste mir immer wieder mit ihrer penetranten Eichhörnchen-Stimme zureden, dass ich gefälligst nicht nach oben gucken, sondern immer weiter laufen soll, außerdem musste ich, so gut es ging, diese doofen Rabenviecher abwehren, die einen neuen Angriff gestartet hatten und an meinen Kleidern rumpickten als wären es Brotkrumen.

Nach einiger Zeit unterließ ich es, die Raben wegzuschlagen. Denn das machte die blöden Viecher nur noch wütender. Und mein Kleid musste unter dieser Wut leiden. Ich musste mir noch überlegen, wie ich meiner Mutter die Löcher in dem Kleid erklären sollte. Vielleicht sage ich ihr einfach „Ich musste mal etwas Neues ausprobieren." Vielleicht würde sie es mir sogar glauben und es mit Pubertät oder so abtun. Aber mal im Ernst ... Wegen der Pubertät mache ich mir doch keine Löcher in eines meiner Lieblingskleider und reiße noch ein bisschen dran rum ... Nein, das war wirklich ein schlechter Einfall von mir. Lieber versteckte ich das Kleid später irgendwo, wo Mutter es nicht finden konnte (und ich würde natürlich überhaupt keine Ahnung haben, wo es sein könnte).

„Pass doch mal auf, wo du hinrennst!", keifte Lux

mich plötzlich an.

Ich war so in Gedanken an mein Kleid versunken, dass ich den Schmerz in meinen Händen erst bemerkte, als Lux mir mitteilte, dass ich irgendetwas Dummes angerichtet hatte.

„Mensch, Alruna, steh jetzt wieder auf!"

Ich versuchte, den stechenden Schmerz in meinen Händen zu ignorieren, richtete mich wieder auf und rannte schnellstmöglich weiter.

Endlich konnte ich den Eingang in die Zypressengasse sehen. Allerdings hätte ich mich am liebsten wieder umgedreht. Die Zypressengasse war eng, dunkel und überall standen zerfallene Häuser, die die perfekte Kulisse für einen Horrorfilm abgegeben hätten. In den schmutzstarrenden Straßen hing ein Geruch nach verfaulten Eiern, Staub, Eisen (Blut??) und Kloake. Am Ende der Gasse befand sich die Schneiderei. Ein Kontrast zu den übrigen Häusern der Gasse. Es kam mir vor, als würde eine Art Schutzschild um dieses Haus liegen, es war nicht ein bisschen verfallen und schien in einem zarten Licht zu leuchten.

Mit einem Sprung betrat ich die Zypressengasse und rannte keuchend auf die Schneiderei zu.

„Kommt zurück!", schrie Perdita ihren Raben zu.

Erleichterung überkam mich, als mein Kleid endlich von den Tieren befreit war.

„Alruna, solltest du deinen Freund jemals wieder zurück haben wollen, dann wirst du aufhören müssen, dich mir zu widersetzen und dich mir untergeben! Sonst wird es dem armen, kleinen Glennylein seeeeeehr schlecht ergehen ... Und das wäre doch traurig, oder?" Sie lachte bösartig.

Am liebsten hätte ich dieser bescheuerten Schnepfe ein paar unschöne Beleidigungen zugerufen, aber Mama sagte mir immer: „Wenn dich jemand ärgert, musst du diese Person ignorieren. Ignoranz ist schlimmer als jede Beleidigung."

Total kaputt öffnete ich die Tür der Schneiderei. Ein Glockenspiel ertönte.

„Da seid ihr ja." Hinter einem Vorhang erschien Artemis (es hätte aber auch Asmira oder Aurora sein können).

„Ach Gott, dein Kleid!" Hinter einem anderen Vorhang erschien Asmira (Aurora, Artemis?).

„Soll ich es dir nähen?", fragte die Dritte, die nun hinter einem anderen Vorhang erschien.

„Wir können in der Zeit einen Tee trinken!", schlug Asmira (nahm ich mal an) vor.

„Und Gebäck haben wir anzubieten!"

„Oh ja! Feinstes Gebäck, solches habt ihr noch nie im Leben gegessen", fügte Artemis hinzu.

„Aber sagt, wo ist der Junge?", bemerkte Asmira mit erschrockenen Augen und aufgerissenem Mund.

Ich hätte gerne die Fragen der Damen beantwortet, aber sie redeten weiter und weiter ... Ich fragte mich, ob die „Freestyle-Reden" oder gerade Theaterdialoge vorbereiteten und diese auswendig lernten.

„Sie war da, oder?!" Asmiras Augen weiteten sich immer mehr.

Die drei Frauen quasselten weiter und rannten dazu wie wild durch den Raum, obwohl es kaum Platz gab, so viele Kleider, Hüte, Hosen, Jacken, Röcke und so weiter hingen überall herum.

„Kamille, Pfefferminze, Erdbeere?", fragte Aurora nach der Teesorte, während Artemis eine Keksdose von einem Regal herunter holte.

„Erdbeere, bitte!", sagte ich knapp.

„Komm!" Aurora packte mich und zog mich hinter einen Vorhang. Dort reichte sie mir ein Blumenkleid, schob mich hinter einen Paravent und sagte, ich solle das anziehen, damit sie mein kaputtes Kleid nähen konnte. Mit dem Blumenkleid und einer Tasse Erdbeertee saß ich in einem kleinen Zimmer. Mir gegenüber die drei Schwestern, alle mit Nähzeug in der Hand. Sie arbeiteten komplett ohne Nähmaschinen. Verständlich, eine Nähmaschine wäre viel langsamer gewesen als die Hände der drei Frauen. Ich sah sie nicht ein einziges Mal konzentriert auf ihre Arbeit gucken, ihre Blicke klebten die ganze Zeit auf meinen Lippen, während ich ihnen von Perditas kleinem Auftritt gerade eben erzählte.

„Was haben die Menschen in der Immergrün-Passage gegen Hexen?", fragte ich.

„Man weiß nie, welche Hexe in Verbindung zu Perdita stehen könnte. Es gibt Gute und Böse. Wir sind zum Beispiel gute Hexen, aber man sieht niemandem an, ob er gut oder böse ist, nicht wahr?

Manchmal sind die Mädchen mit den schönsten und freundlichsten Gesichtern die grausamsten und gemeinsten Biester."

Ich nickte stumm. Viele Mädchen fielen mir daraufhin ein.

„Ihr müsst euch beeilen, Alruna. Euer Freund ist in großer Gefahr!"

„Ach, Aurora! Rede doch keinen Stuss! Der Junge ist in einer weniger gefährlichen Situation als Alruna und das Eichhörnchen", schimpfte Asmira.

Lux sah sie beleidigt an: „Ich mag es nicht, wenn Leute nur die Spezies sehen, der ich angehöre, wenn sie über mich reden."

Die drei Schwestern schauten Lux verständnisvoll an.

„Alruna und Lux", berichtigte Asmira sich.

„Sind Sie sich sicher, dass Perdita Glenn nichts antun wird?" Kaum hatte ich die Worte ausgesprochen, bereute ich sie wieder. Soll Perdita doch machen mit ihm, was sie will, dachte ich mir aus Trotz.

„Du verstehst das falsch, Alruna. Ich meine, sie wird ihm nichts tun, bis ihr da seid. Dann wird sie dir damit drohen, ihm zu schaden. Es ist doch sooo einfach, sich in das Gehirn einer bösartigen Kreatur hinein zu versetzen, junges Mädchen. Wirklich. Lernt ihr sowas nicht in der Schule?" Sie sah mich kopfschüttelnd an.

„Wir lernen in der Schule Rechnen, Lesen oder Schreiben. Dinge, die man im Leben halt so braucht."

„Und, haben dir Bruchrechnung oder das Beugen von Verben schon mal dabei geholfen, eine hinterhältige Hexe zu besiegen?", fragte Asmira mit hochgezogenen Augenbrauen.

„Nein, aber wer weiß ... Irgendwann ergibt immer alles einen Sinn." Ich rang mir ein Lächeln ab.

„Hm ... Hoffentlich." Asmira ging nicht weiter darauf ein.

„Also ... Was ist nun mit Mi passiert?", fragte Lux. Sie sah sehr ungeduldig aus, wollte endlich zum Punkt kommen.

In meinem Kopf breiteten sich gleich wieder die abwegigsten Szenarien aus von dreiköpfigen Monstern, krummnasigen Hexen und gefährlichen Werwölfen, die ein junges Mädchen in ihrer Gewalt hatten. So ungefähr stellte ich mir Mi's derzeitige Situation vor, und mental bereitete ich mich schon darauf vor, gegen so etwas kämpfen zu müssen.

„Mi ist in Trance", sagte eine der Schwestern mit trauriger Stimme.

„Was?! Das ist alles?", platzte es automatisch aus meinem Mund heraus. Ich hätte eigentlich ja erleichtert sein sollen. Zumindest würde jemand mit gesundem Menschenverstand sich darüber freuen, nicht gegen Monster kämpfen zu müssen. Aber ich meine, wenn man schon in so einer Art Märchen ist, dann richtig. Mit Werwölfen und Vampiren und allem drum und dran! Die paar Raben von Perdita waren ja grottenlangweilig! Es waren nur stinknormale Raben. Noch nicht mal

Feuer spucken konnten die. Nur mein Kleid kaputt machen!

Vier Augenpaare musterten mich verwirrt.

„Was denkst du denn?", fragte Artemis und runzelte die Stirn.

„Ich meine ja nur ..."

„Nein, Alruna ..." Aurora verdrehte ihre Augen. „Unsere Mi ist nicht von einem Drachen gefangen genommen worden oder von Räubern oder von sonstigen Gestalten, die dir gerade in deinem Kopf rumspuken. Das Monster ist in Mi drin, die Trance ist das Monster. Und das wird noch schwieriger zu besiegen sein als jeder Drache!"

„Also gibt es aber Drachen?", fragte ich unpassenderweise.

„Ja, es gibt Drachen, Alruna! Aber das spielt jetzt überhaupt keine Rolle! Drachen sind mindestens so friedlich wie Schildkröten! Ein Rabe ist jedenfalls schlimmer als ein Drache. Obwohl Drachen weitaus größer sind!" Aurora wollte noch munter weiter erzählen, aber Artemis warf ihr genervte Blicke zu. „Kannst du deinen Vortrag bitte fortsetzen, sobald unsere Welten wieder in Sicherheit sind?", stoppte sie den Wörter-Wasserfall, der aus Auroras Mund floss.

„Entschuldigung! Ich meine ja nur ..." Aurora lief rot an und sah ihrer Schwester wütend in die Augen.

„Du musst gerade was sagen ..." Auch Asmira funkelte Artemis an.

„Ja, ja, ja ... Ihr beide seid sowieso ..."

Die drei brüllten sich immer heftiger an. Wegen irgendwelchen Belanglosigkeiten. „Du hast mir mein Nähkissen immer noch nicht zurückgegeben" – „Gerade du … wer klaut denn immer meinen Fingerhut?" Ich hörte nicht mehr hin. Wenn man einmal anfängt, sich zu streiten … Das schien bei Hexen nicht anders zu sein als bei uns Menschen. Die drei hätten genauso gut Fünfjährige sein können, die sich um eine Puppe stritten.

„Hey! Hey!", fiepte Lux dazwischen. Ihr gingen die zankenden Schwestern mächtig auf den Keks. Keine der drei reagierte.

„Hallo?!" Sie richtete sich auf.

Keine Reaktion.

Lux tapste zur Theke und sprang mit angewinkelten Schultern auf eine alte Glocke. Immer wieder. Bis die Damen endlich reagierten und den Mund hielten.

Lux kam zurück und stellte sich autoritär auf den Kaffeetisch vor die Frauen. „Würden Sie uns jetzt bitte erklären, wie wir zu Mi kommen?", fragte sie genervt.

„Sie steht jeden Abend auf der Promenade am Ufer. Ganz still, nur ihr Kleid weht sanft im Wind. Ihr werdet sie leicht erkennen", erklärte Aurora.

„Ich weiß nicht, wie, aber ihr müsst sie aus der Stadt rauskriegen, damit sie wieder klar im Kopf wird. Ihr habt noch zwei Stunden Zeit, bis sie auf der Promenade ist. Die Zeit, Alruna, solltest du nutzen, deine Eltern zu besuchen", ergänzte Asmira.

„Nein!" Ich zuckte zusammen.

„Warum denn nicht?"

„Ich will halt nicht!" Alles in meinem Körper stemmte sich gegen diese Begegnung.

„Du musst, nur deine Eltern können dir die Feenkraft zurückgeben, die du brauchst, um Perdita zu besiegen."

„Feenkraft? Wer braucht schon Feenkraft? Ich nehm einfach 'ne Schippe und hau sie Perdita auf den Kopf! Schon sind alle Probleme gelöst!", rief ich.

Die Schwestern sahen sich kurz an. „Löst man etwa so Probleme, dort, wo du herkommst?", fragte Artemis stirnrunzelnd.

„Ich habe es noch nicht ausprobiert, es würde aber bestimmt klappen!", sagte ich trotzig. Natürlich wusste ich, dass es keine Lösung war, ich konnte aber nicht klein beigeben, ich wollte nicht.

„Hör jetzt auf, dich raus zu reden, Alruna. Du wirst gehen", sagte Artemis in einem Tonfall, der klar machte, dass sie keinen Widerspruch dulden würde. „Es ist gleich hier in der Nähe."

„Wo genau?" Meine Stimme zitterte.

Lux und ich fanden uns vor einer prächtigen Villa wieder.

„Geld haben die also!", meinte ich abfällig.

„Was hast du gegen deine Eltern? Sie können ja auch nichts für das, was deine Schwester getan hat."

„Das ist nicht mein Problem. Ich finde einfach, es

ist eine schlechte Erziehungsmaßnahme, als Strafe dein Kind zu verbannen und so sein Leben zu ruiniere." Ich rollte die Augen. „Das ist doch total mittelalterlich! In meiner Welt hätte man bei den Eltern schon längst das Jugendamt eingeschaltet!"

Lux sah mich fragend an: „Was ist ein Jugendamt?"

„Ist doch jetzt egal. Hat das Haus hier eine Klingel oder so?"

„Direkt neben dir, Dummerchen."

Ich sah die Mauer neben mir an: „Das ist eine Klingel? Das erinnert mich eher an eine alte Klospülung, nur ein bisschen mit irgendwas vergoldet."

Ich klingelte. Ein Lautsprecher ging an.

„Wer ist daaaaaa?", säuselte jemand, als würde er sich ein Taschentuch vor die Nase halten.

„Alruna."

„Alruna?!"

„Hören Sie schlecht?"

„Sei nicht unhöflich!", flüsterte Lux mir ins Ohr.

„Du bist wirklich Alruna?"

„Nein. Der Pizzalieferant."

„Alruna!", zischte Lux aufgebracht.

„Ich habe aber gar keine Pizza bestellt."

„Mann, das war ein Witz."

„Ahahahahaha." Gestelltes Lachen. „Okay, ich lasse dich jetzt herein."

„Dankeschön!", stöhnte ich.

Das goldene Tor öffnete sich langsam. Der Weg zum Eingang der Villa war mit Statuen,

Springbrunnen und nicht identifizierbaren Tieren geschmückt. Bunte Hunde und Katzen, die sich fast menschlich bewegten, liefen an uns vorbei.

„Oh Gott, was ist das?", fragte ich Lux leise.

„Dressierte Tiere."

„Was haben die für einen Sinn?"

„Belustigung der Bewohner."

„Warum kauft man sich da nicht einfach einen Fernseher oder liest Bücher?!"

Lux wollte antworten, wurde aber von einer aufgeregten Frau unterbrochen.

„Alruna? Bist du es wirklich?!"

Sie kam auf mich zugerannt und presste meinen Kopf an ihre Brüste. „Mein Baby!", freute sie sich.

Ich versuchte, mich aus ihrer Umklammerung zu befreien. Es war mir unangenehm, von einer Frau an den Busen gedrückt zu werden, die ich nicht kannte.

„Ich habe dich so vermisst!"

„Mmm!", murmelte ich in ihr Dekolleté.

Endlich ließ sie mich wieder los.

Irgendetwas an dieser Frau kam mir seltsam vor.

„Ich bin eigentlich nur hier, um mir ... ähm ... meine Feenkraft zu holen", stellte ich klar.

„Ah, ah so ..." Sie sah enttäuscht aus.

„Ja."

„Dann komm mit." Mit einer Handbewegung wies sie mich und Lux an, ihr zu folgen.

Die Villa war von innen noch schöner als von außen. An den Wänden hingen die Gemälde, die ich schon in dem Hotel und in Lady Rosettas

Laden gesehen hatte. Die Stühle waren mit rotem Samt bestickt und standen an einer langen, goldenen Tafel.

Meine „Mutter" forderte uns auf, uns zu setzen, und verschwand. „Alruna, da ist etwas ...", raunte Lux, sie konnte aber nicht fertig reden, die Frau war zurück und drückte mir einen rosafarbenen Muffin in die Hand.

„Hier, mein Schatz", säuselte sie.

„Ich möchte die Feenkraft, keinen Kuchen."

„Der Kuchen *ist* die Feenkraft." Sie ging um mich herum, ich spürte ihren kalten Atem auf meiner Haut, und mir wurde schwindelig. Irgendetwas war da wirklich suspekt.

„Iss ihn, Alruna."

Ein Geruch von Essig stieg in meine Nase. An dieser Stelle wäre wohl jedem klar geworden, dass hier etwas nicht stimmte. Niemand macht Essig an Muffins. Doch mein Gehirn war wie benebelt.

„Nur einmal abbeißen, dann kannst du gehen. Mit der Feenkraft."

Lux sah mich an. „Nein!", formte sie mit ihrer Schnauze.

Ich hielt die Luft an und führte den Muffin an meinen Mund.

„Nein!" Lux sprang auf mich zu, stieß mir ihre Krallen in den Arm: „Mach das nicht, Alruna!"

Aber es war schon zu spät. Ich wollte nicht, konnte aber nicht mehr anders. Angewidert biss ich in den Muffin.

In dem kurzen Moment, in dem ich noch bei

Bewusstsein war, spürte ich, wie ich à la Schneewittchen auf den Boden fiel, vor meinen Augen flimmerte der Umriss einer lachenden Hexe, in meinem Ohr dröhnte der Ruf einer Frau.

Das Spiel der Hexe

„Ich muss nach Hause!", jammerte ich und wälzte mich hin und her.

„Du kannst aber jetzt nicht nach Hause", sagte eine sanfte Stimme zu mir.

„Bin ich jetzt eine Fee?", fragte ich.

„Warum ... Solltest du?"

Ich fühlte, wie das pulsierende Blut in meinen Wangen schoss. „Nicht so wichtig!"

„Okay ... Aber willst du nicht mal deine Augen öffnen?"

Ich saß in einem warmen Raum, doch als ich aus dem Fenster sah, erblickte ich eine gruselige Landschaft, die der aus einem alten Vampir-Film glich.

„Geht doch, Alruna!"

Ich kannte den Jungen nicht. Woher wusste er meinen Namen? Wo war ich überhaupt?

Es kam mir vor, als hätte er meine Gedanken gelesen.

„Clay." Er hielt mir seine Hand hin und lächelte mich an.

„Clay?" Ich krabbelte zurück, knallte gegen eine Wand und ein Regal fiel auf den Boden.

Peinlich berührt grinste er mich an, seine Wangen färbten sich in ein dunkles Rot. Offensichtlich war ihm die Situation viel unangenehmer als mir, was mich dann doch beruhigte.

„Ich … ähmm ...", stammelte er.

Fragen wanderten durch meinen Kopf. Da war

Prinz Clay. Wusste er davon, dass seine Tanten ihn mir als „Belohnung" angeboten hatten, sollte ich ihn retten?

„Nimm meine Tanten nicht zu ernst." Mit entschuldigendem Blick sah er mich an.

„Was meinst du?" Ich erstarrte.

„Du weißt es doch ganz genau", wich Clay aus. Die Lage wuchs ihm deutlich über den Kopf.

„Du kannst Gedanken lesen, oder?", fragte ich sarkastisch, um die Stimmung aufzulockern und den armen Jungen wieder zu beruhigen.

„Eigentlich schon ... also ein bisschen", antwortete er.

Ich versuchte zu lachen: „Du machst Witze!"

Er sagte nichts. Seine Blicke sprachen Bände.

„Du kannst nicht wirklich ...?" Mein Lachen verstummte.

„Ich kann bei manchen Menschen spüren, um welche Themen es sich in ihren Gedanken dreht, nicht direkt, was sie genau denken." Er lächelte. „Du hast an ein Fest gedacht, doch dabei war dir nicht ganz wohl. Durch diese zwei Sachen konnte ich erschließen, woran du gedacht hast."

„Wow ... Wer hat dir das beigebracht?"

„Niemand. Es ist einfach da, und bei dir ist es bisher am leichtesten zu fühlen."

„Kannst du auch spüren, wenn eine Person verliebt ist?!" Ich sprang ihm fast entgegen, mein Puls raste.

„Ähm ... Ich weiß nicht. Ich habe noch nie jemanden Verliebten gesehen." Er fuhr sich durch die Haare.

„Das leuchtet mir nicht ein."

„Na ja ... Also, bei Trauer zum Beispiel … ich weiß, wie es sich anfühlt, wenn jemand um einen Menschen trauert, so kann ich die Gedankenaura einordnen. Aber beim Verliebtsein ..." Er stieß ein Lachen aus. „Ich war noch nie verliebt und es kam noch nie ein Mensch auf mich zu und hat mir gesagt, er sei verliebt, sodass ich es mit der Aura in Verbindung bringen könnte."

Ich sah ihn stirnrunzelnd an: „Prinz Clay, Eure Majestät ... Ihr seid ein Spinner!" Ich musste lachen, er sah mich enttäuscht an, dann erst verstand er, dass ich nur Spaß machte.

„Willst du denn gar nicht wissen, wie du hierhergekommen bist?", fragte er.

„Nein. Erst, wo ich überhaupt bin."

„Bei Perdita."

„Gut, das hätte ich mir auch denken können ..."

„Sie erwartet dich schon sehnlichst, ich sollte dich bald in die Halle bringen."

„Was?!", schrie ich ihn an.

Er drückte mir einen Finger auf den Mund: „Halt die Klappe!" Seine Stimme wurde leiser, sein Mund ging zu meinem Ohr. „Sie denkt, du schläfst noch, und das ist auch gut so. Ich werde dir jetzt alles erzählen."

„Was erzählen?"

„Weshalb Perdita so geworden ist. Das wird dir bestimmt helfen."

„Wobei denn helfen? Ich verstehe gar nichts

mehr!"

„Sie will gegen dich antreten!"

„Ich habe aber gar keine Feenkraft. Und die Steine habe ich auch nicht alle. Ich bin ihr gegenüber machtlos." Tränen stiegen mir in die Augen, ich begann zu weinen, wie ein kleines Kind.

„Heulen bringt dich auch nicht weiter! Du bist jetzt nun mal hier und daran kann ich nichts ändern. Ich genauso wenig wie du."

„Wo sind Lux und Glenn?"

„Keine Ahnung ... Ich weiß nur, dass die Eichhörnchendame Perdita entkommen ist."

Wenigstens das, dachte ich, wenigstens Lux war in Sicherheit und vielleicht würde ihr ja etwas einfallen, wie sie uns da rausholen konnte. Trotzdem konnte und wollte ich nicht mehr. „Ich will nach Hause, Clay, ich gebe auf", jammerte ich.

Er griff mich vorsichtig an den Schultern und rüttelte mich sanft. „Wenn du jetzt aufgibst, wird alles in einem Albtraum versinken!"

„Ich schaffe das aber nicht alleine!"

„Du hast gesunde Hände und Füße. Und ein Gehirn. Das reicht doch vollkommen aus!"

„Was bringt mir das, wenn meine Gegnerin dasselbe hat. Und noch dazu eine Hexe ist. Und ich eine armselige Vierzehnjährige mit Durchschnitts-IQ."

„Du solltest es wenigstens versuchen. Außerdem hat sie deine Münze. Wenn du es nicht versuchst, wirst du dein Zuhause vermutlich nie wiedersehen."

„Dann habe ich wohl keine andere Wahl ..."

„So sieht's aus!"

„Dann erzähle mir etwas über Perdita." Die Entschlossenheit kroch langsam zurück.

Clay begann zu reden: „Du hast ja bestimmt schon die acht Bilder gesehen, die Perdita geschaffen hat. Die Stadt der Wunder war ihr letztes Werk. Die junge Perdita war gerade auf der Suche nach sich selbst, als sie einem jungen Mann begegnete. Dieser Mann hatte die Idee, die Welt in einen ewigen Albtraum zu legen, aber ihm war völlig klar, dass er dafür allein zu schwach war. Was er brauchte, war eine starke, junge Hexe. Perdita. Als er das erste Mal hier war und eines ihrer letzten Gemälde betrachtete, wusste er sofort: Das war die Frau, die er benötigte. Den Rest wirst du dir ja selber zusammen reimen können. Perdita verliebte sich in ihn und begann ihm ohne Widerwillen zu gehorchen. Es war, als hätte er sie einer Gehirnwäsche unterzogen."

„Oh Gott ... Und wegen so einer Teenager-Verliebtheit bin ich jetzt in diesem ganzen Schlamassel. Ich glaub's ja nicht." Ich lehnte meinen Kopf gegen die Wand.

„Wenn man es so ausdrückt ... Dann ja, wegen so einer Teenager-Verliebtheit sind wir alle hier."

„Gibt es nicht irgendeinen Trank oder so, der Perdita wieder ... äh ... unverliebt machen kann? Es gibt doch auch einen Liebestrank!"

Clay schüttelte den Kopf. „Würde es so einen

Trank geben, hätten wir ihn längst angewendet. Und der Liebestrank besteht auch nur aus Dingen wie Erdbeeren, Weintrauben, Kakao und so weiter, Lebensmitteln eben, die aphrodisierend wirken ... Gut, durch die Magie wirkt der Trank noch viel stärker, aber die Aphrodisiaken sind die Basis für den letztendlichen Effekt. Verstehst du?"

„Mhm."

„Und darum kann man auch kein Gegenmittel per Magie in Form eines Trankes herstellen."

„Aber ... Ich habe doch Hass in einem der Tränke gespürt!"

„Hass, Alruna, würde unsere Lage nur noch verschlimmern Wer weiß, wozu eine hassende Perdita im Stande wäre. Wir bräuchten ein Gegenmittel, welches ihre Gefühle für den Kerl neutralisiert, aber das existiert verdammt nochmal nicht!" Clay hatte sich in Rage geredet.

„Wo hast du denn einen Trank gespürt, der Hass auslöst?", wollte er wissen.

„Bei Remedius, im Glühwürmchenwald."

Clay atmete hörbar erleichtert auf.

„Warum hast du gefragt?"

„Wenn solch ein Trank in die falschen Hände gerät", antwortete Clay, „kann das fatale Folgen haben. „Der ist sehr selten, man braucht dazu eine spezielle Blume, die nur im Glühwürmchenwald wächst. Die haben bisher nur wenige Leute zu Gesicht bekommen. Ein Hass auslösender Trank ist schrecklich teuer."

„Für so einen Trank würde ich kein Geld ausgeben

... Das Gefühl war widerlich."

„Das war einfacher Hass."

„Es war widerlich!", wiederholte ich mich.

Plötzlich öffnete sich die Tür.

„Du schmutziger, kleiner Verräter, Clay. Du weißt, was passiert, wenn man einen Schwur bricht", zischte sie. Perdita. Sie stand an der Tür, in einem langen schwarzen Kleid und mit abgemagertem Gesicht.

Clay riss den Schürhaken vom Kamin und streckte ihn Perdita entgegen.

„Ahahaha, ist das dein Ernst?" Es sah aus, als würde sie zu wachsen beginnen.

„Nur weil du eine Hexe bist, heißt das nicht, dass ein Stoß mit dem Schürhaken deinem Körper gut tun würde." Clay's Stimme war unsicher, Schweiß tropfte von seiner Stirn.

„Hör auf, Clay, wir wissen beide, wie unfähig du bist, einem Menschen irgendwas anzutun." Sie sah ihn höhnisch an und nahm ihm den Schürhaken aus der Hand. „Leg dich lieber nicht mit mir an." Sie drehte sich zu mir. „Und, was hat der liebe kleine Clay dir so erzählt?" Sie sah zurück zu Clay. „Ich habe dich hierher geschickt, um darauf zu achten, dass sie schnell wach wird und ich sie endlich besiegen kann. Du hast mir geschworen, du wirst mich nicht verraten. Aber nein, du redest mit ihr über meine Schwächen, nicht wahr? Ich habe jedes Wort gehört. Dafür wirst du bezahlen! Ferdinand! Wakonda!"

Zwei Männer in schwarzen Trachten kamen auf

uns zu gerannt und schleppten Clay davon, ich versuchte, ihn zurückzuziehen, doch sie schnippten mich einfach weg wie eine lästige Mücke.

„Komm jetzt, Alruna." Perdita schaute mich verächtlich an und zerrte mich hinter sich her.

„Kapitulieren Sie doch! Das hat doch alles keinen Zweck!", redete ich auf sie ein.

„Du denkst wirklich, weil eine Halbwüchsige mir sagt, ich solle kapitulieren, tu ich das auch? Wo kommst du denn her? Aus Disneyland?"

„Disneyland? Woher kennen Sie Disneyland, wenn Sie nicht aus unserer Welt stammen?", fragte ich.

Perdita schluckte, dann giggelte sie auf einmal dämlich rum. „Ich war in eurer Welt, Alruna. Und ich denke, wenn du dein winziges Gehirn mal einschalten würdest, müsstest du weniger Fragen stellen."

„Sie haben Liv ..." Weiter kam ich nicht, meine Stimme erstarb.

„Ich habe die Seele deiner kleinen Liv ... sagen wir es mal so ... übernommen. Das ist ganz lustig, denn ich kann sie jetzt steuern wie einen Roboter. Ihre Seele habe ich in ein Einmachglas getan und dann habe ich eine andere in sie eingepflanzt, sodass ich sie lenken kann. Du brauchst es mir nicht sagen ... Ich weiß es selber ... Ich bin ein Genie sondergleichen!"

„Sie haben was?!" Angeekelt sah ich sie an.

„Hier, bitte schön!" Sie drückte mir das Einmachglas in die Hand.

Ein kleines feenhaftes Wesen saß drin, es sah nicht

226

aus wie Liv, ähnelte ihr nur in wenigen Zügen, aber wenn ich das Geschöpf etwas von Näherem betrachtete erkannte ich Liv irgendwie doch wieder, sie sah halt nur nicht mehr aus wie Liv von außen – sondern von innen.

„Liv?", fragte ich.

Das Wesen klopfte gegen die Scheibe und guckte mich hilflos an, es formte mit seinem Mund Wörter, die ich durch das Glas nicht verstehen konnte.

„Sie sind so eine Hexe!", brüllte ich Perdita an.

„Ja, das bin ich, wohl wortwörtlich!", lachte sie, dann zerrte sie mich weiter. Wir kamen in einen riesigen Saal, die Wände waren mit zerrissenen, schwarzen Gardinen geschmückt und ein modriger Geruch lag in der kühlen Luft, die durch die weit geöffneten Fenster zog.

Auf einem dunklen Thron saß ein verhüllter Mann, ich konnte nur seine gelb leuchtenden Augen hinter dem Gewebe erkennen.

„Ah, Perdita, Liebste, da bist du ja. Und das junge Fräulein hast du mir auch mitgebracht." Seine Stimme war sanftmütig, aber doch bedrohlich.

Perdita kniete vor ihm nieder. Mit ihrer Hand rüttelte sie kurz an meiner Kleidung, dass ich ihr es gleich tun sollte.

„Ich knie mich bestimmt nicht hin!", weigerte ich mich lauthals.

Die gelb funkelnden Augen sahen mich erzürnt an.

„Verbeuge dich, Alruna!", zischte Perdita.

„Nein, Mann. Hören Sie etwa schlecht?"

Perdita reichte es langsam, sie stand auf und riss mich am Kragen in Richtung ihres Gesichtes.

„Wir können das alles hier auch gleich beenden! Ich könnte dich auf der Stelle ...“

„Perdita, bitte ... Lass dich doch von so einer dummen Göre nicht provozieren“, beruhigte der Mann sie.

„Ich bin keine dumme Göre. Reden Sie gefälligst anständig mit mir oder haben Sie etwa keine Manieren?“

Der Typ ging auf meine Kommentare nicht weiter ein, aber seine Augen brannten immer noch vor Zorn.

„Also, Alruna Voltaire, dann erkläre ich dir mal die Spielregeln. Es sei denn, du gibst auf. Ich stelle dir zwei Wahlmöglichkeiten zur Verfügung.“ Perdita hielt mir zwei Münzen hin.

„Diese Münze“, sie hob ihre rechte Hand empor, „wird dich nach Hause bringen. Für immer. Du wirst dich an nichts erinnern, was hier passiert ist, Glenn werde ich natürlich auch zurückschicken. Ihr werdet dasselbe Leben wie vorher führen. Ohne Unterschied. Du wirst vollkommen vergessen haben, dass deine Mutter gar nicht deine Mutter ist. Wäre das nicht schön? Alles wieder wie früher? Willst du das nicht?“

„Und was passiert dann mit den Welten?“

„Die werde ich endlich in meinen Traum verwandeln. Andere Menschen nennen es Albtraum.“ Perdita lachte bösartig.

„Was bewirkt die andere Münze?“ Ich deutete mit

dem Kopf auf ihre linke Hand.

„Das ist deine alte Münze, ich habe sie dir vorhin abgenommen. Ihre Wirkung kennst du ja."

„Ich will meine alte Münze zurückhaben!", sagte ich entschlossen, mein Herz klopfte gegen meine Brust.

„Falls du denkst, du kannst mir so entwischen, Alruna, hast du dich geschnitten. Ich werde dir zwar erlauben, in die andere Welt zurück zu kehren, und ich werde dir auch den Jungen zurückgeben, doch du solltest dir bloß nicht einbilden, dort drüben sicher zu sein. Das Spiel wird ab dem Moment beginnen, wenn du die Münze in die Hand nimmst."

„Und was ist mit Clay und Liv?"

„Liv hast du ja bereits." Sie zeigte auf das Glas in meiner Hand. „Und den Prinzen habe ich gut versteckt. Um zu gewinnen, musst du ihn finden ... bevor ich dich platt gemacht habe."

„Also, sobald ich Clay habe, habe ich gewonnen?"

„So ungefähr ... Aber das wird nicht passieren, Schätzchen, denn sobald ich deine Steinchen habe und den von Mi – wie ich durch deinen Glenn herausgefunden habe – werde ich die komplette Macht über das ganze Königreich haben. Ach nur so nebenbei ... Du wärst auch ohne die Steine in meine schwarze Stadt gekommen."

„Hä?" Verwirrt sah ich Perdita an.

„Ich hätte dich früher oder später eh rein gelassen, damit ich dich endlich aus der Welt schaffen kann. Aber ich brauche die Steine, um an noch mehr

Macht zu gelangen. Die Steine und der Prinz ... Sie sind der Schlüssel zur Macht."

Zum Glück, dachte ich, hatte ich auf mein Gefühl gehört. Zum Glück hatte ich die Steine daheim gelassen – gut versteckt. Perdita beugte sich vor und zischte in mein Ohr: „Noch hast du die Steine, aber ich bin ihnen näher als je zuvor." Sie kicherte gehässig: „Dank dir." Ich sah sie verständnislos an. Sie lehnte sich zurück und begann zu erzählen: „Ich hatte keine Ahnung, wo ich die Steine finden könnte. Dann kamst du ins Spiel. Auf den freien Kleeblattfeldern konnte ich euch noch gut orten. Und habe gehört, worüber ihr geredet habt mit Dea. Aber als ich meine hübschen Raben los geschickt habe, um euch zu suchen, war die Verbindung plötzlich unterbrochen."

„Womit haben Sie uns denn beobachtet? Mit so einer Hexenkugel? Kann da die Verbindung abbrechen? Haben Hexenkugeln eigentlich Internet?", fragte ich, ohne einen Gedanken daran zu verschwenden, weshalb ich eigentlich hier war und das ich bessere Dinge zu tun haben sollte, als so dämliche Fragen zu stellen.

„Hexenkugeln? Die sind ziemlich veraltet, wir benutzen Computer. Mit Hexenkugeln kann man auch nicht andere Menschen beobachten. Wie kommst du denn auf solche Gedanken? Ich habe mich in dein Handy gehackt. Oder eher gesagt, hat Kato sich in dein Handy gehackt, er ist ein Genie." Sie deutete auf den verhüllten Kerl mit seinen gelben Augen.

„Sie sind eine Hexe und hacken Handys? Sie haben doch bestimmt mit Magie nachgeholfen? Kann man mit Magie nicht Handys hacken?"

„Oh Gott, nur weil ich eine Hexe bin, heißt das nicht gleich, dass ich meine Magie immer und überall anwenden muss, okay? Und wir sind jetzt nicht hier, um über Hacken und Magie zu reden. Kommen wir endlich zur Sache! Ich habe Hunger, ich will endlich mein neues Königreich haben und vor allem will ich auch mal Feierabend machen. Sieh dir meine riesigen Augenringe an! Und das ist alles deine Schuld! Den lieben langen Tag bin ich beschäftigt, dir hinterher zu rennen! Meine Nerven sind strapaziert! Also, nimm jetzt deine Münze und spring in deine andere Welt, auf dass wir endlich mein Spiel beginnen können!"

Ich nahm die Münze und rieb dreimal an ihr.

Zuhause überprüfte ich als erstes das Datum. Es war Donnerstag, der 23. Dezember. Ein Tag vor Heiligabend. Ein Tag vor unserem Auftritt. Ich rannte in die Küche, überlegte an welchem Datum ich das letzte Mal hier gewesen war.

„Mama?", fragte ich in die Dunkelheit. „Mama?!" Ich wurde lauter und unruhiger.

Auf dem Küchentisch fand ich ein Spiegelei, das Eigelb war durch Magie zu Buchstaben angeordnet worden.

Mit freundlichen Grüßen, Perdita ☺

Den Smiley hätte sie sich ja echt sparen können. Und das Ei werde ich bestimmt nicht essen, ich hielt meine Nase an den Teller. Ein berstiger

Gestank lag auf dem Gericht. Netter Versuch, dachte ich mir und ging an den Kühlschrank, um mir Essen zuzubereiten, das keine Hexe zuvor vergiftet hatte.

Ich habe dir gesagt, dass ich hungrig bin. Perdita

Die Milchtüte lag offen im Kühlschrank, ein paar letzte Tropfen plätscherten gemächlich auf angefressene Wurst- und Käsescheiben. Die Butter sah aus, als hätte jemand ein paar Mal genüsslich davon abgebissen, und die selbstgemachte Erdbeermarmelade war überall im Kühlschrank verteilt.

Aus Wut und Hunger trat ich gegen alle möglichen Möbelstücke, die in der Küche vorhanden waren. Ich riss die Gardinen von der Fensterscheibe weg, sodass ich in die Welt hinaus brüllen konnte, wie blöd sie doch eigentlich ist, aber als ich kurz davor war, die Welt an meinem Jähzorn teilhaben zu lassen, hielt mich etwas zurück. Etwas Seltsames.

Das ganze Dorf war in ein düsteres Grün getaucht, welches nicht vom Himmel, sondern von allen Straßenlaternen ausging, der Himmel war noch dunkel, bis auf die unzähligen Sterne, die ihn leicht erhellten.

„Was zur Hölle?", flüsterte ich zu mir selber.

An meinem Hosenbein begann plötzlich mein Handy zu vibrieren.

„Ja?"

„Hexe, wo ist meine Mutter?!", schrie Glenn mir ins Ohr.

„Kein Plan, wahrscheinlich da, wo meine Mutter

auch ist." Ich verbarg meine Freude, seine Stimme zu hören.

„Wegen dir musste ich die Küche von Perdita putzen, ihren Abwasch machen und – jetzt kommt es, du Monster, der Höhepunkt – ihre Füße massieren und lackieren! Ihre Füße! Sowas Runzliges hast du noch nie gesehen! Das hat mir meine ganze Menschenwürde genommen! Du, du, du ..."

„Komm mal runter, die Alte hat mich, als meine Mutter verkleidet, mit einem Muffin vergiftet und jetzt hat sie es mit einem Spiegelei versucht. Und sie hat meinen ganzen Kühlschrank geleert. Ich bin kurz vor dem Verhungern."

„Hmpf", rauschte es durch die Leitung.

„Wie spät ist es?", fragte ich ihn.

„Kurz vor Sieben."

„Wir kommen zu spät zur Schule", fiel mir ein, meine Stimme hörte sich bei dem Satz aber eher an, als hätte ich gerade festgestellt, dass ich den Seifenspender mal wieder auffüllen sollte.

„Wir gehen heute zum Weihnachtsmarkt, weißt du das nicht mehr?", antwortete er gelangweilt.

„Ach so ... Ja ... Wann noch mal?"

„Um neun auf dem Platz vorm Rathaus, Hexe." Plötzlich hörte ich ein Quieken am Hörer: „Alruna! Du musst aufpassen, sie ist überall!", fiepte es.

„Lux? Bist du bei Glenn?"

„Hört sich so an."

„Wie bist du raus gekommen?"

„Ach, lange Geschichte. Perdita hat mich für ein blödes, dummes Eichhörnchen gehalten, doch da hat sie einen Fehler gemacht." Lux kiekste. „Ich konnte mich in ihrem Schloss umsehen, als ich auf dich oder Glenn wartete, um in eure Welt zurück zu springen. Ich weiß, wohin sie Clay gebracht hat. Jetzt machen wir die Hexe aber so richtig fertig!"

„Oh ja, machen wir! Das Biest hat immerhin meinen ganzen Kühlschrank leer gefressen. Cool gemacht, Lux, ich bin wirklich stolz auf dich." Lux quiekte geschmeichelt.

„Alruna?" Glenn ergriff wieder den Hörer.

„Was denn noch? Ich muss mir Essen besorgen!"

„Sieh in den Himmel!", befahl er unruhig.

„Wieso das denn?"

Er antwortete nicht.

Ein riesiger Schwarm Raben flatterte dort oben, noch größer als der aus der Immergrün-Passage.

„Scheiße!", war mein einziger Kommentar.

„Das kannst du laut sagen", pflichtete Glenn mir bei.

„Wie soll ich bei diesem Rabenschwarm denn aus dem Haus kommen?"

„Die Frage stellen wir uns auch!"

Einer der Vögel krachte plötzlich gegen mein Fenster, weitere folgten, versuchten reinzufliegen, prallten aber an der Scheibe ab.

„Aaaah!" Ich sprang zurück, stolperte über etwas und landete auf meinem Hintern.

„Alruna, bist du noch da? Ist etwas passiert?"

„Nein, nein! Alles bestens!", jammerte ich und

suchte, das Telefon zwischen Schultern und Wangenknochen eingeklemmt, nach einer Bratpfanne.

Als ich die Pfanne aus dem Schrank riss, machte ich einen ziemlichen Krach.

„Was machst du da?", fragte Glenn.

„Mich bewaffnen!"

„Mit was?"

„Mit einer Pfanne!"

„Wie bitte?!"

„Bessere Idee?"

„Nein, aber wir sind hier nicht in einem Actionfilm! Du kannst einen übermächtigen Rabenschwarm doch nicht mit einer Bratpfanne besiegen!"

„Wenn ich nur daran glaube, kann ich alles!", rief ich ins Telefon.

„Aus welchem Märchenfilm hast du das denn aufgeschnappt?"

„Ich werde dich daran erinnern, sobald ich dir meine neuen Rabenuntertanen vorstelle!"

„Ah ja. Lass es lieber oder willst du zum Frühstück für die Vögel werden?"

„Die Vögel werden eher mein Frühstück!", lachte ich.

„Du hast manchmal echt 'nen Knall, Hexe!"

„Bis nachher!" Ich hängte ein. Dann legte ich das Telefon beiseite und hechtete auf unseren Balkon. Vorher setzte ich mir noch eine 3D-Brille von meinem letzten Kinobesuch auf und klebte sie mit Tesafilm an meinem Kopf fest, dass mir auch ja kein Rabe ein Auge auspicken konnte.

Als ich dann auf dem Balkon stand, wurde mir doch ein bisschen mulmig zumute. Ich richtete die Bratpfanne wie ein Schwert den Raben entgegen. Der ganze Himmel war von ihnen schwarz gefärbt.

„Haut ab!", schrie ich und fuchtelte mit der Pfanne um mich herum.

Die Raben störte das relativ wenig, und ich traute mich nun irgendwie auch nicht mehr, einen von ihnen zu schlagen. Es waren ja doch nur Tiere.

Nach einer Weile konnte ich nur noch schwarze Federn überall um mich herum sehen, ich fühlte mich, als wäre ich gefangen in einem Wirbelsturm. Mit letzter Kraft stemmte ich die Pfanne, die mittlerweile stark an meinen Armen zerrte, den Raben entgegen. Tränen standen in meinen Augen. Die Schreie der Raben wurden immer lauter in meinen Ohren, da plötzlich hörte ich eine mir sehr bekannte Stimme.

„Oh hallo, Alruna!", säuselte sie.

„Liv ..." Mir wurde schlecht, hastig suchte ich nach Halt an unserem Klapptisch, der verschneit in der Ecke des Balkons stand.

Die Raben flogen davon, ein großer Stein wollte von meinem Herzen fallen, aber dann sah ich Liv in schwarzem Kleid und bösen Augen auf einem der Vögel stehen, und der Stein überlegte es sich doch anders.

„Du bist nicht Liv!", schrie ich und stürmte in die Wohnung zurück.

„Bleib stehen!", brüllte sie.

Ich sah, wie die Raben mir blitzschnell hinterher flogen. Rasch knallte ich die Balkontür zu. Ich konnte aber der Versuchung nicht widerstehen, der Möchtegern-Liv die Zunge rauszustrecken und ihr voller Hochmut den Mittelfinger zu zeigen.

„Das wird ein Nachspiel geben!", kreischte sie wutentbrannt, ich konnte es durch die Fensterscheiben hören.

Aufgeregt hüpfend, bewegte ich mich in mein Zimmer, wo sich immer noch das Gefäß mit der echten Liv befand.

Das feenartige Geschöpf klopfte völlig außer sich auf das Glas.

Ich hob sie auf und warf das Glas im Badezimmer auf den Fliesenboden. Es zersprang in Scherben und Liv tapste hinaus.

„Alruna!", rief sie piepsend.

„Liv!" Ich hielt ihr meine Hand entgegen, sodass sie auf mich klettern konnte, und ignorierte dabei die Raben, die mich durch das Badezimmerfenster anstarrten, wie perverse Spanner.

„Es tut mir so leid!", jaulte Liv.

„Was ist denn passiert, wie hat sie dich bekommen?", fragte ich Liv.

„Ich habe in Lady Rosettas Laden eine seltsame Münze gefunden, die sehr schmutzig aussah. Irgendwas an ihr fand ich mystisch, ich wollte unbedingt sehen, was unter der Schmutzschicht war und nahm sie heimlich mit ins Badezimmer, um sie zu waschen. Dann bin auf einmal in einer anderen Welt gelandet, wo eine komische Frau mir

237

eine schöne Kette angeboten hat. Oh Alruna! Du musst mich verstehen ... Als Mädchen ... Es war das schönste Schmuckstück, das ich je gesehen habe! Und sie wollte sie mir schenken! Ja, ich weiß, es ist naiv von mir, die Kette einer zwielichtig aussehenden Frau anzunehmen ... Und das kostenlos ... In einer anderen Welt. Aber die Kette hat meinen Menschenverstand ausgeschaltet! Ich habe sie also angenommen. Und als nächstes fand ich mich in dem Glas wieder ... Und sah so aus ..." Ihre Kulleraugen sahen mich traurig an. „Bist du mir jetzt sehr böse."

„Nein, ich bin dir nicht böse. Aber du musst mir helfen! Wir müssen Perdita besiegen und Prinz Clay befreien!"

„Ist Perdita diese Frau? Und Prinz Clay? Wer ist Prinz Clay? Ein Chihuahua?"

„Ja, Perdita ist die Hexe und nein ... Prinz Clay ist kein Chihuahua."

„Schäferhund?"

„Nein! Prinz Clay ist überhaupt kein Hund!"

„Eine Katze?"

„Liv, du bist genauso blöd wie immer!", lachte ich ausgelassen. Ich war so froh, sie wieder zu haben. Sie war meine Freundin, auch wenn ich das lange nicht hatte wahrhaben wollen. Meine erste echte Freundin.

Liv sah mich verständnislos an. Sie dachte vollen Ernstes, dass Prinz Clay ein Tier war.

„Liv, Prinz Clay ist ein Mensch. Er ist der Prinz von der Welt, in der du warst."

„New York hat einen Prinzen? Ich war doch in ... New York? Hä?! Alruna, ich verstehe gar nichts mehr."

„Nein, du warst nicht in New York, und bevor du fragst, nein, du warst auch nicht in Tokio oder irgendeiner anderen Großstadt dieser Erde. Du warst in einer anderen Welt. Und andere Welt bezieht sich dabei nicht auf den nächsten Kontinent."

„Also war ich wirklich ...?" Sie sah mich erschrocken an.

„Ja, irgendwo in einer anderen Welt dieses Universums. Einer Welt, in der Tiere sprechen können und es Feen und Hexen gibt."

„Das ist ja unglaublich." Ihre Augen weiteten sich. Ich nickte.

„Wo kommen eigentlich diese ganzen Raben her?" Sie zeigte aus dem Fenster.

„Von drüben. Also der anderen Welt. Frag mich nicht, wie, ich habe keine Ahnung."

„Und was machen wir jetzt?", fragte sie.

Ich überlegte kurz. „Durch den Keller in die Tiefgarage."

„Okay ..." Liv sah nicht gerade überzeugt aus.

Ich steckte Liv in meine kleine Tasche, streifte mir die Winterjacke über und sprintete in Richtung Keller.

Der Geruch nach Benzin, Abgasen und Reifen sagte mir, dass wir uns in der Tiefgarage befanden.

„Hey, was machst du hier?", brüllte mich ein Mann

in Rage an.

„Ähm ...“ *Gute Frage, wirklich gute Frage. Nur leider fehlte mir eine gute Antwort. Die Welt retten vielleicht?*

„Das ist echt kein Kinderspielplatz hier!“ Der Mann kam auf mich zu. Er war etwa Mitte vierzig, mit Bart, Brille und Bauch.

„Ich bin vierzehn Jahre alt, deswegen habe ich auch nichts Besseres zu tun, als frühmorgens in der Tiefgarage ein bisschen rumzuturnen. Ist klar. Bei einer Zehnjährigen würde ich es ja verstehen“, sagte ich.

„Hör mir mal zu, Kleines, du gehst jetzt sofort raus hier, oder ...“

„Oder was? Ich höre.“ Belustigt sah ich den Typen an.

„Was, wenn du hier von einem Auto angefahren wirst, hä?“

„Und was, wenn ich auf der Straße überfahren werde. Hören Sie, Ich habe echt Besseres zu tun, als mich hier mit Ihnen rumzustreiten.“ Ich sah zu seinem Auto hinüber. Jackpot!

Ich stürmte los, stieß den Mann gegen die Rippen, sodass er für einen Augenblick außer Gefecht gesetzt war, das gab mir genug Zeit, zum Auto zu rennen und mir aus dem offenen Kofferraum das Klebeband zu schnappen, das dort verstaut war.

„Was machst du da?!“, schrie er mich an.

„Es tut mir fürchterlich leid!“, rief ich, rannte wieder auf ihn zu und sprang mit voller Wucht auf ihn drauf.

Mein Herz raste. Ich drückte den Typen mit aller Kraft auf den Boden, sodass er nicht weglaufen konnte, dann klebte ich ihm ein Stück Klebeband auf den Mund.

„Hören Sie mir jetzt zu. Ich habe eine Aufgabe für Sie."

Der Mann sah mich verstört an, versuchte etwas zu sagen, ich verstand allerdings nur ein Brabbeln.

„Also, Sie werden mich jetzt sofort zu meiner Schule fahren! Ohne Widerrede, sonst ..."

Scheiße. Ich hatte den Plan in meinem Kopf schon so gut eingefädelt, aber das Wichtigste fehlte mir noch: Eine Drohung.

Dann fiel es mir ein.

Ich holte Liv aus meiner Tasche und hielt sie dem Typen vors Gesicht.

„Meine kleine Assistentin hier und ich sind Geheimagenten von einer Geheimorganisation, die geheim ist, deshalb geht Sie der Name gar nichts an und weshalb meine Assistentin so klein ist, erst recht nicht. Nur damit Sie es wissen! Wir haben Ihre Familie, oh ja, die haben wir! Und wenn Sie uns jetzt nicht umgehend zu der Schule fahren ... Na, Sie wissen schon?"

Der Mann sah mich noch verstörter an als zuvor.

Liv sprang von meiner Hand runter und zog dem Typen an einem seiner Barthaare.

„Kapiert, Freundchen?!", zischte sie.

Er nickte. Ich riss ihm das Klebeband vom Mund.

„Wer seid ihr?", fragte er.

„Geheimagenten, deshalb geht es Sie nichts an.

Und jetzt los!" Ich lotste ihn zum Auto.

„Wenn das alles nur so eine dumme Kindershow ist, dann gibt es richtig viel Ärger für dich, junges Fräulein, das kannst du mir aber glauben!"

„Ja ja ja ... Könnten Sie jetzt los fahren? Wir haben es echt eilig. Wenn Sie nicht mal hinne machen, dann sind Sie es, der Ärger bekommt, weil es dann Ihre Schuld ist, dass unsere Welt am Ende von einer durchgeknallten Diktatorin beherrscht wird", versuchte ich ihm die Lage zu erklären.

Wir fuhren aus der Parklücke heraus, in Schrittgeschwindigkeit zur Ausfahrt. Das Tor öffnete sich langsam vor uns.

Mein Herzschlag erhöhte sich von Sekunde zu Sekunde, und von dem Moment, an dem wir endgültig die Tiefgarage verlassen hatten, wusste ich, dass der Kampf begonnen hatte.

„Wo kommen denn all die Raben her?!", kreischte der Mann, wie ein kleines Mädchen, das eine Spinne gesehen hatte.

Ich ging nicht auf seine Frage ein, sagte stattdessen zu Liv: „Da hatten wir echt Glück, dass der Typ gerade da war!"

„Oh Gott! Oh Gott! Ich kann da doch nicht reinfahren! Oh nein!", jammerte er.

„Fahren Sie!", fauchte ich. „Es muss sein!"

Er sah mich an: „Ich kann keine Lebewesen verletzen."

„Die Raben werden schon wegfliegen, fahren Sie jetzt!"

„Nein!"

„Mir reicht es langsam! Treten Sie verdammt noch mal aufs Gaspedal oder ich werde es tun!"

„Du hast keinen Führerschein", antwortete er absolut überlegen.

Ich lehnte mich ans Lenkrad, drückte das Bein des Mannes auf das Gaspedal und es ging los ... Und ich hatte das Gefühl, in ziemliche Schwierigkeiten zu geraten.

„Geh da runter!", fluchte der Typ, während wir schneller und schneller wurden.

„Scheiße!", schrie ich und wir rasten die Straße hinunter, ein wilder Hupchor aller möglichen Autofahrer um uns begann.

Die Raben flogen uns hinterher und versperrten die Sicht.

„Geh weg, ich fahr ja schon, Mädchen!" Der Mann schubste mich zur Seite!

Ich saß wieder auf meinem Sitz und versuchte, die Tiere irgendwie zu verscheuchen.

An der Decke des Autos entdeckte ich ein Fenster und öffnete es.

„Was machst du da jetzt schon wieder?", fragte der Typ mich; er hatte das Auto wenigstens wieder halbwegs unter Kontrolle.

„Das geht Sie nichts an, Sie sind nur der Fahrer. Haben Sie vielleicht etwas Hartes?"

„Wozu?!"

Ich antwortete nicht mehr, realisierte nur die laute Sirene eines Polizeiwagens hinter uns.

„Wir müssen unsere Spritztour jetzt wohl

unterbrechen und du erklärst der Polizei alles!"

Ich merkte, wie er an den Straßenrand fahren wollte.

„Fahren sie gefälligst weiter!" Ich versuchte, mir meine Verzweiflung nicht anmerken zu lassen.

„Dir ist schon klar, dass du in ziemlichen Schwierigkeiten steckst, oder?"

„Ist mir egal, ich habe eine Aufgabe und die werde ich beenden! Fahren Sie weiter! Ihre Familie!", sagte ich und kramte auf dem Rücksitz nach etwas Hartem.

„Okay." Er beschleunigte wieder. „Festhalten", wies er uns an.

„Hey, Alruna, schau mal." Liv deutete auf zwei volle Coladosen, die unter dem Rücksitz lagen. „Da kannst du Klebeband drum wickeln und am Handgelenk fixieren."

„Genial." Ich bastelte mir rasch meine Schleudern und kletterte kurzerhand halb aus der Dachluke. Klein-Liv war in meine Jackentasche gekrochen. Der Wind schlug mir ums Gesicht und wehte meine Haare wild umher, während ich mit meinen Beinen im Auto nach Halt suchte und mich fieberhaft festhielt.

Ich blickte kurz in den Himmel. Zwischen den vielen Raben sah ich die andere Liv fliegen, die, die von Perdita gesteuert wurde. „Da bist du ja, meine Freundin!", säuselte sie und kam auf einem der Raben heruntergeflogen. Dann beugte sie sich zu mir hinunter, als wolle sie mich umarmen.

Ich wich zurück. „Ich bin nicht deine Freundin!"

Da plötzlich sah ich es: ein gülden glänzendes Schmuckstück, welches sich gut versteckt in ihrem Dekolleté befand. Es war ein Schlüssel.

„Sag mal, Liv", flüsterte ich der echten Liv in meiner Jackentasche zu, „wie sah die Kette aus, die Perdita dir schenkte ... also der Anhänger?"

„Es war ein wunderschöner Schlüssel mit Schnörkeln und ..."

„Okay, das war alles, was ich wissen wollte."

Alruna, alles, was du brauchst ist der Schlüssel ..., dachte ich mir.

„Lass uns doch reden", sagte ich zu Schein-Liv, „vielleicht können wir ja ..." Ich beendete meinen Satz nicht, sondern machte eine Geste, damit sie sich zu mir herunterbeugte. Nun griff ich blitzschnell nach der Kette. Auf der Stelle verlor sie ihr Bewusstsein, ich konnte sie zum Glück noch schnell an ihrem Anorak packen und mit letzten Kräften festhalten. Dabei spürte ich jedoch, wie sich etwas in meiner Jackentasche bewegte. „Liv?", fragte ich, aber die feenhafte Gestalt war verschwunden. „Halten Sie an!", plärrte ich den Fahrer an. Der fuhr sofort an den Straßenrand. Wir waren mittlerweile beim Rathaus angekommen und unter all den Klassenkollegen, die sich für den Weihnachtsmarkt versammelt hatten, erspähte ich kurz Glenn, der verstört unsere Verfolgungsjagd mit der Polizei verfolgte. Die hatten unseren Wagen umstellt und forderten uns auf, langsam heraus zu kommen. Ich kam mir vor wie in einem schlechten Actionfilm.

„Du wirst der Polizei doch erklären, was die Wahrheit ist ...“ Der Mann, den ich zum Fahren gezwungen hatte, wischte sich den Schweiß von der Stirn.

„Ähm ...“, ich stockte.

„Bitte, die buchten mich ein, ich habe doch Frau und Kinder. Wenn du es nicht tust, dann hast du mein ganzes Leben zerstört.“ Ich konnte deutlich erkennen, wie nah er den Tränen stand.

„Es tut mir leid!“, waren die einzigen Wörter, die ich aus meinem Mund pressen konnte.

Ich warf mir die frisch erbeutete Kette um den Hals, stieß die Autotür auf und rannte davon, vorbei an den Polizisten, auf Glenn und Lux zu. Ein paar Polizisten verfolgten mich. Noch beim Rennen kramte ich in meiner Tasche nach der Münze, sprang rasch hinter einen Busch und flüchtete in die andere Welt, wo ich wieder in der riesigen Halle von Perditas Schloss landete.

Glenn und Lux erwarteten mich schon.

„Was hast du dir nur dabei gedacht?“, schimpfte Glenn wütend.

„Ist doch jetzt egal“, wollte ich mich herausreden, doch Glenn akzeptierte das nicht.

Er griff mich am Arm: „Alruna, das war gerade eben sowas von feige von dir.“

Ich entriss meinen Arm seiner Hand. „Ja, wahrscheinlich hast du recht, aber jetzt müssen wir diese Welt retten.“

„Du hättest dich der Polizei stellen müssen.“

Langsam ging ich davon. Ich hatte ja selbst ein

schlechtes Gewissen, weil ich den armen Mann einfach seinem Schicksal überlassen hatte – was aber hätte ich denn tun sollen? Glenn hatte leicht reden. Wut auf diese ganze beschissene Situation stieg in mir hoch, und die ließ ich an Glenn aus: „Schön Glenn, dann heul hier jetzt rum und predige mir, wie unmoralisch mein Verhalten war. Aber was ist schlimmer, Glenn, eine ganze Welt, die untergeht, oder eine einzige Person, deren Leben nicht mehr ganz so perfekt wie vorher ist. Es gibt auf unserer Erde Menschen mit viel schrecklicheren Schicksalen, du Heulsuse. Komm, Lux!"

Das Eichhörnchen, das sich die ganze Zeit seiner Meinung enthalten hatte, kam mir hinterher getappelt. „Komm jetzt, Glenn, sie hat recht!", quiekte sie.

„Darum geht es mir gar nicht, Alruna sollte einfach Verantwortung für ihre Fehler tragen und nicht so feige davon laufen! Wie jetzt! Du tust es schon wieder, Alruna!", rief er uns hinterher.

„Geh doch heim zu Mama, Glennylein!", schrie ich wütend.

„Hört auf zu streiten!", mischte Lux sich ein.

Ich spürte ein seltsames Gefühl meinen Körper übermannen, ich konnte in jeder Pore, jeder Faser fühlen, wie es versuchte die Kontrolle an sich zu reißen.

Endgültig ging ich davon. Glenn blieb stur in der Halle zurück.

Während wir auf der Suche nach jener Tür waren,

hinter der Perdita, wie Lux beobachtet hatte, Clay eingesperrt hatte, textete ich Lux mit meinem Frust auf Glenn zu: „Weißt du, Lux, ich konnte ihn noch nie leiden. Er ist egoistisch und selbstverliebt."

„Er sieht aber eigentlich ganz nett aus und scheint intelligent zu sein", wunderte Lux sich. „Und er ist es doch eigentlich auch."

„Pfff ... Das denkst du! Mit seiner Brille mag er vielleicht noch nett und intelligent aussehen! Aber sonst ist er ein Idiot! Die einzige Person auf der ganzen Welt, die Glenn jemals mögen wird, ist er selbst. Er hat noch nicht mal richtige Freunde. Er benutzt die Leute nur. Er spielt ihnen Freundschaft vor, um es zu seinem eigenen Vorteil zu nutzen. Und oh – eines habe ich vollkommen vergessen – Glenn ist ein richtiges Talent!"

„Worin?", wollte Lux wissen.

„Er ist der beste, wirklich allerbeste Schauspieler, den ich je gesehen habe. Darin ist er ausgezeichnet!"

Wir standen auf der Mauer des Schlosses, ich blieb stehen, mein Blick schweifte in die Ferne. Von hier oben konnte man perfekt die Regenbogenfelder betrachten, sie sahen aus wie das reinste Paradies. Wahrscheinlich sahen sie nicht bloß so aus. Wahrscheinlich waren sie das Paradies. Jedenfalls für die Menschen, die in Perditas schwarzer Welt leben mussten.

Die merkwürdigen Gefühle durchströmten noch immer meine Adern. Mein Herz war aufgewühlt, mein Kopf verwirrt, ich konnte gar nichts mehr richtig verstehen.

Ich blickte hinaus auf das schwarze Dorf und seine Bewohner. Wie fühlte es sich wohl an, in der Dunkelheit eines Albtraumes zu leben und dabei zu wissen, dass das Paradies direkt nebenan ist? Ich sah die Menschen an. Die Erwachsenen wanderten wie ziellose und geschwächte Zombies durch die Straßen, während die Kinder spielten, wie alle anderen Kinder auch. Ihnen machte diese Welt nichts aus. Wenn all diese Menschen wären, wie die Kinder, ging es mir durch den Kopf, dann könnten sie Perdita und ihren Albtraum besiegen.

Ich malte mir aus, wie die Kinder diese graue Stadt sahen, ich stellte mir vor, dass ihnen die Burg wie ein prächtiges Ritterschloss vorkam, die Raben als weiße Tauben, die Häuser in weiß und mit Blumen geschmückt.

Lux kam langsam auf mich zu. „Alruna, geh zu Glenn. Ich kann nicht verstehen, wieso ihr euch gerade jetzt streitet. Ihr müsst doch zusammenhalten." Lux sah mich an.

„Ja, aus deiner Sicht sieht es vielleicht bescheuert aus. Aber irgendwie ... Glenn ist so ... unberechenbar, du weißt nie, wann er lügt und wann er die Wahrheit sagt. Eine Zeit lang dachte ich, wir wären jetzt sowas wie Freunde und begann ihn zu mögen. Dabei habe ich ganz vergessen, dass es nicht so ist. Glenn war die ganze Zeit nicht mal aus freien Stücken mit, sondern weil ich ihn da mit reingezogen habe. Irgendwo kann ich ihn ja auch verstehen. Aber vertrauen kann ich ihm nicht."

„Das hat aber nichts mit den Polizisten zu tun."

„Trotzdem ist er ein Idiot, okay? Ich mag ihn einfach nicht!" Trotzig ging ich weiter.

Plötzlich hörten wir Schreie. Glenns Schreie.

„Alruna! wir müssen ihm helfen!"

„Tzz, mir doch egal. Soll er sich selbst helfen."

„Du merkst überhaupt nicht, wie Perdita dich zu steuern versucht! Jeden Schritt, den du gehst, gehst du nicht, weil du es willst, sondern, weil Perdita es will!"

„Sicher, Lux." Ich grinste höhnisch und ging weiter.

„Das ist eine Falle!", brüllte Lux und sprang mir ins Gesicht.

„Geh von mir runter!", befahl ich, außer mir vor Wut.

„Nur unter einer Bedingung: dass du Glenn hilfst!"

„Du Erpresser-Hörnchen! Sicher nicht!"

„Du bist sowas von blöd!" Lux krallte sich noch fester an meinen Kopf. Plötzlich hörten wir lautes Gebrüll. Glenn! Und Perdita! Ich kam mir selbst so ziemlich feige vor.

„Okay, okay, du hast gewonnen", sagte ich zu Lux und schnipste sie von mir runter.

„Ich habe den Schlüssel nicht!", hörten wir Glenn brüllen, als wir uns leise in die Halle schlichen. Er war an einer Säule festgebunden, schien aber ganz wohlauf.

„Wo ist er dann!" Diese schrille Stimme gehörte Perdita.

„Ich weiß es nicht, Sie alte Vettel!"

Man konnte von Glenn halten, was man wollte, aber er zeigte Mut. Das musste ich anerkennen.

„Wie hast du mich eben genannt?" Perditas Stimme wurde leise. Gefährlich leise.

„Wie hast du kleiner Raufbold meine Frau gerade genannt?", mischte sich auch noch Perditas seltsamer Mann ein.

„Das haben Sie doch genau gehört und was ist Raufbold bitteschön für eine Beleidigung? Sie sind echt langweilig, Mister Perditas Mann ..."

„Wag es ja nicht, meine Frau zu beleidigen. Oder ich hole mir deine Freundin und verspeise sie zum Frühstück!"

„Welche Freundin? Tanya, Annika, Gertrud, Ayse, Libby, Monica oder Viola?", fragte Glenn irritiert.

„Alruna!", rief Perdita zur Antwort.

„Ich weiß nicht ... Annika würde Ihnen sicher viel besser schmecken, Mr. und Mrs. Perdita."

Ich musste ein Kichern unterdrücken. Glenn drehte so richtig auf. Das hätte ich nie von ihm gedacht.

„Hör auf, dich über uns lustig zu machen!" Perdita war echt sauer.

„Wenn ich sagen würde, dass Sie mich bitte los binden sollen, würden Sie es dann tun?" Er wartete kurz. „Sehen Sie! Und deshalb werde ich auch den Teufel tun, auf Sie zu hören!"

Ich drückte mich gegen die Steinwand und wagte es nicht, in den Saal zu gucken. In meinem Kopf spielte sich alles sowieso noch mal ab, wie bei einem Hörspiel.

„Kleiner, hör jetzt auf! Wir könnten dich auf der Stelle vernichten. Sag uns, wo der Schlüssel ist!", schnaufte Perdita.

„Wie oft denn noch, Omi? Ich weiß es nicht!", brüllte Glenn.

„Rede!", schrie Perdita, sie war davon überzeugt, dass Glenn den Schlüssel hatte oder wenigstens wusste, wo er sich befand.

„Lux, ich habe ihn!", hauchte ich so sanft in die Luft, dass nur Lux, die auf meiner Schulter stand, es halbwegs verstehen konnte.

„Und? Was machen wir nun?!", flüsterte sie ängstlich.

„Uns verziehen und Clay suchen", schlug ich vor.

„Und Glenn?", zischte sie vorwurfsvoll ...und ein bisschen zu laut.

„Schatz, hast du das gerade gehört?" Perdita sah ihren Mann fragend an.

„Nein, was?"

„Na, dieses Piepsen!", fauchte Perdita.

„Hasenmaus, du spinnst doch! Da war nichts!"

„Aber ich habs gehört. Geh, schau nach!"

„Ach Hasenmausi", seufzte der Typ und wollte schon aufstehen, da brach Glenn in ungestümes Gelächter aus.

„Was gibt es da zu lachen!?" Perdita war außer sich vor Wut.

„Hasenmausi ... Alter, das ist sowas von peinlich! Da sind eine Hexe und ein ... ähm ... Typ, der in ein riesiges Tuch gehüllt ist, die die Welt in einen schrecklichen Albtraum stürzen wollen und sie nennen sich Hasenmausi. Sorry, ich kann nicht mehr!"

„Wir werden die Welt in einen Albtraum stürzen, Junge! Und dann wirst du nicht mehr lachen! Du wirst von wilden Bestien heimgesucht werden, die dich zu Boden bringen werden!", dröhnte Perdita lauthals durch die Halle.

„Sind diese wilden Bestien pinke Einhörner mit Eiswaffeln auf ihren Köpfen?", fragte Glenn, der immer noch einen Lachkrampf hatte.

„Schatz, es reicht mir. Hol jemanden, der ihn durchsucht!", ordnete Perdita an.

Ein, den Schritten nach zu urteilen, riesiger Mann trampelte in die Halle.

„Iiigiiitt!", stieß Glenn angewidert aus, „Den werde ich bestimmt nicht an mich ranlassen! Das ist ja abartig! Bringen Sie mir gefälligst eine hübsche Frau und nicht ... das da ..."

„Schönling beleidigt Gisbert. Gisbert mag es nicht, beleidigt zu werden. Gisbert wütend!", jaulte der Koloss.

„Haben Sie dem Kerl etwa auch noch einen Sprachfehler antrainiert, damit er wie ein minderbemitteltes Monster wirkt, das zwar eine sehr große Bildungslücke hat, dafür aber umso brutaler ist?", fragte Glenn.

„Sei still, verdammt noch mal!", fluchte Perdita.

„Hey, Gisbert, du bist doch eigentlich ein nettes und schlaues Kerlchen, nicht wahr", redete Glenn auf Gisbert ein.

„Hä? Gisbert dumm, sagt Königin", seufzte

Gisbert, der anscheinend Minderwertigkeits-komplexe durch Perdita bekommen hatte.

„Erst mal ist diese Schreckschraube da alles andere als eine Königin und zweitens bist du nur wegen ihr so dämlich. Aber das können wir ändern."

„Wie?" Gisbert war sprachlos.

„Gisbert du sollst den Schlüssel suchen", schimpfte der Mann von Perdita.

Weder Gisbert noch Glenn reagierten auf das Geschimpfe der Hexe und ihres Mannes.

„Wie wir das ändern können? Indem du mich befreist und dann die zwei dort fesselst!", erklärte Glenn.

„Hmm ...", murmelte Gisbert.

„Hör nicht auf den, er hat dich beleidigt!", rief Perdita.

„Entschuldigung, Großer!", sagte Glenn.

„Entschuldigung?", fragte Gisbert gerührt.

„Ja, entschuldige vielmals", wiederholte Glenn.

„Königin hat sich noch nie bei mir entschuldigt."

„Gisbert!", blökte Perdita.

„Du bist nicht mehr Königin!", meinte Gisbert zu Perdita.

Lux und ich kamen aus unserem Versteck.

„Gisbert, ergreif sie!", befahl Perdita.

„Alte Hexe hat mir nichts mehr zu sagen!"

„Minderwertiger Fettklops!", zischte Perdita leise. Aber nicht leise genug, dass Gisbert es nicht hören konnte.

„Was hat Hexe da gesagt?", grummelte er; er war gerade damit beschäftigt, Glenn zu befreien.

„Nichts!"

Gisbert hatte Glenn die Fesseln abgenommen und drehte sich um. Er war über zwei Meter groß und mindestens doppelt so breit.

Perdita und ihr Mann wollten wegrennen, doch Gisbert packte sie schnell und fesselte sie aneinander, dann schnürte er sie wie einen Rucksack auf seinen Rücken.

Ich ging auf Perdita zu.

„Wo ist Clay?", fragte ich mit bruchfester Stimme.

„Denkst du, das sage ich dir?"

„Oh ja, das denke ich mir!"

„Wie kommst du auf solch naive Gedanken, kleines Biest?"

„Gisbert, würdest du uns bitte auf den Außenplatz der Festung folgen?", fragte ich den Riesen höflich.

Mit einem zahnlosen Lächeln sah er mich an.

„Gisbert wird folgen!"

Wir standen wieder auf der Mauer des Schlosses, von wo aus man die Regebogenfelder sehen konnte. Perdita und ihr Mann schienen allerdings wenig für die tolle Aussicht übrig zu haben. Sie hingen kopfüber von der Mauer und kreischten.

„Gisbert, würdest du die zwei bitteschön raufziehen", bat ich.

„Bitteschön." Er lächelte mich zufrieden an und hievte sie empor.

„Perdita, ich bin mir ziemlich sicher, dass ein Sturz aus dieser Höhe auch für eine Hexe und deren Mann nicht glimpflich enden wird. Entweder Sie

255

sagen mir jetzt, wo Clay ist oder ..." Ich wies zum Abgrund.

„Er ist da, wo Mundgefülle eigentlich seine Heimat hat ...", sabbelte Perdita.

„Das wäre im Klartext?"

„Im Küchenschrank", antwortete Perdita mürrisch.

„Bitte, was? Im Küchenschrank?! Ich dachte, in irgendeinem Verließ!"

„Eben, du *dachtest*. Es war so leicht vorher zu sehen, was du denken würdest, du hättest bestimmt nicht in unserem Küchenschrank nachgesehen", veranschaulichte Perdita mir ihre Strategie stolz.

Ich zog den Schlüssel aus meiner Tasche. Wenn man ihn sich näher ansah, konnte man erkennen, dass er mit Farbe besprüht worden war, die sich leicht von der Farbe des Metalls abhob, aus dem der Schlüssel bestand.

Vorsichtig wischte ich mit meinem Finger über die Farbe. Mein Finger färbte sich leicht grau und auf dem Schlüssel entdeckte ich ein Logo. Von einer Firma für Möbel, so wie es aussah.

Perdita erklärte uns entnervt den Weg zu ihrem Küchenschrank.

„Noch zwei Fragen, Perdita", sagte ich.

„Jaaah ..." schnaubte sie.

„Erstens: Wo ist Mi?"

„Was weiß ich, da wo sie immer ist. Mein Mann hätte sie beinahe entführen können, da mussten wir uns um den Schlüssel kümmern."

„Und zweitens: Warum brauchen Sie einen Schlüssel für den Küchenschrank?"

„Das geht dich gar nichts an."

„Gisbert ..."

„Ich würde zu viel essen, darum muss mein Mann den Küchenschrank immer absperren", murrte sie.

„Und für übergewichtige Hexen gibt's wohl keine Besen", stichelte Glenn. Unter lautem Gejohle machten wir uns auf den Weg in die Küche.

Von außen konnte man schon jemanden gegen den Schrank trommeln und „Hilfe!" schreien hören. Ich ging voller Euphorie auf ihn zu. Jetzt würde alles gut werden, dachte ich mir. Zeit fürs Happy End!

Plötzlich hörte ich jemanden laut aufstöhnen und eine eiskalte Klaue packte mich und schleuderte mich gegen die Kücheninsel. Perdita grabschte nach meinem Kragen und zog mich an sich heran, sodass ich ihren Atem auf meiner Haut spüren konnte.

„Ich bin nicht dumm", zischte sie und schwenkte ein kleines Fläschchen vor meinen Augen hin und her. „Ich habe das hier selbst zusammen gebraut, mein ganzer Stolz, die Essence à la Perdita. Löst eklige Krämpfe aus. Ah-ah-ah ... Nicht gerade angenehm, oder, Gisbert?", fragte sie.

Ich sah in Gisberts Richtung, zur offen stehenden Tür hinaus, er kugelte sich auf dem Boden und brüllte vor Schmerzen, neben ihm auch Perditas Mann, der wohl auch etwas abbekommen hatte.

„Entweder ihr geht jetzt freiwillig ins Verließ oder ...", sie zückte die Essenz.

Glenn schlich sich hinter Perdita an und holte mit einer Bratpfanne aus, während sie die Flasche vor meine Augen hielt.

„Eins ... zwei ... ", sah ich Glenn stumm mit seinen Lippen formen.

Perditas Blick war währenddessen starr auf mich gerichtet.

„Drei ..."

Blitzschnell war Perditas Klaue fest um Glenns Handgelenk gekrallt, ihre Augen wendeten sich aber nicht von mir ab.

„Hat dir deine Mutter nicht beigebracht, dass man anderen keine Pfannen um die Ohren haut?"

Jetzt war es aus. Verloren sah ich Glenn an, der eisern versuchte, keine Emotionen zu zeigen, doch man konnte sehen, wie sehr Perditas Griff ihm wehtat.

Ein riesiger Schatten fiel plötzlich auf uns. Perditas Augen weiteten sich ängstlich und ihr Blick wendete sich von mir ab, nach oben.

„A-aber ...", jammerte sie.

„Alte Tante hat wohl falsch gemacht. Trank hält nicht lange", stellte Gisbert wütend fest.

Als Perditas volle Aufmerksamkeit auf Gisbert gelenkt war, griff ich nach der Flasche und kippte sie auf den Boden.

„Was tust du denn da?!", kreischte Perdita mich an und versuchte wegzurennen, doch Gisberts Reflexe waren gut.

„Halt, halt. Wo will alte Tante hin?"

Ein Stein fiel von meinem Herzen.

„Was ist da draußen los?!", kam es aus dem Küchenschrank.

„Ich komme jetzt und befreie dich!", erklärte ich glücklich und erleichtert.

Langsam schloss ich den Schrank auf. Clay purzelte, gefolgt von Schokolade, Spaghetti, Käse und Wurst heraus.

„Danke, Alruna", sagte er und kniete sich kurz vor mir nieder.

„Hahaha ... nichts zu danken ...", wies ich verlegen ab.

„Oh doch, du hast nicht nur mich gerettet, sondern unsere Welt", beharrte er, während er den Schlüssel bedächtig in der Hand drehte.

Plötzlich stürmten vier bewaffnete Männer in die Küche. Ich riss ruckartig meine Arme nach oben, weil ich befürchtete, es wären irgendwelche Kerle, die Perdita organisiert hatte. Dem war aber zum Glück nicht so.

„Ja, Oma Artemis. Das ist der Perverse, der mich entführen wollte." Ein hübsches Mädchen in japanischem Gewand zeigte auf Perditas Mann.

„Sie sollten sich schämen!", rief Artemis wütend, die nun hinter einem der Männer erschien.

„Im Namen der Regierung unseres Landes müssen wir Sie festnehmen, Perdita." Die Männer gingen auf Perdita zu, die blass und zitternd da saß. Gisbert hielt sie noch immer gepackt.

„Warum haben die Perdita nicht früher verhaftet?", fragte ich Clay verwundert.

„Perdita hat alle Bürger dieser Stadt verhext, sie waren machtlos. Und andere Menschen kamen da ja eben nicht rein", erklärte er.

„Und warum haben sie es jetzt geschafft?"

„Der Schlüssel", sagte Clay. „Damit konnte ich den Zauber auflösen, aber erst, als ich befreit war. Darum war es Perdita ja auch so wichtig, an den Schlüssel zu kommen."

Die Bewaffneten hatten sich Perditas Mann zugewandt: „Wie heißen Sie?"

„Ich habe keinen Namen!", wollte er weismachen.

„Nehmen Sie Ihre Verhüllung ab!", befahlen die Männer.

„Oh, bitte nicht!", flehte er. Irgendwie kam mir die Stimme plötzlich bekannt vor.

„Verhüllung ab!" Sie zogen ihre Waffen.

„Okay, okay", jammerte er.

Rasch schüttelte er sich die Kapuze vom Kopf. Er. Ich kannte „ihn".

„Beatrice?!", schrie ich entsetzt.

„Das ist doch die Hüterin des Kleeblatttales?", fragte Artemis geschockt.

„Jaaa!", fauchte Beatrice.

„Sie Verräterin!", rief Mi wütend, dann kam sie auf mich zu.

„Alruna, ich will mich ganz fest bei dir bedanken. Ich habe mich dank dir endlich getraut, meine inneren Monster zu bekämpfen. So konnte ich mich vom Fluch befreien. Meine Großmütter haben dir ja erzählt, dass diese Schreckschraube da", sie zeigte auf Perdita, „mich in Trance versetzt hat." Sie sah mich mit Tränen in ihren großen Augen an. „Du hast mir Mut und Kraft gegeben, weil du dich durch nichts unterkriegen ließest und es so geschafft hast, Perdita zu besiegen und unseren Prinzen zu befreien. Und das ganz ohne Feenkraft oder Hexenmagie." Die drei Großmütter sahen Mi gerührt an.

Inzwischen waren auch Lady Rosetta und Lady Nyah eingetroffen. „Clay!", schrien sie aufgeregt und umarmten ihren Neffen.

Dann drehten sie sich zu mir um. „Alruna, du weißt gar nicht, wie glücklich du uns gemacht hast, und nicht nur uns, sondern ein ganzes Land." Sie deutete auf die Bewohner der schwarzen Stadt, die eben noch grau geduckt umher geschlichen waren. Nun strahlten alle und lachten und tanzten. Es war ein Jubel und Trubel. Einige Leute stürmten aufgeregt in die Freiheit der Regenbogenfelder, andere blieben, die Häuser und das Schloss färbten sich plötzlich, und alles, auch der Himmel über der Stadt nahm wieder bunte Farben an.

„Ahh, mein Schloss ...", seufzte Clay glücklich.

Lady Rosetta zog mich auf die Seite und winkte auch Glenn und Lux zu, sie sollten zu ihr kommen: „Alruna, ich habe dir eine Belohnung versprochen, und die bekommst du natürlich auch. Aber zuerst", sie sah mich ernst an, „möchte ich dich etwas fragen. Mi hat mir gesagt, sie brauche Abstand zu ihrer Heimat. Deshalb würde ich dich gerne zur neuen Hüterin der Stadt der Wunder machen. Würdest du das machen?" Ich nickte wortlos, überwältigt von ihrem Vertrauen in mich.

Lady Rosetta wandte sich Glenn zu: „Für das Kleeblatttal brauchen wir auch einen neuen Hüter, da Beatrice eine Verräterin ist. Dieser Hüter sollst du sein, Glenn, und Dea wollte sich sowieso schon seit längerem lieber darum kümmern, ein Café zu eröffnen, darum wird Lux die neue Hüterin der Regenbogenfelder. Und Gisbert, der ehrenwerte Riese, der euch so mutig mitgeholfen hat, wird eine Auszeichnung für seine guten Taten bekommen."

Die Männer drückten Beatrice und Perdita gegen die Wand, um ihnen Handfesseln anzulegen.

„Beatrice, was sollen wir nur deinem Mann sagen?", seufzte Artemis enttäuscht.

„Dass ich die Scheidung einreiche!", brüllte Beatrice. „Und sagt diesem Nichtsnutz, ich habe ihn betrogen!" Sie lachte hämisch. Und noch während sie in den vor dem Schloss stehenden Gefängniswagen abgeführt wurden, schrie Perdita: „Das wird euch noch leid tun. Ich komme zurück und dann ..." Die Männer stießen sie in den Wagen, doch noch durch die geschlossene Tür konnte man Perdita hören: „... dann werdet ihr mich richtig kennen lernen."

Für einen Moment schien ein kalter Hauch über die Stadt zu wehen, doch dann spürte ich den Stein um meinen Hals und wusste, dass Perdita nie wieder Macht über Menschen bekommen würde, wenn wir uns als Hüter als würdig erwiesen.

Lady Rosetta war zu mir getreten. „Also, Alruna! Was willst du für eine Belohnung?", fragte sie.

„Hmm ... Vielleicht noch ein paar von diesen Rosinen, damit wir nicht schlafen müssen. Die könnte ich nämlich echt gebrauchen, wenn ich weiter durch die Welten springe", erklärte ich.

Lady Rosetta sah mich an.

„Die kriegst du natürlich. Aber du sollst dir noch was Richtiges wünschen ... Ich meine ... Was ist nun mit ..." Sie deutete vorsichtig auf Clay.

Ich wurde rot.

„Ähm, danke für das Angebot, aber ich bin, denke ich, zu jung zum Heiraten. Und Clay auch."

Lady Rosetta blickte mich verständnislos an, nickte aber. „Vielleicht kommt das ja noch ...", murmelte sie und fügte dann lauter hinzu: „Aber du hast immer noch einen Wunsch frei. Überleg es dir."

Ich schaute zu Glenn, der sich mit Lady Nyah unterhielt. Irgendwie ... so übel ... so übel war er ja nicht ... vielleicht ...

Lux riss mich aus meinen Gedanken. Sie war auf meine Schulter gesprungen und flüsterte mir etwas ins Ohr. Dann hoppelte sie davon. Sie wollte ihre Familie besuchen. Während ich Lux hinterher sah, wusste ich plötzlich, was ich mir wünschen würde. Glenn, Lux, Liv ... Ich wünschte mir, dass ich wahre Freunde von nun an erkennen und schätzen würde.

Das Weihnachts-Desaster

Liv legte einen weißen Stoff um meinen Körper und befestigte ihn an mir. „Das sieht echt toll aus, Alruna. Du wirst bestimmt eine großartige Maria sein." Liv, meine und Glenns Mutter waren die einzigen, die noch etwas von unserem Gefecht mit Perdita wussten, die anderen Menschen, zum Beispiel die Polizisten oder der Mann aus dem Auto, hatten es durch einen Zauber der Amun-Schwestern wieder vergessen.

Glenns und meine Mutter hatten wir versteckt in einer Kammer des Schlosses gefunden, nachdem wir vor dem ganzen Königreich zu neuen Hütern gekürt worden waren.

„Komm, Alruna, das Stück geht gleich los!", sagte der Pfarrer durch den Vorhang. Er wirkte nervös.

„Wir sind gleich so weit", säuselte Liv und steckte noch ein paar Nadeln fest, die anderen Kinder trugen bereits alle ihre Kostüme.

„Fertig!", rief Liv stolz aus, als sie ihr Werk betrachtete.

Ich atmete noch einmal tief durch.

„Du machst das schon, Alruna, toi, toi, toi!", zwinkerte sie mir zu.

Durch den Vorhang lugte ich kurz in die Kirche ... und mein Herz begann zu wummern. Ich hatte kaum Besucher erwartet, doch die Kirche war propenvoll. Ich konnte keinen einzigen unbesetzten Platz entdecken. Ich zitterte am ganzen Körper, während der Pfarrer seine letzten zwei Sätze zur

Weihnachtszeit sagte.

„Komm, Alruna.", flüsterte Glenn mir zu. „Und pass auf, dass dir das Kissen nicht rausfällt. Vergiss nicht, du musst so tun, als wäre da ein Baby drin." Er pikste mir kurz auf das Kissen unter meinem Gewand.

Wir wollte gerade auf die Bühn treten, als Glenn mir noch etwas ins Ohr hauchte: „Ach und Alruna ...", er zog seine Brille aus der Hosentasche und setzte sie auf. „Vielleicht sollte ich jetzt aufhören zu schauspielern!"

„Das ist vielleicht der falsche Zeitpunkt ... Denn jetzt sollst du es. Und ich glaube nicht, dass es früher solche Nerd-Brillen gab." Ich lächelte.

„Du hast wahrscheinlich Recht." Er ließ sie zurück in seine Hosentasche gleiten.

„Fröhliche Weihnachten, Glenn!", sagte ich noch schnell.

„Fröhliche Weihnachten, Alruna!"

Der Vorhang öffnete sich langsam.

Ich konnte sehen, wie Liv auf ihren reservierten Platz in der ersten Reihe flitzte. Wie ein Ninja. Vorsichtig platzierte sie sich neben meiner und Glenns Mutter.

Aus Liv's Tasche lugte ein Stück Fell in einem leuchtenden Rot-Orange. Langsam begann Lux ihren ganzen Kopf aus der Tasche zu bewegen. Wenn man es nicht besser wüsste, würde man sie gar nicht als lebendiges Eichhörnchen erkennen, eher würde man sie für ein Stofftier halten, und obendrein konnte man die Farbe ihres Fells nicht vom Stoff der Tasche unterscheiden.

Liv lächelte mir ermutigend zu. Lux musterte mich kritisch. Sehr kritisch. Sie war ja immerhin das schauspielende Eichhörnchen mit einem IQ, der wahrscheinlich höher war als der meiner ganzen Klasse zusammen.

Glenn zog mich plötzlich an der Hand. All mein Blut schoss mir ins Gesicht. In der Kirche entdeckte ich fast alle aus unserer Klasse. Außer Hedda und Mohap. Hedda war sicher schon irgendwo in der Karibik, wie jedes Jahr zu Weihnachten, und Mohap war Moslem.

Zwar grinste jeder aus meiner Klasse uns total behämmert an (abgesehen von Liv, die mich eher an eine stolze Mutter erinnerte und mir immer wieder einen Daumen nach oben zeigte), aber solange Hedda nicht da war, konnte ich gut damit leben. Na ja. Gut ist natürlich relativ.

Glenn alias Joseph klopfte an die Tür-Attrappe, die ein kleines Mädchen und ein kleiner Junge zusammen aus Pappe gebastelt hatten. Ich werde nie verstehen, wie sie auf die Idee kamen, Einhörner auf die eine Seite der Tür zu malen und einen für das geringe Alter des Jungen sehr gut gezeichneten Riesen-Yoda an die andere Seite. Und vor allem werde ich nie verstehen, wieso der Pfarrer sie nicht aufgehalten hat, immerhin stand er daneben.

Der „Wirt" trat aus der Einhorn-Yoda-Papptür und stellte sich vor mich und Glenn.

„Meine... Frau... Ist... Ähm... Schwanger. Können

wir hier... übernachten?", schluckte Glenn, als wäre es das Schlimmste der Welt, so zu tun, als wäre man mit mir verheiratet! Hallo?! Spinnt der?! Ich wäre gerne mit mir verheiratet! Ich bin die perfekte Partnerin! Wäre ich nicht ein Mädchen, würde ich sofort über mich herfallen oder so! Am liebsten hätte ich Glenn auf die Füße getreten.

„Sorry, keine Betten mehr frei", antwortete der gerade mal einen Meter große Wirt, der anscheinend seinen Text nicht gelernt hatte und jetzt „improvisierte". Ein paar Leute im Publikum lachten, aus dem Augenwinkel schielte ich auf den Pfarrer. Er schüttelte peinlich berührt seinen Kopf.

„Bitte, Mann, sie ist doch hochschwanger ...", stammelte Glenn. Hätte Lux nicht so ein Faible für den ach so tollen Glenn, würde sie jetzt sicher einen Anfall wegen so viel nicht vorhandenem Schauspiel-Talent kriegen.

„Ich kann euch vielleicht noch den Viehstall anbieten", schlug der Wirt vor.

„Mhm", stimmte Glenn missmutig ein.

„Da drüben", verabschiedete der Wirt sich mit einem Wink in Richtung Krippe, um die als Kühe und Schafe verkleidete Kinder standen.

Glenn zog wieder an meiner Hand. Seine Hand triefte vor Schweiß. Ekel überkam mich. Uwwääh! Ich konnte es schon im Kindergarten nicht leiden, wenn wir uns bei Ausflügen an die Patsche-Hände nehmen mussten und meine Hände dann nach Schweiß von anderen Kindern stanken.

Ich sah kurz zu Lux hinüber. Sie zog ein Handy(?!)

aus ihrem Fell und lächelte siegessicher. Seit wann hatten Eichhörnchen bitte Handys?!

„Äh ... Alruna?", fragte Glenn und ich bemerkte dass wir uns auf einmal in einer völlig anderen Szene befanden.

Verklärt sah ich mich in der Kirche um. Das Publikum sah uns stumm an. Der Pfarrer war knallrot angelaufen und grub seine Fingerkuppen in die Bank.

„Was denn?", fragte ich zurück.

„Du solltest jetzt ein Kind kriegen ... Weißt schon ... Jesus", wies er mich auf die jetzige Szene hin.

Ich hatte den kompletten Aussetzer, mir fiel nichts anderes ein, als mich an den Bauch zu fassen und zu stöhnen: „Es kommt."

Glenn sah mich betreten an. Ich kugelte mich auf dem Boden.

„Die Wehen", sagte ich, was sich mehr anhörte wie eine Frage.

Der Rest des Stückes grenzte an eine Katastrophe, wenigstens der Chor, der nach uns auftrat, konnte den Pfarrer zufrieden stimmen.

Als das Stück vorbei war, trat Lux mir freudestrahlend entgegen.

„Du kannst dir nicht vorstellen, was mir vorhin passiert ist", sagte sie aufgeregt.

„Nein. Was denn?", fragte ich desinteressiert, denn ich war in Gedanken bei der andere Welt, in die ich schleunigst wollte, da ich in dieser gerade das größte Desaster meines Lebens gehabt hatte.

„Ich habe eine SMS bekommen, einer der berühmtesten Filmemacher unserer Welt will mich! Für eine Hauptrolle!“, quiekte sie.

„Herzlichen Glückwunsch!“, sagte ich beeindruckt.

„Kommst du heute mit und begleitest mich zu meinen Eltern?“, fragte sie stolz.

„Ich weiß nicht ... Eigentlich hatte ich vor, noch mal zu dem Haus meiner leiblichen Eltern zu gehen. Ich will mit ihnen wegen Inara reden“, erklärte ich missmutig. Eigentlich wollte ich nichts mehr von diesen Menschen wissen, aber ich sah es als Pflicht an, meiner, ich sage es nicht gerne, Schwester zu helfen und sie aus ihrem Exil, dem Blaubeer-Berg, zu befreien.

„Okay, dann gehe ich alleine“, sagte Lux.

In der anderen Welt wurden wir von Paparazzi belagert. Ja, Paparazzi. Und alle wollten Interviews haben. Schließlich waren wir die Helden schlechthin. Es war ein tolles Gefühl, von einer ganzen Welt gefeiert zu werden. Da konnte ich ja fast schon darüber hinweg sehen, dass ich jetzt in meiner eigentlichen Welt nach den Ferien erst mal mit Spott und Hohn gestraft werden würde. Aber mal ehrlich: Die Anerkennung einer ganzen Welt ist doch ein wahrhaft großes Trostpflaster?!

Vorsichtig trat ich in die Villa meiner Eltern ein.

„Alruna ...“, hauchte eine Frau, die anmutig die Treppe herunter stolzierte.

„Hi", sagte ich.

Sie umarmte mich. Ich ließ es zu, fühlte mich aber unwohl, diese Frau war mir nicht geheuer.

„Ich bin deine Mutter, nur nicht so schüchtern!", meinte sie lächelnd.

„Ja ...", ich sah sie zweifelnd an. Ich fand, sie war so ... falsch ... Ihre Lippen lächelten, doch ihre eisblauen Augen waren starr und streng.

„Und? Wann heiratest du den Prinzen?", fragte sie.

„Wie bitte?!", stieß ich aus.

„Prinz Clay. Wann du ihn heiratest", erklärte sie.

„Gar nicht ...", ich sah sie erschrocken an.

„Alruna, du musst, das würde unserer Familie mehr Macht einbringen", erklärte sie streng.

Ich konnte es nicht fassen. Meine „Mutter" war vielleicht eine ungehobelte Frau. Da kommt ihre Tochter sie nach Jahren besuchen und sie fängt mit dieser Hochzeit an.

„Ich bin nicht hier wegen irgendeiner Hochzeit oder weil ich unbedingt meine Mutter kennen lernen will, sondern wegen Inara. Ich will, dass ihr sie aus dem Exil lasst", gab ich ihr klipp und klar als Anweisung.

„In diesem Haus wird dieser Name nicht in den Mund genommen, mein Fräulein und solange du den Prinzen nicht heiratest, bist du hier nicht willkommen!", blaffte sie mich an.

„Damit kann ich gut leben!", nickte ich und verließ das Haus. Die Tür ließ ich schön laut ins Schloss krachen, sodass die Wände vibrierten.

Meine Mutter hatte mich mit ihrem Hochzeits-

Getue wenigstens auf eine Idee gebracht. Ich würde gleich heute noch zu Clay fahren und mit ihm reden. Er war immerhin ein Prinz, deshalb konnte er Inara bestimmt aus ihrem Exil befreien.

Epilog

„Hey, hey, hey!"

Laut polternd kam Lux ins Schloss hinein, in ihren Pfoten hielt sie eine Zeitschrift, die sie mir stolz in die Hand drückte.

„Was ist los?", fragte Clay, der mit unserem selbstgemachten Kuchen in den Saal kam, hinter ihm meine große Schwester Inara, die er aus dem Exil freigelassen hat.

„Schaut euch das Titelblatt an!", schrie Lux aufgeregt.

Clay stellte das Tablett ab.

Es waren schon vier Monate vergangen, seit ich Lux das letzte Mal gesehen hatte. Sie war sehr beschäftigt, hatte in SkyCity ihren Film gedreht und wir hatten uns nur ab und zu mal Mails gesendet.

Auf dem Titelblatt des Hochglanz-Magazins war ein Riesen-Bild von einem dicken Eichhörnchen mit getuschten Wimpern.

„Lux, das Eichhörnchen, packt aus: Ihre Familie hat sie im Stich gelassen! Wie sie es trotzdem zum Star geschafft hat!"

Ich sah Lux an: „Wow, herzlichen Glückwunsch, die haben ja sogar ein XXL-Poster von dir abgedruckt", gratulierte ich.

Kurz überflog ich den Artikel. Dramatisch beschrieb die Autorin des Artikels auf vier Seiten Lux' Weg zum Schauspielstar und wie sie sich mit ihrer Familie wieder versöhnte, die nicht an sie geglaubt hatte.

„Ich bin stolz auf Lux", sagte ihr Vater vor der Presse aus.

Lux grinste von einer Pausbacke zur anderen.

Wider Erwarten stürmte plötzlich Glenn in den Saal.

„Lux, du Frettchen! Gib mir die Zeitschrift!", knurrte er.

„Heul doch, Glenn!", zog sie ihn auf.

Glenn wollte mir die Zeitschrift aus der Hand reißen. Natürlich ließ ich das nicht zu.

„Seite 34", sagte Lux zu mir.

Ich blätterte, während Glenn wild um mich herum sprang und versuchte, mir die das Heft weg zu nehmen.

Als ich schließlich auf Seite 34 angelangt war, brach ich in einen Lachanfall aus.

„Lach nicht!" Glenn war rot angelaufen, er erinnerte mich an einen Vulkan kurz vor dem Ausbruch.

In dem Artikel ging es darum, ob Glenn eine Affäre hat ... mit einer fünfzigjährigen Rock-Omi.

„O la la, Glenn, läuft da was?" Ich kriegte mich nicht mehr ein.

„Ich bin hinter ihr aus dem Hotel gelaufen, ich wusste nicht mal, wer das ist! Und die denken gleich, ich hab diese Oma abgeschleppt! Geht's noch?!", jaulte er aufgewühlt.

„Steht der vor einer Woche sechzehn Jahre alt gewordene Bad-Boy etwa auf ältere Frauen? Vor einem Monat haben wir ihn schon mit der vierzigjährigen Schauspielerin Abigail Flemm gesehen. Aber auch bei den Gleichaltrigen macht er keinen Halt: Eine heiße Affäre soll er schon mit Alruna Voltaire, ihrer Schwester Inara und ihrer Freundin Liviette gehabt haben. Was sagt denn Alrunas Freund Clay dazu?", las ich vor und mir blieb plötzlich das Lachen im Halse stecken.

„Seit wann bin ich dein Freund?", fragte Clay verdutzt.

„Keine Ahnung", gab ich zurück.

Lux lachte laut neben uns.

„Als würde ich was mit diesem Milchbubi da haben!", zischte Inara.

Glenn ignorierte den Kommentar.

„Hört jetzt auf, euch darüber aufzuregen", sagte Clay und legte die Zeitschrift weg. „Über mich wurde mal geschrieben, dass ich Drogen nehmen würde. Es war Waldmeisterbrause-Pulver."

Wir lachten schließlich doch noch darüber und begannen den Kuchen zu essen. Das gehörte eben auch zum Promi-Sein.

Zeitfracht Medien GmbH
Ferdinand-Jühlke-Straße 7
99095 Erfurt, Deutschland
produktsicherheit@kolibri360.de